緑衣の女

アーナルデュル・インドリダソン

男の子が住宅建設地で拾ったのは，人間の肋骨の一部だった。レイキャヴィク警察の捜査官エーレンデュルは，通報を受けて現場に駆けつける。だが，その骨はどう見ても最近埋められたものではなさそうだった。現場近くにはかつてサマーハウスがあり，付近には英米の軍のバラックもあったらしい。サマーハウス関係者のものか。それとも軍の関係か。付近の住人の証言に現れる緑のコートの女。封印されていた哀しい事件が長いときを経て明らかに。CWA ゴールドダガー賞・ガラスの鍵賞をダブル受賞。世界中が戦慄し涙した。究極の北欧ミステリ登場。

登場人物

エーレンデュル……………………レイキャヴィク警察犯罪捜査官
エリンボルク………………………エーレンデュルの同僚
シグルデュル＝オーリ……………エーレンデュルの同僚
フロルヴル…………………………エーレンデュルの上司
ラグナール…………………………鑑識課主任
ベルクソラ…………………………シグルデュル＝オーリの恋人
エヴァ＝リンド……………………エーレンデュルの娘
シンドリ＝スナイル………………エーレンデュルの息子
ハルドーラ…………………………エーレンデュルの離婚した妻
スカルプヘディン…………………考古学者
ベンヤミン・クヌードセン………サマーハウスの持ち主
エルサ………………………………ベンヤミンの姪
ソルヴェイグ………………………ベンヤミンのフィアンセ
バウラ………………………………ソルヴェイグの妹
ローベルト・シーグルドソン……サマーハウスの住人

ホスクルデュル・ソラリンソン……サマーハウスの借り手
グリムル……石炭配達人
母親……その妻
ミッケリーナ……その長女
シモン……その長男
トマス……その次男
ジム……イギリス大使館書記官
デイヴ・ウェルチ……アメリカ軍の兵卒
エドワード・ハンター……アメリカ軍の元陸軍大尉

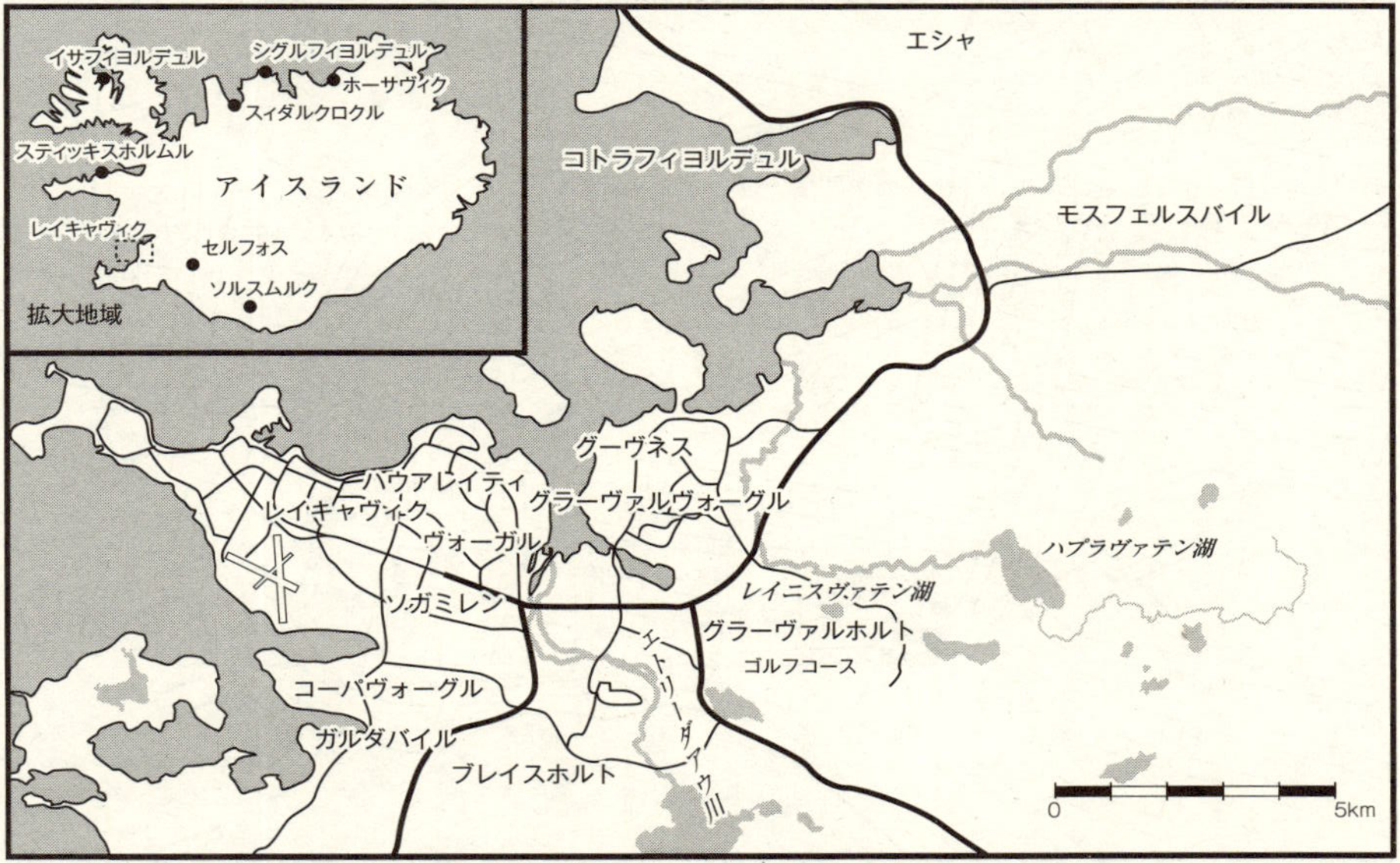

イサフィヨルデュル
シグルフィヨルデュル
ホーサヴィク
スィダルクロクル
スティッキスホルムル
アイスランド
レイキャヴィク
セルフォス
ソルスムルク
拡大地域
エシャ
コトラフィヨルデュル
モスフェルスバイル
グーヴネス
ハウアレイティ
グラーヴァルヴォーグル
レイキャヴィク
ヴォーガル
ハプラヴァテン湖
ソガミレン
レイニスヴァテン湖
グラーヴァルホルト
ゴルフコース
エトリーダアウ川
コーパヴォーグル
ガルダバイル
ブレイスホルト
0
5km

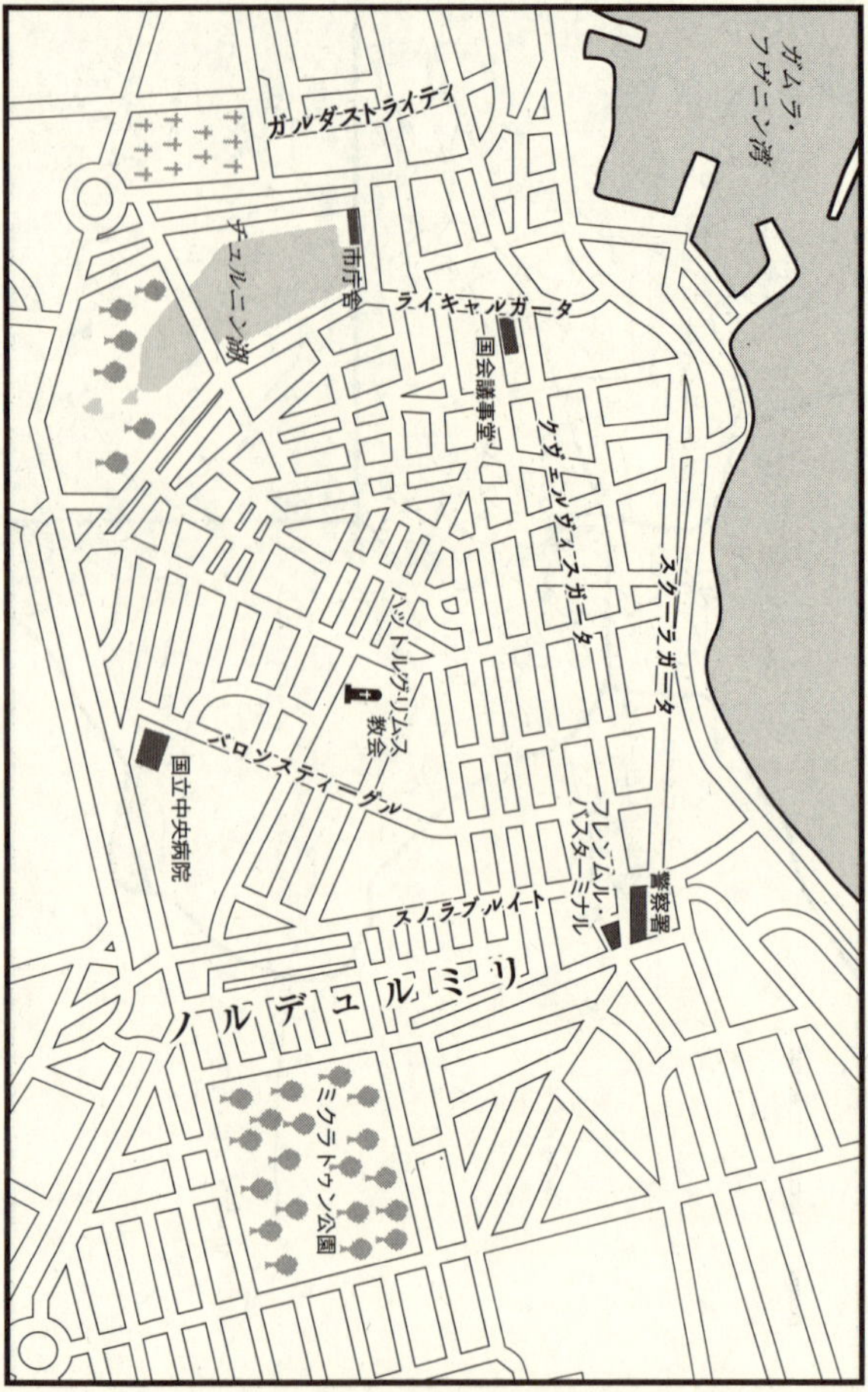

ガムラ・フヴニン湾
ガルダストライティ
市庁舎
チュルニン湖
ライキャルガータ
国会議事堂
クヴェルヴィスガータ
スクーラヴガータ
ハットルグリムス教会
バロンスティーグル
国立中央病院
フレンムル・バスターミナル
警察署
スノラブルイート
ノルデュルミーリ
ミクラトゥン公園

緑衣の女

1

床に座った子どもがしゃぶっているものを見て、若者はすぐにそれが人間の骨だとわかった。

誕生パーティーは子どもたちが歓声を張り上げ、最高潮に達していた。宅配ピザが届けられると、男の子たちは腹いっぱいピザを詰め込み、甘い飲み物を何リットルも飲み、その間も興奮してひっきりなしに大声で叫び合っていた。そして突然合図でもあったかのように年上の男の子たちはおもちゃのピストルや機関銃を持ち出し、それより小さい子たちはおもちゃの車やゴム製の怪獣を振りまわして遊びだした。若者にはこんな遊びのなにが面白いのかさっぱりわからなかった。決して終わることのない騒音としか思えなかった。

誕生日の子どもの母親が電子レンジでポップコーンを作りはじめた。ビデオで映画を見せて子どもたちの興奮を鎮めるつもり、と若者に説明した。それでも興奮がおさまらなかったら、外へ出て遊んでもらうわ、と。息子の八歳の誕生パーティーは今日が三度目で、彼女はうんざりしていた。考えてもみて！　誕生パーティーを三回もよ！　最初は家族そろって高いレストランにハンバーグを食べにいったのよ。BGMのロックミュージックがうるさかったわ。つぎに親戚や友人たちを招いてのパーティー。豪華な堅信式なみにお金がかかったわ。そしてあの子の学校の友だちと隣近所の遊び友だちを呼んでの今日のこの大さわぎってわけ。

母親は電子レンジを開けるとふくらんだポップコーン袋を取り出し、つぎの袋を入れた。そして来年はもっとシンプルにしようと考えた。誕生パーティーは一回だけ。それでじゅうぶんだ。自分の子ども時代のように。

ソファに座った若者がまるで怯《おび》えたネズミのように縮こまっているのも気に食わなかった。ときどき話しかけてみたが、そのうちかまわなくなり、居間のソファに座っている彼の存在をうっとうしく感じはじめた。意味のある会話をすることなど、まったく不可能に近かった。子どもたちは金切り声を上げて走りまわるし、彼女はもうすっかり疲れきっていた。若者は手伝おうともしない。ソファに座り込んで宙をにらんでいる。本当に人づきあいに慣れていない、いまどきの気の弱い若者なんだから、と彼女は思った。

彼女はその若者をそれまで一度も見かけたことがなかった。二十五歳ぐらいだろうか。今日来ている子どもの一人の兄だという。背が高く、痩せていて、やってきたときに母親は戸口で握手したが、指の長い、汗のにじんだぐんにゃりした手だった。弟を迎えにきたのだが、弟はパーティーが盛り上がっているので帰りたくないと言い張り、しかたなく若者はしばらくの間待つことになった。もうじき終わりますから、と母親が言うと、彼は両親が外国旅行中なので自分が弟の面倒を見ている、ふだんはレイキャヴィクの町なかのアパートに住んでいるのだが、と言い訳し、ひょろひょろした体をもてあまし気味にして玄関口に立っていた。弟はすぐにパーティーの中心に走って戻った。

いま若者はソファに座り、子ども部屋の前を這いまわっている一歳の赤ん坊を見ていた。女の子だ。白いレースの飾りのついた赤ん坊用のパーティードレスを着ている。頭にリボンをつけ、ご機嫌で歌うような声を発している。若者はソファに深く座り込んで家に帰ったらどんな方法で弟をこらしめようかと考えていた。知らない家の居間で、所在なく待つのがどんなにきまりが悪いことか、弟に思い知らせてやる。この家の母親に手を貸すことを申し出ようかとも思った。父親は夜遅くまで帰宅しないとこぼす母親に、若者は笑顔でうなずき、ピザと飲み物には首を振って断った。

若者の目に、赤ん坊がなにかを口に入れ、歯のない口でしきりにそれを噛もうとしてだらだらとよだれを垂らしているのが映った。歯ぐきがかゆいようにも見える。きっと歯が生えかけているのだろう。

赤ん坊が近くまで這ってきた。若者は口の中に入れているものがなんなのか、よく見ようと目を凝らした。赤ん坊はまた止まって座り、口を開けたまま彼を見上げた。よだれが一筋、胸元まで垂れた。赤ん坊は遊び道具をまた口に入れると、這いだして、もっと近くに寄ってきた。彼のほうに体を伸ばすと、顔をしかめ、わけのわからない声を発した。そのとたん、口から遊び道具が落ちた。赤ん坊はそれを拾って手に持ったまま、ソファの肘掛けにつかまって、彼のすぐそばに立ち上がった。やっと立てたのがうれしいのか、体を揺らしている。

彼は赤ん坊から遊び道具を奪って、しげしげと見た。赤ん坊は驚いて彼を見返し、大声を発してそれを取り返そうとした。若者には遊び道具の正体が人間の骨であることがすぐにわかった。十センチほどの長さの肋骨だった。色は黄色っぽく、凸形で、断面はすり切れていて角は丸くなっていた。断面には小さな茶色い斑点があった。

これは人間の骨だ。自分はいま人間の肋骨の一部を手にしているのだ。しかもかなり古いもののようだ。

母親が赤ん坊の泣き声を聞きつけて様子を見にきた。居間をのぞくと赤ん坊が例の若者のそばにつかまり立ちして泣いている。母親は手に持っていたポップコーンのボウルをかたわらに置くと、勢いよく部屋に入ってきて赤ん坊を抱き上げ、赤ん坊にも母親にもまったく関心を示さない若者を睨《にら》みつけた。

「どうしたの？」母親が赤ん坊をあやしながら訊いた。男の子たちの騒ぎ立てる音を鎮めるほどの大きな声だった。

若者は母親と赤ん坊の両方を見上げると、ゆっくりと立ち上がり、母親に骨を見せた。

「これをどこで手に入れたんでしょうか？」

「これって？」

「骨ですよ。これをこの子はどこで手に入れたんですか？」

「骨？　骨ってなに？」

赤ん坊は骨を見て安心したのか、よだれを垂らしながらそれをつかもうと懸命に手を伸ばした。ようやくつかむと、それを引き寄せて、しげしげとながめだした。

「これ、骨だと思うんです」若者が言った。

赤ん坊はふたたびそれを口に入れ、しゃぶりはじめた。

「骨？　なんの話？　あんた、なにを言ってるの？」

「この子がいましゃぶっているものですよ。それ、人の骨だと思う」

母親は必死でそれに嚙みつこうとしている自分の子どもを見返した。

「見たこともないものだわ。人の骨って、どういうこと？」

「それは人間の肋骨の一部だと思います。ぼくは医学部の学生なんです」と彼は付け足した。

「いま五年目の勉強をしてます」

「肋骨？　冗談じゃないわ。あんたがここに持ち込んだの？」

「ぼくが？　とんでもない！　これ、どこから来たものかわからないんですか？」

母親は赤ん坊を睨みつけると、骨を奪い取り、床に叩きつけた。赤ん坊はまた火がついたように泣きだした。若者はそれを手に取ると、しげしげと観察を始めた。

「もしかすると、あの子のしわざかも……」母親がつぶやいた。

若者は、信じられないというように両目を大きく開いている母親と目を合わせた。母親はいまや喉も裂けんばかりに泣き叫んでいる娘に目を移した。それから骨へ、さらに建物の多くがまだ半分しか完成していない外の新興住宅地へ、そしてまた骨へ、そして若者へ、最後に子どもも部屋から勢いよく飛び出したり駆け込んだりして遊んでいる息子へと目を移した。

「トーティ！」母親が息子に向かって叫んだ。息子は見向きもしない。母親は子どもたちの間をすばやく息子に近づき、つかまえると、医学生の前に引っ張ってきた。

「これ、あんたの？」と母親が訊き、医学生は骨を男の子の目の前に突き出した。

「それ、ぼくが見つけたんだ！」と言うと、トーティと呼ばれた子はすぐに子どもたちのほうに戻ろうとした。

「どこで？」母親が訊き、女の子を床に座らせた。赤ん坊は母親にしがみついて立とうとした。もう一度泣こうかどうしようか決めかねている様子だった。

「外で。かっこいい石だろ？　ぼく、きれいに洗ったんだ」男の子は息を弾ませている。汗が頬を伝って流れた。

「外ってどこ？　いつのこと？　あんた、なにをしたの？」

男の子は母親を見つめた。自分はなにかバカなことをしでかしたのだろうか？　母親の顔から判断してどうもそうらしかった。いったいなにが起きたんだろう。

「昨日だったと思うよ。ずっと向こうのほうで。これ、危ないものなの？」

母親と知らない男の人が視線を交わしている。

「どこで見つけたのか、はっきり覚えている？　そこを見せてちょうだい」

「でも、いまパーティーやってるんだよ！」

「いいから、来るの！　どこで見つけたのか、教えてちょうだい」

母親は床の上から赤ん坊を抱き上げると息子を突《つつ》いて前を歩かせ、玄関に向かった。若者はそのあとに続いた。集まっていた子どもたちは誕生日の当人が母親に叱られているとわかると静まり、母親が赤ん坊を胸にトーティを突っつきながらきつく口を締めて玄関から出ていく様子をながめた。子どもたちは互いに視線を交わして、母子と若者の後ろからガチョウの行進のようについていった。

レイニスヴァテン湖に向かう道路に沿って、新しい住宅地が開発されはじめていた。ティデヴァルヴスビン、ティデヴァルヴの村と呼ばれるところだ。グラーヴァルホルトに向かう傾斜地に新しい住宅が建ち、その坂のてっぺんに電力会社の貯水タンクがいくつも立ち並んでいる。茶色に塗られた巨大な貯水タンクがかたまりとなってこの新興住宅地の上にまるで大きな要塞のようにそそり立っている。これらの巨大な貯水タンクの両側の傾斜地に道路が敷かれ、その道路沿いにいま住宅がつぎつぎに建設されていた。中には早くも草花が植えられ芝生が生えている庭もある。将来家を護るようにとまわりに苗木を植えている家もある。

誕生日の子どもを先頭に、一行は貯水タンクに沿って敷かれた道路を勢いよく進んだ。建てられたばかりの住宅が草地に立ち上がり、少し離れた北と東の方角にはレイキャヴィクに昔からあるサマーハウス専用の土地が広がっている。新しく開発された地域ではどこでもそうであるように、子どもたちは建てかけの家を遊び場にしていた。建築のための足場に上ったり、家の壁の陰でかくれんぼをしたり、家の基礎を築くために掘られた穴に板を斜めに渡して滑り込み、穴の底にたまった水で遊んだりするのだ。

トーティがいままで会ったこともない若者を案内したのはそのような建築中の家の基礎だっ

た。後ろから母親とパーティーに来ていた友だちが続いた。トーティが指差した。おかしな、白い色の石を見つけた場所だ。それは軽くてつるつるした不思議な石だった。彼は見つけてすぐにこれは自分の宝物と決めてポケットにしまい込んだ。その石があった場所ははっきりと覚えていたので、先頭に立って建物の基礎の穴の中に飛びおりた。その場所は乾いていて、トーティは迷いなく穴の壁の一点を指差した。母親はほかの男の子たちに動かないように命じ、自分は赤ん坊を抱いたまま若者の手を借りて下におりた。トーティは下におりた母親の手から骨を取ると、もとの場所に置いた。

「こんなふうにあったんだよ」と言った。彼はまだそれが骨ではなく石だと思っているようだった。

それは金曜日の午後もかなり夕方に近い時間で、あたりには建設作業員たちの姿はなかった。建物の基礎はまだ二方向しかコンクリートが立ち上げられておらず、残りはまだ穴のままで、土の層が丸見えになっていた。若者はその土に近寄り、男の子の指差した場所を目を凝らして見た。指でそのまわりの土をそっと掘り出した。土の中に見えるものは上腕の骨のようだった。母親は若者を見た。彼は土の一点を凝視している。母親は彼の視線の先に目を移した。骨だとわかった。さらに近寄ってよく見ると、下あご骨と歯が一本か二本見えた。

彼女は驚いて後ろに飛び退《すさ》った。また若者を見て、それから自分の腕の中の赤ん坊に目を移した。知らぬうちに赤ん坊の口のまわりを拭いていた。

こめかみに痛みを感じるまで、彼女はわからなかった。なんの予告もなく、握りこぶしで頭を殴られた。あまりにも急だったので、彼女にはなにが起きようとしているのかわからなかった。いや、殴られたとは思えなかったのかもしれない。それが最初だった。その後何度、あのときすぐに逃げ出していたら人生はまったく変わったものになったかもしれないと思っただろう。

もし彼がそれを許してくれたら。

彼女はなぜ彼がなんの理由もなく殴るのかわからず、ただ驚いて彼を見上げた。いままでだれからも、そして一度もこんなふうに殴られたことはなかった。結婚して三カ月が経っていた。

「殴ったの？」と言って、彼女はこめかみを手で押さえた。

「おまえがあいつをどんなふうに見たか、おれが気がつかなかったとでも思うのか？」彼はうなるように低い声で言った。

「どの人のこと？　スノリ？　スノリのことを言ってるの？」

「おれが見なかったとでも思うのか？　おまえのヤリたそうな目つきを」

彼のそんな面は一度も見たことがなかった。そんな言葉も聞いたことがなかった。ヤリたそうな？　なんのことを言っているのだろう？　スノリとは地下室の入り口で短い間言葉を交わしただけだ。前に住んでいた小さなアパートからここへ引っ越したときに忘れてきたものをスノリが届けてくれたことに礼を言っただけだ。中に入るようには言わなかった。夫が一日中機嫌が悪く、人に会いたくなさそうだと思ったからだ。スノリは彼女の雇い主だった商人についてなにか冗談を言い、二人は笑って別れた。

「スノリのことで怒るなんて。バカなこと言わないで。なぜ一日中機嫌が悪かったの？」

「おれの言うことがわかんねえのか？」と言うと、彼は体を近づけた。「おれは窓から見たぞ。あいつの前でおまえがどんなに体をくねらせていたか。まるで売女《ばいた》のようにな！」

「なにを言うの、まさか……」

彼は握りこぶしでこんどは彼女の顔を殴った。勢いで、彼女は食器棚まで吹き飛んだ。彼の動きがあまりにも速く、彼女は手を上げて防ぐこともできなかった。

「嘘つくな！　おまえの目つきを見たぞ！　おまえがどんなふうにあいつに近づいたか、ばっちり見てたんだ！　おれにはなにもかも見えているんだぞ、このスケベ女め！」

これも初めて聞く言葉。

「いったいどうしたっていうの？」彼女はうめき声を上げた。上唇が裂け血が流れだした。頬を伝わって流れるしょっぱい涙といっしょになって口の中が血でいっぱいになる。「なぜこんなことをするの？　わたしがなにをしたというの？」

彼はいまにも飛びかかりそうに彼女の上に立っていた。顔が怒りで真っ赤になっている。歯ぎしりし、片方の足で床を何度も蹴ってから、地下の部屋を勢いよく出ていった。彼女は床の上に残され、なにが起こったのか、まったくわからなかった。

それからの年月、彼女は何度もこのときのことを思い出した。あのとき彼の暴力に対してすぐさま反応していたら、人生はちがったものになっただろうか。なにも行動せず、自分が悪いから彼が怒るのだ、すべて自分が悪いのだと自分を責めるのではなく、すぐに家を出て二度と帰ってこなかったらどうなっていただろう。だが、あんなに怒るのだから、自分がなにか悪いことをしたにちがいないと思ってしまった。自分は意識しなかったけれども彼にはそれが見えたというようなことがあったのか。彼が戻ってきたらゆっくり話をしよう。そうすればきっとわかってもらえるにちがいない。これからは決してしないと誓えば、すべてもとどおりになるだろうと思った。

彼があんなふうにふるまうのは、自分に対しても他人に対しても、一度も見たことがなかった。落ち着いた、真面目な人だった。知り合ったころ、彼女は彼のそういうところに惹かれたのだ。真面目すぎると言ってもいいほどだった。彼は彼女が働いていた商店の店主のきょうだいの農家で下働きとして働いていた。彼女はときどきそこへものを届けにいった。二人はそんなふうにして一年か一年半ほど前に知り合った。ほぼ同じ年齢で、彼はもしかすると近いうちに陸《おか》ではなく海で働くようになるかもしれないと話した。船乗りの仕事のほうが実入りがいいからと。そのうちに自分の家を持ちたい。自分の家の主《あるじ》になるのだ。ほかの人のために下働きするのは屈辱的だ。古いやりかただし、このままではどうにもならないと。

彼女はいまの仕事場は嫌だと言った。商人は小言ばかりいうケチな男で、三人の雇われている女の子たちの尻ばかり追いかけている。おかみさんは口汚く三人を叱りつける。なにかといえばすぐ鞭《むち》を振るう。これからのことはなにも考えていないし、本当はなにをしたいかなんて考えたこともない。小さいときから身を粉にして働くこと以外なにも知らない。人生はそんなものだと思っていた。

彼はしばしば商人の店に使い走りにくるようになり、そのうち彼女の部屋に寄って食事をするようになった。いろいろ話をするうちに、しだいに彼女は子どもの話までするようになった。彼は彼女に子どもがいることは知っていると言った。まわりの人から聞いたと。この男は自分に関心があるのかもしれないと思ったのは、そのときが初めてだった。娘はまもなく三歳になると言って、彼女は店の裏庭に行き、商人の子どもたちと遊んでいた女の子を連れてきた。

娘を連れて戻ってきた彼女を見て、あんた、よほどの男好きなんだな、と彼は冗談めかして言い、笑った。のちに彼はことあるごとに容赦なく彼女を尻軽女と呼び、辱《はずかし》めた。娘のことは決して名前で呼ばず、さまざまな呼び名で呼んだ。売女の子、できそこない、ウスノロ。

彼女は男好きなわけでは決してなかった。彼女は説明した。子どもの父親は船乗りで、コトラフィヨルデュル沖で溺死した。まだ二十二歳の若さだった。嵐で船が転覆し、船員四人が溺死したのだ。彼が死んだときに、彼女は妊娠しているとわかった。結婚していなかったので、寡婦《かふ》にもなれなかった。結婚する予定だったが、その前に死んでしまったから、彼女は婚外子とともに一人残されてしまったのだと。

彼は台所に腰を下ろし、その話を聞いていた。が、彼女は娘が決して彼に近づこうとしないことに気がついた。ふだんなら人なつっこい子なのに、母親のスカートを固く握って離そうとしない。彼はポケットからキャンディーを取り出し、女の子を誘おうとしたが、女の子はますますスカートの陰に隠れ、外に行って遊びたいと訴え、しまいには泣きだす始末だった。いつもならキャンディーが大好きなのに。

それから二カ月後、彼は結婚の申し込みをした。しかしそれは本で読むようなロマンティックなものではなかった。仕事のあとや休みの日など、何度か会って散歩し、チャーリー・チャップリンの映画に行ったりした。彼女は小さな放浪者を心から笑い、ときどき隣を見たが、彼は口元を一度も緩《ゆる》めなかった。ある晩、映画のあと、バスを待っていたとき、結婚してもいいんじゃないか、と言って彼女を抱き寄せた。

「おれは結婚したい」

彼がそう言いだすかもしれないとは思っていた。つきあいがその段階まできていた。小さな娘には家庭が必要だった。彼女も喜んで家事をしたかった。あと何人か子どももほしかった。ほかに自分に関心をもってくれる男もいなかった。子どものせいかもしれない。いや、もしかすると、彼女がとくに魅力的ではないからかもしれない。背が低く体は丸くがっちりしていて、前歯が少し出ていて、小さな手をいつも忙しく動かしている。もしかすると、これがいちばんましな申し出かもしれない。

「どう思う?」と彼は訊いた。

彼女がうなずくと、彼はキスをして抱きしめた。

それからまもなくモスフェトルの教会で彼らは結婚式を挙げた。参列者は少なかった。彼の勤め先の同僚の男が二人と、レイキャヴィクから来た彼女の友だちが二人。牧師が式のあとでコーヒーに招待してくれた。家族や親戚はいないのかと彼女は訊いたのだが、彼は言葉少なに答えただけだった。きょうだいはいない、赤ん坊のときに父親は亡くなり、母親は自分を育てることができなくて養子に出した、と。いくつかの農家をたらい回しにされて、しまいにキョーシンの農家に引き取られて下働きとして働いた。彼は彼女の家族のことはなにも訊かなかった。そもそも過去のことにはなんの興味もないらしかった。彼女は自分の生い立ちも彼の経歴とだいたい似たようなものだと言った。両親のことはなにも知らない。養子になり、レイキャヴィクの家族から家族へと移り住んで育った。しまいに商人のところに来て、いまに至っている、と。彼はうなずいた。

「おれたちはこれから新しい人生を始めるんだ。過去のことはすべて忘れよう」

リンダルガータンに地下室を一部屋借りた。一部屋と台所だけの小さなアパートだった。トイレは中庭にある外便所。彼女は商人の家で働くのをやめた。彼がもう働かなくていいと言ったからだ。自分が養うからと。最初は港で港湾労働者の仕事を見つけた。それから船の中でなにか仕事があればそちらにまわしてもらうということだった。海に出る夢が叶いそうだった。

台所のテーブルのそばに立って、彼女は腹を撫でた。まだ彼には言っていなかったが、妊娠しているのは確実だった。驚くようなことではもちろんなかった。彼らは子どもを作ろうと話してはいたが、それでも彼女は彼がどれほど本気なのかわからなかった。それほど彼には秘密めいたところが多かった。もし男の子だったらなんという名前にするか、彼女はもう決めていた。男の子がほしかった。そして、名前はシモンとしたかった。

妻に暴力を振るう男たちがいるという話は聞いていた。夫に殴られる妻たちがいると。いろんな話があった。まさか、彼がそんな男の一人だとは夢にも思わなかった。自分がそんな目に遭うとは思わなかった。こともあろうに、彼にそんなことができるとは思わなかった。これは一度だけのこと、こんなことは二度とないにちがいないと自分に言い聞かせた。彼はわたしがスノリとふざけたと思ったのだ。そう思われないように気をつけなければ。

彼女は手を頬に当て、洟《はな》をすすった。あの人、なんて短気なんだろう。出ていったけど、じきに戻ってくるだろう。そしたらきっと許してくれと懇願するだろう。こんなふうにわたしを扱っていいはずがない。そんなことしていいはずがない。ぜったいに許されないことだ。重い気分で彼女は娘の様子を見に寝室に行った。娘の名前はミッケリーナ。朝起きたときに熱があり、今日は一日中眠っていた。いまもまだ眠っている。抱き上げると、女の子は火のように熱かった。彼女は娘を胸に抱いて子守唄を歌いだした。殴られたことで気分が滅入り、混乱していた。

可愛い娘が目をさまし
金色の髪を震わせる
可愛い娘が目をまわし
両ソックスをさがしてる

ミッケリーナの呼吸が速い。小さな胸が激しく上下し、鼻から吐く息がピーピーと聞こえた。顔が真っ赤だ。揺り動かして起こそうとしたが、目を覚まさなかった。

母親は悲鳴を上げた。

娘はひどく具合が悪かった。

2

ティデヴァルヴスビンで人骨が発見されたという通報を受けたのはエリンボルクだった。まだ署に一人残っていて、電話が鳴ったときはちょうど帰るところだった。一瞬迷い、時計を見、また電話に目を戻した。その晩彼女は食事に人を招いていて、頭の中は一日中タンドリー・チキンでいっぱいだった。ため息をつき、電話を取った。

エリンボルクは一見年齢不詳。おそらく四十歳から五十歳の間だろう。体つきはふっくらしていて、肥ってはいないが無類の美食家である。離婚して四人の子どもを育ててきた。うち一人は養子で、すでに成人し別に住居を構えている。彼女の料理の腕に惚れた自動車修理工と再婚し、現在は三人の子どもとグラーヴァルヴォーグルのテラスハウスに暮らしている。エリンボルクはかつて地質学を専門に学んだことがあったが、その分野では一度も働いたことがなくレイキャヴィク警察で見習生として働きはじめ、そのまま現在に至っている。犯罪捜査課では数少ない女性警察官だ。

ポケベルが鳴ったとき、シグルデュル＝オーリはフィアンセのベルクソラと行為の真っ最中だった。ポケベルはズボンのポケットにあり、ズボンはキッチンの床にあった。苛立った音が聞こえてくる。止めるまで鳴り続けることはわかっていた。帰宅すると先に帰っていたベルクソラが熱いキスで彼を迎えた。そのままベッドへ向かい、結果ズボンはキッチンの床の上というわけだった。固定電話の接続を壁から抜き、携帯電話は切ったのに、ポケベルのことは忘れていた。

シグルデュル＝オーリは深いため息をついて自分の上にまたがっているベルクソラを見上げた。彼自身、汗を流し、顔が真っ赤だった。彼女がまだ終わらせるつもりのないことは表情からわかる。ふたたび目を閉じると、彼の上に体を倒してオーガズムが消えるまでゆっくりリズミカルに腰を動かした。そうしてから全身の筋肉を緩《ゆる》めた。

この続きは別の機会を待つしかなかった。彼の生活においては、ポケベルがなにごとにも優先する。

シグルデュル＝オーリは果てて横たわっているベルクソラの下から這い出した。

エーレンデュルはレストランで羊の塩漬け肉の料理を食べていた。ときどきこのレストランで食事をする。ここだけがレイキャヴィクで彼の食べたい家庭料理を出すところだからだ。めったにないが、その気になれば彼が自分で作るような料理がここで食べられる。店の内装も気に入っていた。ぜんぶが茶色の飾り気のない店だった。使い古した座席から白いウレタンフォームがはみ出ている。床のナイロン製の敷物は、ここにやってくる長距離トラック運転手、タクシー運転手、トラクター運転手、建設作業員らの労働者たちにさんざん踏まれてぼろぼろになっている。エーレンデュルは隅のテーブルに一人向かい、脂身の多い塩漬けの羊肉とカブのシチューに、ゆでジャガイモとグリーンピースのつけ合わせを夢中で食べていた。

ランチサービスの時間はとっくに終わっていたのだが、彼は料理人を説得してこの塩漬け肉のシチューを特別に出してもらったのだ。いま彼は大きな肉のかたまりをナイフで切り分け、その上にジャガイモとカブを載せて、大きく開けた口に放り込んだところだった。

もう一回フォークに突き刺した三段重ねの食べ物を口に放り込もうとしたとき、皿の隣に置いていた携帯電話が鳴りだした。食べ物を突き刺したフォークを持った手を一瞬止めて携帯を見た。それから汁のしたたるフォークに目を戻し、それからまた携帯を見た。しまいにフォークを下に置いた。

「なぜゆっくりさせてくれないんだ？」シグルデュル＝オーリが話すよりエーレンデュルのほうが一瞬早かった。

「ティデヴァルヴスビンで人骨発見です。エリンボルクと自分が現場へ直行します」

「人骨発見？」

「くわしいことはわかりません。エリンボルクからの電話です。鑑識にはすでに知らせたそうです」

「いま食事中だ」エーレンデュルが苛立ちを抑えて言った。

シグルデュル＝オーリは自分のほうはなんの最中だったか、もう少しで言いそうになったが、なんとかこらえた。

「それじゃ現場で。場所はレイニスヴァテン湖の近くで、貯水タンクの北側です。ヴェストゥルランズヴェーグル道路からそう遠くありません」

「ティデヴァルヴスビンはティデヴァルヴの村という意味だが、そもそもティデヴァルヴとはなにを指しているのだろう？　時間が一回りするという意味だよな？」

「はあ？」とシグルデュル＝オーリは苛立った声で訊き返した。ベルクソラとの行為を邪魔されたことにまだ腹を立てていた。

「時間が一回りするというのは千年か？　それとも百年か？　なぜ時間が一回りする村などという名前がついているんだ？」

「知りませんよ」とつぶやいてシグルデュル＝オーリは携帯電話を切った。


四十五分後、エーレンデュルは十年以上も乗っている日本車をガタガタいわせながらグラーヴァルホルトの現場に着いた。すでに立ち入り禁止の黄色いテープが張り巡らされていたが、エーレンデュルはそれをくぐって中に入った。エリンボルクとシグルデュル＝オーリはすでに到着していて、基礎の穴の中に立っていた。人骨発見の通報をしたという若い医学生もそこにいた。息子の誕生パーティーを開いた母親はすでに子どもたちと家に戻っていた。警察付きの一般医で肥った中年の男が掘り下げられた穴の中までおりたところだった。エーレンデュルもそのあとに続いた。

マスメディアが人骨発見の知らせにおおいに興味を示し、新聞記者とレポーターが建築中の建物の穴のまわりに集まった。すでに家が完成して移り住んでいる人々も集まっている。まだ棟上げが終わっていない建物の主《あるじ》たちは建設の手伝いをしていたのか、金槌やバールを手にしてその場に立っていた。だれもが発見物に注目していた。四月の下旬のことで、気候は穏やかで晴れていた。

鑑識課の係員が穴の土の層を崩しはじめた。細かな土くずが足元に落ち、彼らはそれをビニール袋に拾い入れていく。土の中に体全体の骨の表側の部分が見えはじめた。腕、胸郭《きょうかく》の一部、そして下あごの骨が見える。

「これがティデヴァルヴの男か?」エーレンデュルが言い、土の層に近寄った。

エリンボルクがシグルデュル=オーリのほうに問いかけたそうな目を走らせた。シグルデュル=オーリはエーレンデュルの後ろに立っていたが、上司に気づかれないように手を上げると人差し指で頭を指し、その指をぐるぐる回してみせた。

「国立博物館に電話をかけました」と言ってシグルデュル=オーリは頭をかいた。エーレンデュルが振り返って彼を見た。「考古学者が一人、こっちに向かっています。彼が来たら、これがなにかわかるんじゃないですか?」

「地質学者も必要じゃありませんか?」エリンボルクが言った。「この土のことを知るために。この骨が中にあったんですから。地層の古さを知る必要がありませんか?」

「きみにわかるんじゃないか? たしか地質学専攻だったよね?」シグルデュル=オーリが訊いた。

「なんにも覚えてないわ。この土は茶色だということがわかる程度。あんたにもわかることよ」

「とにかくこの男は正式に埋葬されたわけではないということはたしかだな」エーレンデュルが言った。「地表から一メートルか、せいぜい一メートル半のところに埋められている。大急ぎで放り込まれたというところか。肉がまだ残っている。埋められてから、そう長くはないのではないか？　とにかくインゴルヴルでないことだけはたしかだ」

「インゴルヴル？」シグルデュル＝オーリが眉を上げた。

「アルナルソン」とエリンボルクが説明した。「九世紀に初めてアイスランドにやってきた移住者の」

「なぜ彼だと思うのかね？」医者が訊いた。

「いや、それほど古くはないだろうと言ってるだけですよ」エーレンデュルが言った。

「私が訊いたのは、なぜ男だと思うのか、ということだよ。女かもしれないではないか」医者が訊きなおした。

「ああ、それはそうです。女かもしれない。私にとっては性別はあまり意味がない」エーレンデュルは肩をすくめた。「この骨を見てなにかわかりますか？」

「まだあまりよく見えないな。全体が出てくるまではなにもたしかなことは言えない」

「女か男か？　年齢は？」

「まだなにも判別できないね」

アイスランド製のセーターとジーンズ姿の背の高い男がやってきた。もじゃもじゃのあごひげをたくわえた口の大きな男で、黄色い前歯が二本口から突き出ている。考古学者だと名乗った。しばらく鑑識課の係官たちの作業を観察したあと、くどくどと細かく説明をしながら馬鹿げた作業は停止してほしいと申し入れた。シャベルを持った二人の係官はためらった。白い作業着を着てゴム手袋に防御メガネをかけた男たちだ。エーレンデュルはその姿を見て原子力発電所の作業員のいでたちを彷彿させると思った。係官たちはエーレンデュルを見た。命令を待っている。

「この人骨の上の土をもっとていねいに取り払うべきじゃないか」黄色い歯の考古学者が土を指差しながら苛立った声を上げた。「あんたたちはその移植ベラでこの男を掘り出そうってのか？　いったいこの場の責任者はだれなんだ？」

エーレンデュルが手を挙げた。

「これは新たな遺跡発見というわけではないが」と言いながら、黄色い歯の男はエーレンデュルと握手した。「私はスカルプヘディン、考古学者だ。こういうものは遺跡と同じようにていねいに扱うべきだと思うよ。わかるかね？」

「いいや、わからない」

「この骨はさして長い間土中にあったわけじゃない。私の見るところ、せいぜい六十年から七十年ほどだろう。ひょっとするともっと短いかもしれない。まだ衣服が残っているからな」

「衣服？」

「ああ、そうだ。ここに」と言ってスカルプヘディンは太い指で示した。「ほかにも残っていそうだ」

「肉かと思った」エーレンデュルは気まずそうに言った。

「証拠をなくさないようにするためには、私の連れてくる作業員にすべてをまかせることだね。おたくの鑑識課の係官たちは手伝ってもいい。それから、この周辺を隔離することだ。われわれは人骨の上の土をていねいに取り除く。断面からいじくるのはすぐにやめることだ。証拠を壊してはいけない。骨の横たわりかたを見るだけでいろいろなことがわかるのだから。そのまわりにあるものもさまざまな手がかりになるはずだ」

「なにが起きたのだと思う？」エーレンデュルが訊いた。

「わからない」スカルプヘディンが言った。「想定を言うには早すぎる。まず体全体の骨を明らかにしなければならない。そうしたらなにか言えるかもしれない」

「凍死した人間だろうか？　寒さで凍え死んだ人間が土の中に沈んだとか？」

「こんなに深く沈むことはあり得ない」スカルプヘディンが言った。

「さもなければ、ここは墓だったか？」

「そうかもしれない」スカルプヘディンはむずかしそうな顔で言った。「なんでもあり得る。さて、それじゃ上から掘りはじめますか？」

エーレンデュルはうなずいた。

スカルプヘディンは大股ではしごまで行き、体を揺するようにして地面まで上がった。エーレンデュルはそのあとに続いた。地面から穴の中を見下ろして、考古学者はこれからの手順を説明した。エーレンデュルはこの男が気に入った。この男のやりかたも気に入った。エーレンデュルに説明したあと、スカルプヘディンは携帯電話で自分のチームに連絡した。彼はここ数十年、発掘および犯罪捜査に協力してきていて、なにをするべきかよく知っていた。エーレンデュルはこの男は信頼できると思った。

ところが、鑑識課の主任の意見は別だった。犯罪現場の掘り起こしを犯罪捜査がなんたるかも知らない考古学者にまかせることを、主任はかんかんに怒った。もっとも手っとり早い方法は土の層の中から骨を掘り出すことであり、そのやりかたで、もしこれが犯罪に関係するなら、骨の位置もほかの手がかりもじゅうぶんにわかると言い張った。エーレンデュルは主任の意見にしばらく耳を傾けたが、最終的にやはり、たとえ時間がかかるとしても、スカルプヘディンと彼のチームにまかせることにした。

「この人骨はここに半世紀かそれ以上あったのだから、掘り出すために数日のちがいができても大きな問題はないでしょう」と言い、ことは落ち着いた。

エーレンデュルは広がりつつある新興住宅地を見渡した。茶色に塗装された貯水タンクから、レイニスヴァテン湖の方角と思われるほうへ目を移し、それから振り返って住宅地の境目と見られる東側の草地をながめた。

四本の灌木《かんぼく》が彼の目を引いた。三十メートルほど離れたところにまっすぐ上に向かって生えている。そばに行ってみると、スグリの木のようだった。四本の低い木は東に向かって一列に並んでいる。落葉して剝き出しになった枝ぶりを見ながら、エーレンデュルは人の住んでいなかったこんな土地にいつだれがこんな木を植えたのだろうと不思議に思った。

3

考古学者の作業チームはフリースの上着に厚手のズボンといういでたちでシャベルを持って現れ、人骨の上の土を取り除くためにかなり大きな範囲に立ち入り禁止のテープをめぐらせた。その日は土の表面を慎重に取り除いただけで夕方になった。まだ昼間のように明るい。この時期、暗くなるのは十時過ぎだ。男性四人と女性二人のチームは慎重に組織的にシャベルで土を取り除きながら、そのたびに土の内容をチェックしていく。それまでのところとくに目を引くものはなにも出てきていなかった。時間と手間がかかる仕事で、作業チームは疲れていた。

エリンボルクは大学の地質学者に電話をかけた。地質学者は喜んで警察に協力すると言い、電話を受けてから三十分も経たないうちに現場に駆けつけてきた。四十歳ほどだろうか。髪の毛は黒く痩身で、めったにないほど太い声の持ち主だった。パリの大学で博士号を取得したという。エリンボルクは建物の下の土を見せた。といっても、警察はすでに現場にシートを張り巡らせていたので、外からは見えなかった。エリンボルクは地質学者といっしょにシートをめくって中に入った。

大きな投光器が人骨の周辺を照射していた。地質学者は落ち着いていた。土を手ですくい取ると指で潰《つぶ》して見ている。人骨のすぐそばの土と、その上と下の土を手ですくい取って比べた。

そうしながらも以前犯罪捜査に協力したことがあると得意そうにエリンボルクに話した。犯罪現場にあった土の分析を依頼され、結果が捜査におおいに役立ったと。また地質学が犯罪捜査に役立つことについての研究というものもあると語った。法地質学とでもいうのだろうか、とエリンボルクは話を聞きながら思った。

エリンボルクは猛烈な勢いでしゃべる地質学者の話を辛抱《しんぼう》強く聞いていたが、しまいに我慢できなくなった。

「この人骨はいつごろからここにあったのでしょうか？」

「それは簡単には言えない」と地質学者は独特の声で、もったいぶった言いかたをした。「そんなに長くはないかもしれない」

「〝そんなに長くない〟とは地質学的にはどれほどのことをいうんでしょうか？　千年ですか、それとも十年ですか？」

地質学者は彼女を見た。

「それも簡単には言えない」

「推定はどれほどの単位でなされるのですか？　年月でいうと？」

「簡単には言えない」

「それじゃ、簡単に言えることはなにもないですね？」

地質学者はエリンボルクを見、それから笑いを浮かべた。

「失礼、考えごとをしていた。いまなんと言ったんですか？」

「いつごろから?」

「なにが?」

「この人骨はここにあったのかと……」エリンボルクはため息をついた。

「おそらく五十年から七十年、ではないか。見ただけでの判断だから、土をよく調べなければならないが。土の密度からいって、バイキング時代のものではない。つまり古代の墓ではないということだ」

「それはもうわかっています。服の残滓《ざんし》がありますから」エリンボルクが口を挟んだ。

「この緑の線は」と言って地質学者は地層のいちばん下を指差した。「これは氷河時代の土ですよ。そして、一定の間隔をおいて繰り返されるこれらの線は」と言って学者は上のほうの線を示した。「火山灰土だ。いちばん上の火山灰土は十四世紀のもの。アイスランドに人が移り住んでからできたもっとも厚い地層だ。また、これはそれより数千年も古いヘクラ地層とカトラ地層だ。これらは、見ればわかるように、この土地のもっとも下の層に近い」と言って、地質学者は家の立っている大岩を指差した。「これがレイキャヴィク・グレーストーンと呼ばれ、レイキャヴィクとその周辺はこの岩の上にあるのだ」

彼はまたエリンボルクに目を戻した。

「それと比較すると、この人骨が埋められた時期などほんの一瞬前のことにすぎない」

スカルプヘディンは九時半に作業をやめた。考古学者は翌朝早く作業を再開するとエーレンデュルに言った。地表の土をのけただけで、その日はなにも見つからなかった。エーレンデュルは作業の進み具合をもう少し速めることはできないかと訊いたのだが、スカルプヘディンはその問いに軽蔑したような表情を浮かべ、大切な証拠が壊れてしまってもいいのかと言った。それで二人はふたたび、この人骨を掘り出すのは一刻を争うような重大事ではないことを確認し合った。

シートで囲った中の明かりはすでに消されていた。報道関係者の姿もない。人骨発見のニュースは夕刊紙に大きく報じられた。テレビはエーレンデュルを先頭に建物の基礎の穴の中を動きまわる捜査官たちの姿を映し、中にはエーレンデュルに話しかけたレポーターがうるさそうに追い払われる姿を映したチャンネルもあった。

周囲が静まり返った。自分の家を自分の手で建てる素人の金槌の音も止んだ。すでに引っ越してきていた住人たちも家の中に引っ込んだ。大声を発しながら遊びまわる子どもたちの姿もない。現場は警察車の中にいる二人の警察官によって監視されることになった。エリンボルクとシグルデュル＝オーリも家に帰った。エーレンデュルは骨を発見したトーティという子どもの母親と、トーティ本人から話を聞いた。子どもは注目を浴びてすっかり興奮していた。母親は、息子が人骨をこんなところで見つけるなんて、まったく信じられないことだと言ってため息をついた。しかしトーティは、これ、いままでいちばんの誕生日だよ、なんてったって最高！　と目を輝かせた。

医学生の若者も弟を連れて家に帰っていった。その前にエーレンデュルとシグルデュル＝オーリは骨の発見について、彼に少し質問をしていた。医学生は、赤ん坊がなにかをしゃぶっているのを見て、最初はなんなのかわからなかったが、すぐ近くで見たとき初めてそれが人骨、それも人の肋骨であることに気づいた、と言った。

「なぜそれが人骨であるとわかったのかね？　羊の骨でもあり得たのではないか？」エーレンデュルが訊いた。

「そのとおり。羊の骨ではないかとは思わなかったのかね？」アイスランドの家畜のことなどなにも知らない典型的な都会っ子のシグルデュル＝オーリがしつこく迫った。

「いえ、それはあり得ません」医学生は言った。「ぼくはずっと解剖の助手をしてきましたから、人間の骨をほかの動物の骨と間違えるようなことはありません」

「この骨はどのくらい土中にあったかわかるかね？」エーレンデュルが訊いた。エリンボルクが連れてきた地質学者から、また考古学者と医者の意見も聞いていたが、この医学生がなんと言うか、聞いてみたかった。

「土の層を見てみたんですが、衣服の腐り具合から見て七十年くらいじゃないでしょうか？それ以上長くはないと思います。でも、ぼくはべつにこの分野の専門家じゃないけど」

「そうだね。しかし考古学者も同じような推測をしていた。彼もまたこの方面の専門家ではないがね」

　エーレンデュルはシグルデュル＝オーリに言った。

「捜査班としてはだいたい一九三〇年から一九四〇年代の失踪者にあたってみよう。もう少し前も入れてもいいかもしれないな。なにかわかるかもしれない」

いまエーレンデュルは家の基礎部分に立って、沈んでいく夕日の中であたりを見まわした。北方のモスフェルスバイル、コトラフィヨルデュル、エシャなどの山々をながめ、それからキャラネスの方向に建っている家々を見た。ウルヴァルスフェトルの下方にあるヴェストゥルランズヴェーグルをレイキャヴィクに向かって走る自動車の音が聞こえてくる。そのとき、一台の車がこっちに走ってくる音が聞こえた。車が停まり、自分と同じ五十年配の、でっぷりした男が降りてきた。ジーンズと同じ生地のジャケットにハンチング帽をかぶっている。音を立てて車のドアを閉めると、まずエーレンデュルを見、警察の車、そして家の基礎の上に高く積まれた土に目を移し、防水シートのテントを睨《にら》んだ。

「国の強制執行機関から来たのか？」男は苦々しく言うと、エーレンデュルに近づいた。

「強制執行機関？」

「あんたたちはどこまでも追いかけてくるんだな。こんどはこの土地の地価を調べるのか？」

「あんたがこの土地の所有者か？」エーレンデュルが訊いた。

「あんたはだれだ？　このテントはなんなんだ？　いったいなにが起きたんだ？」

エーレンデュルはヨンというこの男に事情を説明した。ヨンは建設請け負い業者で、この土地の所有者だったが、破産寸前で債務者たちから追いかけまわされていた。ここで働いているわけではなく、建てられている家に破損がないか、悪ガキがいたずらをしていないかときどき見まわりにくるのだという。彼は人骨発見のニュースを知らなかった。警察と考古学者のチームがここでなにをしているのかをエーレンデュルが説明している間、彼は信じられないというように建物の基礎になる穴の部分を目を凝らして見ていた。

「いやあ、まったく知らなかったな。建設作業員たちも知らなかっただろう。古代の墓か？」

「まだわからない」エーレンデュルはあまり多くを語りたくなかった。「ところで、東側の土地のことはなにか知ってるか？」と言って、スグリの木の茂みのほうを指差した。

「おれはただ、ここはいい土地だということしか知らん。レイキャヴィクの町がこんなところまで広がるなんて、夢にも思わなかったよ」

「広がりすぎなのかもしれないな。ところで、アイスランドではスグリの木は野生でも生えるものだろうか。知ってるか？」

「スグリの木が？　いや、まったくわからん。聞いたこともないな」

二人はそれから少し立ち話をして別れた。ヨンがこの土地を債権者に奪われそうだと心配していることは話からわかった。もう一つどこかでローンを組めればなんとか免れるのだが、と言っていた。

エーレンデュルも今日のところはもう帰ることにした。西の空は海から陸にかけて夕日で美しい茜色《あかね》に染まっていた。風が出てきた。

帰る前に、テントの中に入り、考古学者たちが表面の土を取り除いたところに下りてみた。黒い土を靴の先で軽く蹴って、そのまわりをゆっくりと歩いた。帰るつもりだったのに、なぜぐずぐずしているのか、自分でもわからないまま。家ではだれも、なにも、彼を待ってはいなかった。今日一日をどう過ごしたかを話す妻も、学校のことを話してくれる子どももいない。あるのはテレビと肘掛けいすと、敷きつめの古い絨毯《じゅうたん》、テイクアウトの食べ物の袋、そして一人の時間をもてあまして読んだ本がぎっしり詰まっている壁一面の本棚。本の多くはアイスランドの失踪者についての記録だった。過去に、最果ての土地で道に迷った旅行者や、厳寒の荒野で死んだ人々について書かれた本だ。

そのとき、靴のつま先がなにかに当たった。土の中から小さな石が突き出しているようだ。靴の先で何度か軽く蹴ってみたが、それは動かなかった。彼はしゃがみ込んでそのまわりの土を取り除いた。考古学者は、自分たちがいない間はなに一つ触ってはならないと厳しく言い残していった。エーレンデュルはうしろめたさを感じながら、少しその石を引っ張ってみた。が、石は土の中からまったく動かなかった。

エーレンデュルは両手で土を掻き出しはじめた。まもなく二つ目の石、そして三つ目の、四つ目の、五つ目の石に突き当たった。膝をつき、懸命に土をのけたので、あたり一面に土が飛んだ。個々の石はしだいに繋がり、ついにそれはどう見ても五本の指を形作り、人間の手の骨としか見えないものになって目の前に現れた。土の中から彼に向かって突き出されている手。五本の指。エーレンデュルはゆっくりと立ち上がった。

五本の指は上に向かって大きく広げられている。まるでそこに横たわっていた人間がなにかをつかもうとしているかのようだ。あるいは攻撃から身を守ろうとしているか、あるいは助けてくれと言っているかのようだ。エーレンデュルは夜の静寂の中で身震いした。

生きたまま埋められたのだ、と思った。スグリの木のほうを振り返って見た。

「生きたまま埋められたのか？」とささやいた。

そのとき携帯電話が鳴った。夕闇の中、深く考えに沈んでいたので、電話の音にすぐには気づかなかった。やっとポケットから電話を取り出し、応えた。最初は雑音しか聞こえなかった。

「助けて。お願い」

声の主がわかったとたん、電話が切れた。

4

携帯電話には着信記録があったが、小さなディスプレイには〈非通知番号〉とだけあり、相手の番号はわからなかった。かけてきたのは娘のエヴァ＝リンドだ。エーレンデュルは手のひらの携帯電話をまるで触れれば切れる鋭い石ででもあるかのように、怖々《こわごわ》見つめた。電話はそれきりで、かけ直してはこなかった。エヴァ＝リンドは彼の携帯電話の番号を知っている。最後の電話は、もう二度と顔も見たくないという捨てぜりふで切られたことを思い出した。エーレンデュルはどうしていいかわからずその場に立ち尽くし、かけ直してこない電話を見つめた。

そしてつぎの瞬間、車に乗った。

エヴァ＝リンドからはもう二カ月も連絡がなかった。それ自体はそれほど不自然なことではない。娘は彼とはまったく関係のない生活を送っていた。二十歳を少し超えたところで、ドラッグ常用者だった。最後に会ったときも猛烈な言い争いをした。場所は彼のアパートで、エヴァ＝リンドは我慢ならないクソ親父と叫んで出ていった。エーレンデュルには息子もいた。シンドリ＝スナイル。彼とはほとんどつきあいがない。エーレンデュルは妻と別れたとき、二人の幼い子どもを彼女のもとに残して家を出たのだった。元妻は決してそのことを許さず、子どもたちとは会わせなかった。彼は当時彼女の言葉に従ったが、いまではそのことを深く後悔していた。子どもたちは成人してからそれぞれ自分の意志で会いにきた。

エーレンデュルはティデヴァルヴスビンを猛烈な勢いで飛び出し、ヴェストゥルランズヴェーグル道路を一気に走り、レイキャヴィクに戻った。町はすでに気温が下がり闇に包まれていた。携帯の電源が入っていることを何度も確かめ、助手席に置いた。エーレンデュルは娘の生活をほとんど知らず、どこにいるのか、なにをしているのかもわからなかった。どこから探しはじめたらいいのかと思いめぐらせたが、ふと一年ほど前彼女がヴォーガルの地下室のアパートに暮らしていたことを思い出した。

とにかくいったん家に戻って、エヴァ＝リンドが来ているかどうか確かめようと思った。アパートに入ると名前を大声で呼んだが、娘の姿はアパートの中にもその周辺にも見当たらなかった。別れた妻に電話をかけようとしたが、できなかった。代わりに息子にかけた。姉弟がたまにではあるが連絡を取り合っていることを知っていた。電話局からシンドリ＝スナイルの番号を聞いてかけた。シンドリはレイキャヴィクから離れたところで仕事をしているらしく、姉の居所は知らないと言った。

エーレンデュルは迷った。

「まいったな」とつぶやき、また番号案内に電話して別れた妻の電話番号を手に入れた。

「エーレンデュルだ」電話に出た元妻に言った。「エヴァが危険な目に遭っているらしい。彼女の居所を知らないか?」

電話の向こうは無言だった。

「エヴァから電話があったのだが、途中で切れた。彼女がどこにいるのかわからない。なにか起きたのではないかと思う」

　相手は一言も話さない。

「ハルドーラ？」

「二十年も経ってから電話してきて、これがあいさつ？」

　その声には長い時間が経っているのに、変わらぬ憎悪がこもっている。電話をかけたのは失敗だったとわかった。

「エヴァ＝リンドが助けを求めている。おれはあの子の居場所を知らないんだ」

「助け？」

「なにかが起きたのだと思う」

「それ、あたしのせいだとでも？」

「きみの？　いや、ただおれは……」

「あたしに助けが必要だとは思わなかった？　たった一人で二人の子どもを育てたんだから。あのとき、あんたは助けなどくれなかった」

「ハル……」

「そしていまじゃ、あんたの子どもたちは面倒なことになっている。二人ともよ！　自分がどんなにひどいことをしたか、やっとわかった？　あんたがあたしたちになにをしたか。あたしと子どもたちをどんなひどい目に遭わせたか」

「あの子たちに会わせなかったのはきみだ……」

「あたしがいままであの子を何万回助けたと思う？　あの子のためになにもかもおいて駆けつけた。あんた、そんなときどこにいたのよ？」

「ハルドーラ、おれは……」

「死んじまえ！」

電話が叩きつけられた。エーレンデュルは電話をかけた自分に腹が立った。ふたたび車に乗るとヴォーガル地区に向かい、地下にアパートの部屋のあるうらびれた建物の前に車を停めた。玄関ドアのドア枠に揺れているベルを鳴らしたが、中にベルの音が響いた様子はなかったので、ドアをこぶしで叩いた。中から人が開けてくれるのを苛立ちながら待ったが、だれも出てこない。ドアの把手を押し下げてみると、難なく開いた。施錠されていなかった。エーレンデュルは静かに中に入った。入ったところは小さな玄関ホールだった。中の部屋のどこかから赤ん坊の泣き声が小さく聞こえてきた。部屋に近づくほどに尿と排泄物の臭いが鼻をつく。

一歳ほどの女の子が床に座っていた。泣き疲れてほとんど声も出ないようだ。かすれた声を発しながら震えている。身につけているのは汚れた薄い肌着だけ。裸の尻で、飲み干したビール缶やウォッカの瓶、インスタント食品や乳製品の腐ったものの間を這いずりまわり、あたり一面に異様な臭いをまき散らしていた。部屋には座面がほとんど形をとどめていないソファしかなく、そこに裸の女がエーレンデュルに背を向けて横たわっていた。赤ん坊は彼がソファに近づいても見上げる力もなく震えている。女の手首に触ってみた。脈はあった。下腕に注射針の痕が見える。

部屋の隅に流しがあり、その先に小さな部屋があった。エーレンデュルはそこから毛布を引っ張り出してソファの女の上に投げた。小部屋のわきの小さなバスルームにシャワーがついていた。エーレンデュルは赤ん坊を抱き上げると、ぬるま湯でそっと赤ん坊を洗い、タオルで包んだ。赤ん坊は泣き止んだ。尻のまわりが尿で真っ赤にただれている。赤ん坊はほとんど飢え死にしかけていたが、部屋には食べ物がなにもない。エーレンデュルはポケットにあったチョコレートのかけらをほんの少し赤ん坊になめさせ、話しかけた。赤ん坊の手首と背中に火傷痕があった。エーレンデュルの表情が変わった。

部屋の隅に小さな乳児用のベッドがあった。ベッドの上に散らばっているビールの空き缶や空っぽのハンバーグのカートンなどを捨てると、そっと赤ん坊をベッドの上に横たえた。エーレンデュルは女のそばに戻った。体中の血が怒りのあまり煮えたぎっていた。その女が赤ん坊の母親であるかどうかはわからなかったが、そんなことはどうでもよかった。女を揺り起こし、隣の部屋のバスルームまで運んで床に下ろし、シャワーの冷たい水を女の頭から浴びせた。女は抱き上げたときは死んだようになんの反応もなかったが、冷たい水をかけられて目を覚まし、深く息を吸った。冷水を飲み込んで女は悲鳴を上げ、身をよじって放水から逃れようとした。

エーレンデュルはしばらくそのまま女に水を浴びせてから、蛇口を締めた。毛布を投げつけて体を包ませ、大きな部屋のほうへ連れていき、ソファに座らせた。女は目を覚ましたがもうろうとしているらしく、エーレンデュルをようやく開けた薄目で見上げた。それから急になくしものでもしたかのようにあたりを見まわした。突然なにか思い出したようだ。

「ペルラはどこ？」毛布の中で体を震わせながら女が言った。

「ペルラ？　なんだ？　小犬でも飼ってたか？」エーレンデュルが怒りを噛み殺して歯の間から低く言った。

「あたしの赤ちゃんよ。どこにいるの？」女が繰り返した。

三十歳ほどだろうか。ショートカットで、化粧が濃い。水を浴びせられて化粧はすっかり崩れている。上唇が腫れていて、額には大きなこぶ、右目のまわりに青あざがあった。

「あんたには子どもの居場所を訊いたりする資格はない」エーレンデュルが言った。

「なに？」

「赤ん坊の肌にタバコの火を押し当てるような母親じゃないか！」

「え？　そんなことしないよ！　あんた、だれ？」

「男に殴られたのか？」

「殴られたって？　なに言ってんのさ、あんただれ？」

「ペルラという子はここから連れ出す。赤ん坊にこんなことをする男もかならず探し出す。いいか、あんたに二つ訊きたいことがある」

「あの子をここから連れ出すって？」

「何カ月か前、いや、ひょっとすると一年ほど前のことかもしれないが、この部屋に痩せた、髪の毛を黒く染めた若い女が住んでいた。名前はエヴァ＝リンドという……」

「ペルラは言うこと聞かないのよ。いつもピーピー泣くんだから」

「ああ、そりゃ、かわいそう、とでも言われたいか？」

「それで、あの人、怒ったの」

「いまはエヴァ＝リンドのことを話してるんだ。彼女を知ってるか？」

「ペルラを連れていかないで。お願い！」

「エヴァ＝リンドの居場所を知ってるか？」

「エヴァはここから出ていったわ。何カ月も前のことよ」

「どこへ？」

「知らない。でもバッディといっしょだった」

「バッディ？」

「ガードマンの。ペルラを連れてったら、あたしマスコミに訴えてやる。聞いてるの？　新聞に書き立てられるよ、あんた」

「その男、どこのガードマンをしてるんだ？」

女は場所を言った。エーレンデュルは立ち上がると、まず救急車の手配をし、そのあと児童保護局の緊急センターに電話して手短に状況を説明した。

「さて二つ目の質問だが」エーレンデュルは救急車を待ちながら言った。「あんたをこんな目に遭わせたウジ虫野郎はどこにいる？」

「彼には手を出さないで」

「あんたをまたいたぶることができるようにか？　あんた、そうしてほしいのか？」

「まさか」

「それじゃ、どこにいる？」

「一つだけ……」

「なにが？　なにが一つだけ、なんだ？」

「あの人を捕まえるのなら……」

「なんだ？」

「あの人を捕まえるのなら、殺してちょうだい。さもないとあたしがあの人に殺される」女はそう言うと、冷たい笑いを浮かべてエーレンデュルを見た。

バッディというのは、異常なほど頭の小さな、筋肉隆々の男で、レイキャヴィク中央のストリップクラブの入場口ガードマンをしていた。ただしエーレンデュルがそこに行ったとき、入り口に立っていたのは彼ではなく、別のこれまた頭の小さな筋肉男だった。彼はバッディの居場所を教えてくれた。

「バッディはショーを受け持ってる」と男は言ったが、エーレンデュルはその意味が呑み込めず、驚くほど小さな男の頭を見つめた。

「プライベート・ショーだよ。個人客に特別のダンスを見せるんだ」男は目をくるりと回して上に向けた。

エーレンデュルはクラブの中に入った。薄暗い赤い電球が点いている。片隅にバーカウンターがあり、テーブルといすが数脚、そして少し高い舞台で脈打つようなリズムの音楽に合わせてポールに腰をくねらせて踊る若い女をねめつけるように見ている男たちが数人いた。女はエーレンデュルを見ると、魅力的な客が来たと言わんばかりに彼の目の前まで来て腰をくねらせ、もともとないに等しいミニブラジャーを外してみせた。エーレンデュルが同情に満ちた目で見つめ返したので、女は気恥ずかしくなったらしく、彼に背を向けて踊りだしたが、その間にも最後の尊厳を保つように気づかなかったような顔をして、肩からブラジャーを滑り落とした。

プライベート・ショーとやらがおこなわれている部屋はどこかとエーレンデュルは目を凝らした。ダンスフロアの先の廊下は薄暗かった。エーレンデュルはそっちに向かって歩きだした。廊下の壁は黒で、突き当たりに下におりる階段があった。エーレンデュルは暗いところはよく見えないのだが、ゆっくり階段を下りると、そこにはさらにまた黒い廊下があって、赤い電球が一つ天井からぶら下がり、あたりを照らしていて、廊下の突き当たりにはまたもや筋肉男が一人、腕組みをして立っていた。男とエーレンデュルの間には両側に三つずつドアが並んでいて、六つ部屋があるらしかった。どの部屋からかヴァイオリンの音がした。悲しい音色だった。

筋肉男がエーレンデュルに近づいた。

「あんたがバッディか？」エーレンデュルが訊いた。

「娘っこはどこだ？」筋肉男は、喉から突き出ているおできのような小さな頭をしている。

「こりゃ驚いたな。いままさにあんたにそれを訊くところだった」エーレンデュルが言った。

「おれに？　なに言ってんだ。女は自分で選んでくるんだ。上に戻って女を一人連れてこい。そしたら入れてやる」

「ああ、そういうことか」誤解が解けて、エーレンデュルが言った。「おれはエヴァ＝リンドを探している」

「エヴァ？　あの子はずっと前にやめたよ。あの子がお気に入りだったのか？」

エーレンデュルは男を睨《にら》みつけた。

「ずっと前にやめた？　どういうことだ？」

「ここにはときどき来ただけさ。どういう関係？」

ドアの一つが開き、中から若い男がズボンのチャックを上げながら出てきた。その後ろに若い娘が服を拾い上げようとしている姿が見えた。男は二人の前を通り、バッディの肩を軽く叩いて階段を上がっていった。部屋の女はエーレンデュルに気づいてドアをぴしゃりと閉めた。

「ここにいたというのか？　エヴァ＝リンドはここで働いていたのか？」

「ああ、ずっと前のことだがね。あの部屋の子はエヴァによく似ているよ」とバッディは車のセールスマンのように機嫌よく一つの部屋のドアを指差し、エーレンデュルをうながした。

「リトアニアから来た医学生だとよ。ヴァイオリンを弾く娘もいる。聞こえなかったかい？　リトアニアのなんとかいう有名な音楽学校の生徒だとさ。アイスランドに来て金を稼いで、また国に戻って勉強を続けるらしいよ」

「どこにエヴァ＝リンドがいるか、知ってるか？」

「女の子たちの自宅はぜったいに教えられない」と言ってバッディは真剣な表情をしてみせた。

「女の子たちの住所など訊いてないさ」エーレンデュルはため息をついた。怒らないようにずっと我慢しているのだ。下手に出て、なんとか情報を手に入れるまでは決して怒鳴らないように気持ちを抑えている。だがいまは喉にできたニキビを絞り上げるように男を絞り上げたい気分だった。「エヴァ＝リンドになにか危険が迫っているのではないかと思う。電話をかけてきたのだが途中で切れた」とできるだけ冷静に言った。

「それであんただれ？　エヴァの父ちゃんとか？」と言って男は皮肉を言ったつもりで笑った。

エーレンデュルは男を見た。こんなに小さな頭なんてあり得ないと言わんばかりにまじまじと見た。ふざけて言ったつもりがズバリだったことに気づき、バッディの顔から笑いが消えた。まさか。またやったか、おれ。彼はゆっくり後ろに下がった。

「まさか、ポリ公の親父じゃないよな」

エーレンデュルはうなずいた。

「うちの店はちゃんと合法的にやってるよ」

「そんなことはどうでもいい。エヴァ＝リンドのことをなにか知ってるか？」

「いなくなったのか？」

「わからない。とにかくおれの前から姿を消したことはたしかだ。電話で助けてくれと言ってきたのだが、おれにはあの子の居所がわからない。あんたがあの子のことを知っていると人から聞いた」

「おれは前に一時エヴァとつきあってたんだ。あいつから聞いてるかな？　けどよ、エヴァとつきあうことなんて無理な話さ。あいつはイカレてるからな」

「いまの居場所、わかるか？」

「最後に会ってからずいぶん経ってるからねえ。あいつ、あんたのことを憎んでいるよ。知ってたかい？」

「あんたがつきあってたころ、あの子にブツを渡してたのはだれだ？」

「ブツって、ヤクか？」

「ああ、そうだ」

「そいつをぶち込むつもりか？」

「いや、そいつにかぎらずだれのこともぶち込むつもりなどない。おれはエヴァ＝リンドのところに行きたい。手伝ってもらえるか、それともノーか？」

バッディは考えた。この男を手伝う必要などない。エヴァにしても同じことだ。あんな女、地獄に堕ちやがれ、だ。だが、警察官の目つきのなにかが、ここは断るよりも協力するほうがいいと告げていた。

「おれはエヴァのことはなにも知らない。アリと話してみるがいい」

「アリ？」

「ああ。ただし、おれから聞いたとは口が裂けても言わないでくれよな」

5

エーレンデュルはレイキャヴィク港付近の、町でもっとも古い地区に車を乗り入れた。頭の中にはエヴァ＝リンドとこの町のことが交錯していた。子どものときから人生の大部分をこの町で過ごしてきたにもかかわらず、彼は自分をよそからこの町に流れ込んできた根無し草と見なしていた。地方から人々がこの町に移住するようになると、田舎は空洞化し、レイキャヴィクは縦に横に、港に丘陵にとどんどん広がった。農業や漁業に従事していた人々は職も家も捨て、新しい暮らしをするために町に流れ込んだ。結果、暮らしの根っこを失い、先祖との繋がりもなく、明日の暮らしも見えずあくせくと暮らしている。彼はこの町が好きになれなかった。自分はアウトサイダーだと感じていた。

アリは二十歳ほどの、瘦せて赤ら顔のソバカスだらけの男だった。前歯がなく、げっそりと頬がこけ、病気のように見える。気色の悪い咳をしていた。バッディの推測どおり、オイストゥルストライティ・カフェにいた。テーブルに一人、空のビールジョッキを前にして座っていた。眠っているようだ。腕組みをしてうなだれている。緑色の汚れた冬用ジャケットを着ていて、バッディの言ったとおりの風貌だった。エーレンデュルは同じテーブルに腰を下ろした。

「おまえがアリか？」と訊いたが、反応はなかった。あたりを見まわした。店の中は薄暗く、人は多くなかった。離れた隅のほうに人影が見えた。天井からなにやら悲しげな声で歌うカントリーミュージックが流れている。カウンターの中でバーテンダーが高いスツールに腰を下ろして本を読んでいる。表紙は『アイスピープルのサーガ』と読める。

エーレンデュルが問いを繰り返して男の肩をつかむと、男はうっすらと目を開けてエーレンデュルを見た。

「ビールがもっとほしいか?」と訊いて、笑顔を作ろうとしたが顔が歪んだだけだった。

「だれだ、おまえは?」とアリは訊いたが、薄目のままでたたずまいを正そうとはしなかった。

「エヴァ＝リンドを探している。あの子の父親だ。急いで探し出さなければならない。助けてくれと電話があった」

「ポリ公っていう親父か?」

「ああ、そうだ。ポリ公だ」エーレンデュルが答えた。

アリはいすから立ち上がってすばやくあたりを見まわした。

「なんでおれに訊くんだ?」

「おまえがエヴァ＝リンドを知っているとわかっているからだ」

「知っているだと?」

「ああ。いまどこにいる?」

「あんた、ビールをおごってくれるところだったか?」

エーレンデュルは男を見て、こんなことをしていいものだろうかとチラリと思ったが、いまは非常事態だからかまわないと決めた。立ち上がってバーカウンターのほうへ行った。バーテンダーは顔を上げアイスピープルの本をしぶしぶ伏せると立ち上がった。エーレンデュルは強いビールの大ジョッキを注文した。財布を取り出そうとしたとき、アリの姿がないことに気がついた。さっと見まわし、入り口ドアが揺れているのが見えた。バーテンダーとジョッキを残してエーレンデュルは走りだした。外に出るとアリがグリョータソルプの方向へ走っていくのが見えた。

アリは速くは走れない。走る力もなかった。後ろを振り返ってエーレンデュルが追いかけてくるのを見ると走る足を速めようとしたが、そうするにはあまりに体力がなかった。エーレンデュルはまもなく追いつき、手で押すと、アリは地面に倒れた。ポケットから錠剤の入った薬瓶が二つ転がり落ち、エーレンデュルはそれらを拾い上げた。エクスタシーのようだ。アリの上着を揺すると、もっと薬瓶があるような音が聞こえた。ポケットの中に手を突っ込むと、錠剤入りの薬瓶が出てくるわ出てくるわ……。

「やつらに殺される……」アリが地面からよろよろと立ち上がった。人通りはほとんどなく、中年の夫婦が道の向かい側に立ち止まって様子をうかがっていたが、エーレンデュルがアリのポケットから薬瓶をつぎつぎに取り出すのを見ると首を振りながら立ち去った。

「やつら？　そんなことはどうでもいい」エーレンデュルが言った。

「返してくれ。やつらにどんな目に遭わされるか……」

「やつらって、だれだ？」

アリは建物の外壁に寄りかかって泣きだした。

「これがだめになったら、おれはおしまいなんだ」洟水《はなみず》が流れだした。

「おまえのことなど、かまっていられない。最後にエヴァ＝リンドにいつ会った？」

アリは洟を垂らしながらも、エーレンデュルを鋭く見返した。ひょっとすると逃げられるかもしれないという顔つきだ。

「オーケー」

「なにがオーケーだ？」

「エヴァのことを話したら、ドラッグを返してくれよな？」

エーレンデュルは考えた。

「エヴァのことをなにか知っているというのなら、ドラッグを返してやろう。嘘をついたら、戻ってきてサンドバッグにしてやる」

「わかった、わかった。エヴァは今日おれを探しにきた。あいつに会ったら、いままで貸したおれの金を返せと伝えてくれ。大金だぞ。これ以上はもう出せないと断った。腹のでかい女に商売させるなんてことはおれにはできない」

「おお、これはまたご立派なことを言うじゃないか」

「あの女、腹を突き出してやってきて、金を貸せと言った。おれが断るとしばらくくだくだ言ってたが、いつのまにかいなくなった」

「どこへ行ったか、知ってるか？」

「ぜーんぜん」

「どこに住んでいるんだ？」

「あいつは文無し女だ。おれは金が要るんだ。わかるか？　なきゃ、あいつらに殺される」

「エヴァはどこに住んでるんだ？」

「あいつがどこに住んでいるかって？　住んでるところなんてないさ。そこらへんを歩きまわって、人にたかって暮らしてるんだから。ただでブツが手に入ると思ってやがる」アリは鼻の先でせせら笑った。「ただでやる人間なんていねえよ。プレゼントとしてってか、冗談じゃねえよ」

歯のない口から子どもが舌足らずで話すような音が漏れた。急にエーレンデュルの目に、アリが汚い上着を着て大人のふりをしている小さな子どものように映った。

また洟を垂らしだした。

「エヴァはどこへ行ったと思う？」エーレンデュルが訊いた。

アリは彼を見つめ、洟をすすった。

「ドラッグ返してくれるか？」

「エヴァはどこだ？」

「答えたらぜんぶ返してくれるか？」

「どこだ？」

「エヴァ＝リンドについて話せばいいのか？」

「ああ、ただし嘘はだめだ。どこにいる?」

「もう一人の女といっしょだ」

「だれだ?」

「その女がどこに住んでいるか、知ってる」

エーレンデュルはアリにぐっと近づいた。

「ぜんぶ返してやるぞ。その女はだれなんだ?」

「客引きさ。このすぐ近くに住んでる。トリグヴァガータだよ。桟橋近くの大きな建物の最上階」アリはそろそろと手を伸ばしてきた。「いいだろ? もう返してくれよ。約束したじゃないか? ぜんぶ返してくれよ」

「こんなもの、返すはずがない、おまえのような者に。あり得ない。時間があれば、警察署へしょっぴいていって、留置所に叩き入れるところなんだ。そうならないことをありがたいと思え」

「だめだ! やつらに殺される! たのむ、ドラッグを返してくれ、たのむから!」

エーレンデュルは洟をすすりながら懇願するアリに見向きもせずにその場を立ち去った。後ろからアリが悔しがって壁に頭をぶつけて罵《のの》っている声が聞こえた。不思議なことに、アリは怒りをエーレンデュルではなく自分自身に向けて罵っていた。

「くそ、おまえは本当にバカなやつだ、どうしようもなくバカなやつだ……」

振り向くと、アリが自身の頬を引っぱたいているのが見えた。

四歳ほどの男の子だった。汚れたパジャマのズボンをはいているが裸足で、上半身は裸、髪の毛は汚れてぼさぼさだ。ドアを開けてエーレンデュルを見上げた。男の子の頭を撫でようとして手を伸ばすと、男の子はさっと体を引いた。エーレンデュルは母さんはいるかと声をかけたが、男の子は探るような目でエーレンデュルを見、答えようとしなかった。

「エヴァ＝リンドはここにいるかい？」エーレンデュルが訊いた。

時間が刻々と過ぎていく。エヴァ＝リンドが電話をかけてきてからすでに二時間近く経っている。もう間に合わないのではないかという気持ちが彼を焦らせていた。頭は娘の陥っている危険な状態とはなにか、そればかりを考えるが、なにを考えてもいてもたってもいられない。それよりもいまは探し出すことに集中することだ。とにかくいまは、さっきアリに会ったあと、彼女がだれといっしょだったかわかっただけでもいい。もうすでにかなり近づいているにちがいない。

男の子は答えなかった。急にアパートの中に引っ込んでいなくなった。エーレンデュルはあとを追いかけたが、男の子の姿は見えなかった。アパートの中は真っ暗で、エーレンデュルは壁を撫でて電気のスイッチを探した。スイッチはあったがどれを押しても電気はつかなかった。やっと明かりがつくと、彼は小さな部屋の前にいて、部屋の天井から裸電球がぶら下がっていた。部屋には床板がなく、冷たいコンクリートの打ちっぱなしになっていた。その上に直接マットレスがいくつか散らばっていて、その一つに若い女が寝ていた。エヴァ＝リンドより何歳か若いかもしれない。ぴったりしたジーンズに赤い下着のシャツ姿だ。そばに金属製の小箱があり、中に注射器が二本あった。細いビニールの管が床に落ちている。二人の男が女を囲んで両側のマットレスにそれぞれ眠っていた。

エーレンデュルはひざまずき、女を揺り動かしてみたがまったく反応はなかった。頭を両手でつかんで持ち上げ、頰を軽く叩いてみた。女はむにゃむにゃとなにか言った。彼は立ち上がると、女を立たせ、歩かせようとした。女は目を覚ましたらしく、目を開けた。エーレンデュルは部屋の隅にあるいすに女を座らせた。女は彼を見上げたが、すぐにがくんと頭を胸元まで下げた。また頰を軽く叩くと女は目を開けた。

「エヴァ＝リンドはどこだ？」

「エヴァ？」女がつぶやいた。

「今日エヴァ＝リンドといっしょだっただろう。どこへ行った？」

「エヴァ……」

頭がまたがくんと下がった。エーレンデュルの目に部屋の入り口に立っている男の子が映った。片方の手に人形を持っている。もう片方の手に持っていた哺乳瓶をエーレンデュルのほうに伸ばした。それから哺乳瓶を口に持っていき、なにも入っていない瓶の口を吸っている。エーレンデュルはその様子を見、歯ぎしりした。ポケットから携帯電話を取り出して救援を求めた。

エーレンデュルは救急車に医者を乗せてくるようにたのんだ。

「この女に注射を打ってもらいたい」エーレンデュルが言った。

「なんの注射?」医者が訊いた。

「この女はヘロインをやっていると思う。ドラッグの効果をなくす拮抗剤のナロキソン、ナルカンティでも打ってくれないか?」

「いや……」

「この女と話をしなければならないのだ。いますぐに。私の娘が危険なんだ。この女は娘の行方を知っているかもしれない」

医者は女を見、それからエーレンデュルを見てうなずいた。

エーレンデュルは女をマットレスの上に戻した。女が意識を回復するのに少し時間がかかった。救急隊員は担架を持ったままそのそばに立っていた。男の子はどこかに隠れてしまい、床で眠っている男たちはまだそのままだった。

エーレンデュルは意識を取り戻しはじめた女のそばにしゃがみ込んだ。女はエーレンデュル、医者、そして救急隊員の男たちを順番に見た。

「なにが起きたの?」まるでひとりごとのように小さな声だった。

「エヴァ=リンドのことをなにか知ってるか?」エーレンデュルが訊いた。

「エヴァ?」

「今日いっしょだっただろう? なにか危険なことが起きたらしい。あの子がどこへ行ったか知ってるか?」

「エヴァがどうかしたの?」と言うと、女はあたりを見まわした。「キッディはどこ?」

「小さい男の子なら、別の部屋にいる」エーレンデュルが言った。「あんたに会いたがってるよ。エヴァ＝リンドがどこにいるか、教えてくれ」

「あんただれ?」

「あの子の父親だ」

「ポリ公の?」

「ああ、そうだ」

「エヴァはあんたが大嫌いだ」

「知ってる。いまどこにいる?」

「痛くなったんだよ。あたし、病院へ行けって言った。行ったと思うけど」

「痛くなった?」

「そう。おなかがとても痛いって」

「どこで? あの子はここから病院へ行ったのか?」

「あたしたち、ちょうどバスターミナルにいたのよ」

「バスターミナル?」

「うん。中央病院へ行くって言ってたけど、行かなかったのかな?」

エーレンデュルは立ち上がった。医者から国立中央病院の電話番号を聞いて電話したが、ここ数時間、エヴァ＝リンドという名前の女性は病院に来ていない、いや彼女の年齢の女性はまったく来ていないという答えだった。産科に繋いでもらい、娘の外見を細かく説明したが、夜勤の助産師はそんな妊婦は来ていないと言うばかりだった。

エーレンデュルはアパートから走り出て車を急発進させ、フルスピードでフレンムルのバスターミナルまで行った。そこに人影はまったくなかった。バスターミナルは夜中で閉まる。車を停めてスノラブルイトの方向へ急いだ。ノルデュルミリ地区の建物の前をなかば駆け足で抜け、庭の木々の間にエヴァ＝リンドの姿を探した。病院の近くまで来たころには娘の名前を呼んであたりを見まわしながら歩いたが、返事はなかった。

以前は産科だった棟の近くまで来たとき、見つけた。病棟から五十メートルのところにある茂みの後ろに、エヴァ＝リンドが血まみれになって倒れていた。探し出すのに長い時間がかかったわけではない。それでも遅すぎた。彼女が横たわっている芝生は血で大きく黒ずみ、ジーンズは真っ赤に染まっていた。

エーレンデュルは娘のそばにひざまずき、病院の建物を仰ぎ見た。エヴァ＝リンドが生まれるとき、雨の中、ハルドーラといっしょにこの病院に入っていく自分の姿が見えた。この子はいま同じ場所で死にかかっているのだろうか？

エーレンデュルはそっとエヴァの額を撫でた。触っていいものかどうかもわからなかった。おなかの子はたぶん七カ月目に入っていただろう。

はじめのうち彼女は逃げようとした。が、いまではそんな考えはとっくに捨ててしまっていた。

二度、試みた。二度ともまだ彼らがリンダルガータンの地下室に住んでいたころのことだ。最初に彼に殴られたときから、彼がふたたび自分を抑えられなくなるまで一年が経っていた。自分を抑えられないというのは彼自身の言葉だった。まだ暴力に依存する彼の性格について話し合うことができたころのことだ。だが彼女には、彼が自分を抑えられないようには決して見えなかった。それどころか、彼女を立ち上がれなくなるほど殴り、蹴り、辱《はずかし》めの言葉を浴びせかけるときの彼はいつにもまして冷静で落ち着いているように感じられた。どんなにそうではないと彼が言っても、彼女には計算ずくの、完璧に意識的な行為に思えてならなかった。一度の例外もなく。

時が経つにつれて、このような相手に打ち勝つには、彼女自身冷静沈着でなければならないと思うようになった。

最初の逃亡は失敗するとはじめから決まっていたようなものだった。準備をしていなかった。なにをしたらいいか、どこへ逃げたらいいかも考えず、厳寒の二月の夜、突然二人の子どもを連れて家を飛び出した。シモンの手を引き、ミッケリーナをおぶって。ただただこの地下室から逃げ出さなければ、という思いに駆られて。

教会の牧師にはしばしば相談していた。が、彼の忠告は、よい妻は夫から逃げたりしないというものだった。結婚は神の思し召しで、人間はそのご意思に応えて、どんなことでも我慢しなければならないと。

「子どもたちのことを考えなさい」と牧師は言った。

「子どもたちのことを考えるからこそ、なんです」と彼女が言うと、牧師はひとり合点して満足そうにほほ笑んだ。

彼女は決して警察へは行かなかった。彼が彼女を痛めつけたとき、隣人が二度警察に通報してくれた。二人の警官が地下室にやってきて、静かにしろと言った。片方の目が紫色に腫れ上がり、唇が裂けている彼女を見ながら、騒ぐと近所の人たちに迷惑だから静かにしろと叱っただけで行ってしまった。二度目はその二年後で、警官たちは彼と話をした。彼を外に連れ出した。彼女はその後ろから叫んだ。彼に暴力を振るわれている、殺すぞと言われている、こんなことは初めてではないと。警官たちは酔っぱらっているのか、と訊いた。彼女は最初なにを訊かれたのかわからなかった。おまえは酔っぱらっているのか？　警官たちは繰り返した。彼女は否定した。お酒なんて一度も飲んだことありません。警官たちは外で彼になにかささやくと、握手して引き揚げていった。

警官の姿が見えなくなると、彼は彼女の頬をカミソリで撫でた。

その晩、彼が深い眠りに落ちたとき、ミッケリーナをおぶい、シモンを前に急き立てて静かにアパートを出て、地下室から階段を上がった。本当はゴミ捨て場に捨ててあった古い乳母車の台座を使ってミッケリーナのために簡単な乗り物を作っておいたのだが、彼がそれを見つけてこなごなに壊してしまった。まるで彼女の計画を察知したかのように。

このときの逃亡は突発的なものだった。救世軍の教会へ逃げ込み、一晩泊まらせてもらうことになった。レイキャヴィクにもほかの土地にも親族はいない。翌朝目が覚めて彼女も子どもたちもいないことに気づいた彼はすぐに家を飛び出して探しはじめた。厳寒の冬に薄いシャツ姿で町じゅうを走りまわり、彼女が子どもたちといっしょに救世軍の建物から出てくるのを見つけた。男の子を彼女の手から引き離し、ミッケリーナを抱き上げると、彼はそのまま町なかを一言も話をせずに家まで歩いた。彼女は声も出なかった。彼は脇見もせず、決して後ろを振り返りもしなかった。子どもたちは恐怖に震え、逆らうことができなかった。だが彼女にはミッケリーナが後ろの彼女に手を伸ばし、声を押し殺して泣いているのがわかった。

あのとき彼女はなにを考えたのか?

黙って彼のあとについていくしかなかった。

二度目の逃亡。これに失敗したとき、彼は子どもたちを殺すと言い、彼女はそれ以来逃げるのをあきらめたのだ。あのときはもっと周到に準備した。新しい生活ができるかもしれないと思った。北のほうの漁港に逃げ、一部屋の小さなアパートを借り、魚工場で働いて子どもたちを育てようと思った。じゅうぶんに時間をかけて計画を立てた。行き先はシグルフィヨルデュルに決めた。戦争後、港には仕事がたくさんあった。地方から大勢の人が働き口を求めてシグルフィヨルデュルに流れ込んでいた。子どものいる女なんて、人の目にもとまらないにちがいないと思った。最初は労働者用のバラックに住めばいい。そのうちにちゃんと家賃を払って、いいところに引っ越すのだ。

自分と子ども二人のバス代は高かった。夫は港で働いた金は一文もむだにしなかった。彼女は長い時間をかけて小銭を貯め、やっとバス代が払える額になった。小さなカバンに子どもたちの服を詰め、自分のためにはほんの少しのものを持った。壊された台車はミッケリーナのために直しておいた。小走りにバスターミナルまで急いだ。その間も、すぐそばの角に彼が立っているような気がして何度もあたりを見まわしながら。

いつものように昼食に戻った彼はすぐに彼女がいないことに気づいた。彼が昼食にはかならず戻ってくることを知っていた彼女は、いつものように昼食を用意しておいた。が、彼は台車がないことにすぐに気がついた。押し入れのドアも開いていた。カバンもない。すぐに飛び出して前回の隠れ家だった救世軍の建物に行き、彼女は来ていないという牧師を怒鳴りつけた。牧師を完全に無視して家中を探しまわり、部屋という部屋を地下室まで調べ上げた。どこにもいないとわかると、救世軍の責任者の大佐に飛びかかって床に叩きつけ、彼女たちの居場所を言わなかったら殺すぞと脅した。

救世軍には来ていないことがはっきりすると、また町に飛び出した。が、彼女の姿はどこにもなかった。小売りの店や食べ物屋にもずかずかと入ってくまなく探したが、彼女はどこにもいなかった。時間が経つにつれ、彼の怒りは激しくなり、地下の部屋に戻ったときには完全に頭がおかしくなっていた。家中をひっくり返して、行く先の手がかりになりそうなものを探したが、なにも見つからなかった。そのあと、彼女が働いていた商店でいっしょだった二人の女のところに押しかけ、通されもしないのに家に入り込み、彼女と子どもたちの名前を連呼し、いないとわかると謝りもせず出ていった。

夜中の二時、彼女はシグルフィヨルデュルに着いた。ほぼ一昼夜の旅だった。バスは三カ所で停まり、乗客は体を伸ばし、弁当を食べ、売店で買い物をした。彼女は瓶に入れた牛乳とサンドイッチを持ってきたが、ハガネスヴィークでシグルフィヨルデュル行きの船に乗り換えたときには、三人とも空腹になっていた。そして寒い冬の夜中、やっとシグルフィヨルデュルの港に二人の子どもを連れて降り立ったのだった。バラックの建物までようやく行くと、管理人が小さな部屋に案内してくれた。ベッドも一つあった。マットレス一つと毛布二枚も貸してくれた。そこで三人は自由になって初めての夜を過ごした。子どもたちは横になったとたんに眠りに落ちたが、彼女は暗闇をじっと見つめ、震えていた。いままでこらえていた涙が堰《せき》を切ったように流れだした。

だが数日後、見つかってしまった。

彼は彼女が町を出てどこかほかの土地へ行ったのではないかと疑った。もしかするとバスに乗ったかもしれない。バスターミナルへ行って、彼は手当たり次第訊いてまわった。そしてついに彼の妻と子どもたちはシグルフィヨルデュル行きのバスに乗ったという情報をつかんだ。バスの運転手は二人の子どもを連れた女のことをよく覚えていた。とくに女の子が障害者だったことで。彼はその場で切符を買い、つぎのバスに乗り、夜中にシグルフィヨルデュルに着いた。バラックのドアをつぎつぎに開けていって、眠っている彼女を見つけた。バラックの管理人から聞き出したのだ。管理人には妻と子どもたちが先に来ているはずだが、自分と合流したらすぐに出発することになっていると説明した。

彼はその小部屋に忍び込んだ。外の明かりが一筋窓から部屋の中に差し込んでいた。子どもたちの上をまたぐと、寝ている彼女の上に覆いかぶさり、顔と顔がつくほどに近づき、彼女を揺さぶった。彼女は深く眠っていた。彼はもう一度、こんどは激しく揺さぶった。彼女の目が開くと、彼はその目をのぞき込み、そこに間違いようのない恐怖が浮かび上がるのを見てゆっくり笑った。悲鳴を上げそうになった彼女の口を手で押さえた。

「おれからこんなに簡単に逃げられると思ったか？」低い声が響いた。

彼女は大きく目を開けたままだ。

「そんなに簡単なことだと思ったのか？」

彼女はゆっくり首を振った。

「おれがいまいちばんなにをしたいかわかるか？」食いしばった歯の間からしゃがれ声が彼女の耳に響く。「おまえの娘を高い山に連れていって殺してやることだ。そして土深く埋めてやる。ぜったいに見つからないようにな。そして人には、海に落ちてしまったと言うのだ。ああ、かわいそうに、となる。わかるか？　おれは本当にやるつもりなんだよ。これからすぐにやる。おまえが少しでも騒いだら、息子も殺す。姉ちゃんのあとを追って、海に落ちてしまったと言えばいいからな」

子どもたちのほうに目をやった彼女の口から、かすかなうめき声が漏れた。彼は満足そうに笑い、押さえていた手を離した。

「二度としません」彼女は絞り出したような声で言った。「二度と。ぜったいに。ごめんなさい。自分でもなにを考えていたのかわからないわ。ごめんなさい。わたし、バカなんです。わかってるの。わたしはバカなんです。子どもたちとは関係ないの。わたしをぶって。ぶってちょうだい。気がすむまで、殴りたいだけ殴って。どうぞ、わたしを思いっきり殴って。外に出てもいいわ」

懇願する姿を見て、彼は顔を歪めた。

「そうか、おまえはそうされたいのか。そうしてほしいのか。それじゃ、やってやろう」

彼はシモンのそばで眠っているミッケリーナのほうに手を伸ばすふりをした。だが、妻はすばやくその手をつかんだ。恐れでなりふり構わなくなっていた。

「見て、これを見て」と言うと、自分の頰を叩きはじめた。「見てちょうだい！」自分の髪の毛を引っ張った。「ほら、見て！」と言って、彼女は後ろにのけぞった。とたん、意図したことではなかったかもしれないがベッドの鉄枠に激しく頭をぶつけ、気を失い、彼の目の前に倒れた。

翌朝早く、彼らはレイキャヴィク行きのバスに乗った。彼女は魚工場でイワシの塩漬けを作る仕事をして数日働いたが、彼はその賃金を受け取りに彼女についていった。それまでの数日間、彼女は自由の身になって働き、子どもたちはその足元で遊んだ。初めての自由だった。

彼は元締めにレイキャヴィクに戻らなければならなくなったと説明した。町で仕事が見つかったので、計画を変更しなければならなくなったと。元締めはなにかを紙に書きつけると事務所へ行けと言った。彼女に紙を渡すときに、元締めは彼女を見た。なにか言いたそうに見えたからだ。目に浮かんだ恐怖を内気さと誤解した。

「なにも問題ないね？」元締めが訊いた。

「もちろん、なんの問題もない」と彼が言い、彼女を引っ張って外に出た。

レイキャヴィクの地下の部屋に戻ってから、彼は彼女にまったく手を上げなかった。彼女はいままで以上の暴力を振るわれる覚悟をして、カバンを持ったまま部屋の真ん中に立った。が、なにごとも起きなかった。彼女が自分で自分を殴って意識を失ったのを目の前で見て、彼は混乱してしまったのだ。外から助けを呼ぶような事態にはなりたくなかった。ベッドに横たわった彼女に寝具をかけてやった。結婚以来初めての親切だった。いつもの暮らしに戻ったとき、彼はこの先、二度と家出をするなどということは考えるなと言った。そんなことをしたら、おまえと子どもたちを殺す。おまえはおれの妻だ。これからもずっとそうなのだ。

これからもずっと。

このとき以来、彼女は二度と逃げようとはしなかった。

時が経った。船乗りになるという彼の夢はわずか三回の航海であえなく消えた。恐ろしいほど船酔いをするのだ。しかも決して慣れることがなかった。またそれと同じくらい彼は水が怖かった。その恐怖もまた決して消えることがなかった。船が難破するのが怖かった。海に投げ出されるのが怖かった。嵐が怖かった。三度目の航海のとき、嵐で海が荒れ、彼は船が沈没すると思い、最後の瞬間が来たと、食堂でテーブルにかじりついて大声で泣いた。このとき以来、彼は決して船に乗ろうとはしなかった。

やさしさを見せることはあり得なかった。機嫌のいいときにはせいぜい彼女を無視するだけだった。結婚後二年ほどしか経っていないときには、彼女を殴ったりひどく罵ったりしたあと、泣いている彼女を見て後悔しているように見えることもあった。だが時が経つにつれて、後悔とか良心の痛みなどは消えていったようだった。まるで彼女に暴力を振るうことは自然なこと、異常なことではないようだった。それどころか必要で、正当なことだとさえ思っているらしかった。ときどき彼女はふと、彼が暴力を振るうのは弱さのためであり、それ以上の理由はないのではないか、しかも彼自身それを知っているのではないかと思うことがあった。彼女を殴れば殴るほど、彼自身がみじめになる。それでおまえのせいだと彼女を責めるのだ。おれがおまえをぶつのはおまえのせいだ、おまえがそうさせるのだと叫ぶ。おれの言うとおりにしないおまえが悪いのだと。

彼に友人はいなかった。二人に共通の知人もいなかった。そんなわけで、彼といっしょに住みはじめてから、彼女は友だちともつきあわなくなった。商店で働いていたときの同僚にたまに会っても、夫から暴力を振るわれていることはいっさい口にしなかったし、しだいに彼女たちからも遠ざかった。恥ずかしかったのだ。思ってもいないときに叩かれるのが。充血した目、裂けた唇、体中の青あざが恥ずかしかった。ほかの人から見たら理解できないにちがいない自分の生活、異常で醜悪な実態。彼女はそれを隠したかった。夫が作り上げた牢屋に隠れていたかった。その中に逃げ込んで、鍵を捨て、だれもそれを見つけないようにと願いたかった。彼に暴力を振るわれることに耐えなければならない。これは彼女の運命で、避けられないこと、変えることができないことと思い込んだ。

子どもたちがすべてだった。事実、子どもたちは彼女にとって友だちであり、かけがえのない魂の友人《ソウル・メイト》だった。とくにミッケリーナは。あとになって息子のシモンも、そのあと生まれたトマスも。夫が子どもたちの名前を選んだ。彼は子どものことはまったく目にもとめなかった。彼らについて小言をいうとき以外は。彼らが大食いだ、と。夜うるさすぎると。子どもたちは父親が母親を殴ることに胸を痛め、耐えていた。そして彼女を慰めた。

彼は妻がもっていたわずかな自尊心まで切り刻んでしまった。本来彼女はおっとりしていて、てきぱきとものごとをこなすタイプではなかった。お人好しで、喜んで手伝い、めったに人に逆らうことがなかった。話しかけられると、困ったように笑い、人にバカにされないようにしっかりしなければと心の中で自分に言い聞かせていた。彼はそんな彼女をあざ笑い、バカにするのを楽しんだ。彼女はしまいにまったく自信をなくしてしまった。彼がいなければ自分の存在がわからなくなってしまった。彼女の存在は彼を中心に成り立った。彼の勝手な決めつけが彼女そのものになってしまったのだ。彼女は彼の奴隷になった。自分にかまわなくなった。体を洗うことも忘れた。外見に気を配らなくなった。目の下には黒い隈《くま》ができ、肩は下がり、いつもうなだれていた。まるで世間を自分の目で見ることを恐れるように。ふさふさとした美しい髪は汚いひものようにだらしなく垂れ下がっていた。長くなりすぎたときは自分で台所用のはさみで適当に切った。

それも彼が、「毛が長すぎる」と言うときに。

「よう、汚らしいメス犬、売春婦のねえちゃん」

6

人骨発見の翌日、考古学者チームは掘り起こしを続けた。警備していた警察官から前の晩エーレンデュルが手の骨を発見したことを聞いて、スカルプヘディンは激怒した。苛立ち、アマチュアめと舌打ちする彼の声が昼近くまで聞こえた。彼にとっては、発掘はある種の神聖な儀式だった。土が一層ごとにていねいに取り除かれたあと、ついにその下から目指していたものが現れ、秘密が明らかになる。その過程一つひとつの細部が重要なのだ。小さな土塊《つちくれ》にもなにか重要な情報が含まれているかもしれない。乱暴な扱いをするといとも簡単に貴重な情報が失われてしまう。

これらのことをスカルプヘディンは、一方では発掘チームに命令を与えながら、エリンボルクとシグルデュル＝オーリを前にして延々と講義した。前の晩のことにはまったく関係ない二人なのだが。そんなわけで作業は考古学者の慎重なやりかたで、じつにゆっくりと進められた。該当の場所には一定のパターンで縦横にロープが張り渡され、土の上にロープの格子模様ができた。掘り起こしにあたり、人骨全体の所在位置が不明になることだけは避けなければならなかった。作業員たちはいま見えている手の骨に触れないように最大限の注意を払いながら作業にあたった。

「手が土の中から突き出ているのはなぜですか？」エリンボルクが、落ち着きなく作業現場を行ったり来たりしているスカルプヘディンに質問した。

「わからない。最悪の場合、この手の持ち主は、ここに埋められたときにまだ生きていて、抵抗したのかもしれない。埋められたところから這い出ようとしたとも考えられる」

「生きながらに埋められたということ？　自分で這い出ようとしたのでしょうか？」

「ああ。だが、そうではなかったとも考えられる。埋めたときにはすでに死んでいて手の形がこうだったのかもしれない。結論を出すにはまだ早すぎる。とにかくいまは作業の邪魔をしないでくれ」

掘り起こし現場にエーレンデュルが来ていないのはおかしいとエリンボルクとシグルデュル＝オーリは思った。たしかに彼の行動は読めないし、エキセントリックなところはあるが、彼の最大の関心事はアイスランドで起きた行方不明事件であり、今回見つかった人骨は、古い事件簿をめくって調べるべき事件の一つにちがいなく、まさに彼の関心を引くものであるはずなのだ。昼食後、エリンボルクはエーレンデュルの携帯と家に電話をかけたが、通じなかった。

二時ごろ、エリンボルクの電話が鳴った。

「現場にいるか？」聞き覚えのある低い声が伝わった。

「いまどこですか？」

「ちょっと用事ができた。あんたはいま現場にいるのか？」

「はい」

「茂みが見えるか？　スグリだと思うが。現場から東へ三十メートルほどの北側傾斜地に低い木が一直線に何本か並んでいる。東南の方向に」

「スグリの茂み？」エリンボルクは目を細めて遠くを見た。「あ、見えます」

「だいぶ前にそこに植えられたとみえる」

「はあ」

「なぜそこに茂みがあるのか調べてくれ。その近くに人が住んでいたのか。以前そこに家があったのか。レイキャヴィク市の都市計画課へ行って、その地域の地図を手に入れてくれ。航空写真があればなおいい。それから二十世紀の初頭から少なくとも一九六〇年くらいまでのその地区の情報がほしい。いや、もう少し前のもたのむ」

「この傾斜地に以前家があったというんですか？」と言って、エリンボルクはあたりを見まわした。信じられないという顔つきだ。

「調べてみる価値はある。シグルデュル＝オーリはいまなにをしている？」

「手始めに第二次世界大戦のころのアイスランドにおける失踪者を調べてます。あなたを待ってましたよ。失踪者捜しはあなたの関心分野ですからね」

「スカルプヘディンとは話した。彼によれば、そこの向かい側、つまりグラーヴァルホルトの南には戦時中外国軍基地があったそうだ。いまゴルフ場のあるあたりだ」

「基地？」

「イギリス軍かアメリカ軍の軍事基地だ。そこには軍隊の住宅もあったらしい。バラックだな。

なんと呼ばれていたか思い出せないが、これも調べてくれ。イギリス軍から失踪者届けが出されていたかどうかも調べるんだ。その後イギリス軍から引き継いだヤンキーからも失踪者届けがなかったかどうか見てくれ」

「イギリス人？　ヤンキー？　戦時中？　ちょっと待ってください。そんな情報、どこで見つけたらいいんですか？　アメリカ軍がイギリス軍のあとを引き継いだのはいつでしたっけ？」

「一九四一年だ。もしかすると軍隊の補給庫があったのかもしれない。スカルプヘディンはそう推測している。ほかにも、その付近にあるサマーハウスも対象になる。そう、そこで失踪者がいなかったかどうか調べるんだ。噂話とか怪訝な話とかを聞き集めるんだ。サマーハウス地区へ行って、そこの人間たちから直接話を聞いてくれ」

「たった一つの古い骨のためにとんでもなくたくさんの仕事をしなければならなくなったわ」エリンボルクがぼやき、足元の土を蹴った。「そちらはなにをしてるんですか？」ほとんど責めるような声だ。

「面白いこととは言えないな」と言って、エーレンデュルは電話を切った。

エーレンデュルは救急搬入ホールに戻り、緑色の紙製感染予防衣を着て、マスクをつけた。エヴァ＝リンドは集中治療室の大きなベッドに横たわっていた。エーレンデュルの目にはなにがなんだかわからないさまざまな機械に繋がれており、鼻には人工呼吸器のチューブが差し込まれている。彼はベッドの足元に立って娘を見下ろした。いままで見たこともないような安らかな顔だ。こんなに穏やかな表情のエヴァ＝リンドは一度も見たことがない。寝ているせいで顔の造作がくっきり見える。濃い眉毛、頰骨が突き出し、目は眼窩《がんか》に深く沈み込んでいる。

以前産科棟だった建物の前に横たわっていたエヴァ＝リンドは意識がなく、彼は救急車へ連絡した。脈は弱かった。コートを脱いで娘の体を包み、少しでも体温が逃げないように押さえたが、抱き上げて動かしていいものかどうかわからなかった。やってきた救急車は少し前に彼がトリグヴァガータに呼んだのと同じ救急車で、乗っている医者まで同じだった。エヴァ＝リンドは静かに担架に移され、そのまま救急車に乗せられて病院の救急搬入口までの短い距離を運ばれた。

即刻手術室に運び込まれ、手術はそのままほぼ一晩中続いた。エーレンデュルは手術室前の小さな待合室の中を落ち着きなく歩きまわり、ハルドーラに知らせるべきかどうか迷った。電話をかけるのは気が進まなかった。しまいに息子のシンドリ＝スナイルに電話して姉のことを知らせ、母親に連絡してくれとたのんだ。交わされた言葉数は少なかった。シンドリ＝スナイルはここ当分は町へ行く用事はないと言った。エヴァ＝リンドのためにわざわざ出かけるつもりはないと言い、電話を切った。

エーレンデュルは禁煙サインの前でタバコを吸い続けた。しまいにはマスクをつけた外科医がやってきて、ここは禁煙だと注意した。医者が立ち去ったとき携帯電話が鳴った。母親の言葉を伝えるシンドリ＝スナイルだった。たまにはあんたがそばで心配してやってもいいじゃないですか。

明け方、エヴァ＝リンドの手術をした外科医が出てきて、エーレンデュルに話をした。まだ山を越えたとは言えない。胎児は死んだ。母親も生き延びられるかどうかわからない。

「非常に悪い状態で運び込まれました」背の高い、四十歳ほどの痩せた医者だ。

「はい」

「長いこと栄養失調で、ドラッグ常用者ですから。子どもは生まれたとしても母親の状態の影響を受けていたかもしれない。だから、もしかすると、結果的には……。いや、こんなことを言うのはひどいかもしれませんが……」

「いや、わかります」エーレンデュルが言った。

「中絶は考えなかったのでしょうか？　このようなケースの場合は……」

「彼女は産みたかったんです」言葉が口をついて出てきた。「妊娠をきっかけに、ドラッグをやめられると思ったようでした。私もあの子を励ました。ドラッグをやめようとしていました。エヴァの中にはこんな地獄から抜け出したいと願うもう一人の小さなエヴァがいたんです。本当に小さい部分だったがときどき現れて、やめたいと願っていた。だが、全体を決めるのはまったく別のエヴァだった。残酷で容赦のない、破壊的なエヴァです。救いようのない地獄だった、としか言えない」

そこまで一気に言ってから急にエーレンデュルはまったく知らない人間に向かってしゃべっていることに気がつき、口を閉じた。

「親にとっては辛いことでしょうね」医者が言った。

「なにが起きたのですか?」

「胎盤剝離《たいばんはくり》です。羊膜《ようまく》がはがれて大量の出血があったのです。ドラッグの影響もあったと思われます。まだ確証は得ていませんが。娘さんは大量の血を失いました。まだ意識が戻っていません。そのこと自体はあまり問題ではないかもしれない。体力がなくなっているので当然と言えば当然なので」

二人は沈黙した。

「ほかの家族のかたには知らせましたか? 万一のときに……」

「家族はいません」エーレンデュルが言った。「あの子の母親と私は別れています。知らせるだけは知らせました。あの子の弟にも。彼は仕事でレイキャヴィクを離れています。母親は来るかどうか。いままでも大変だったので。あの子は母親に長年にわたって大変な思いをさせてきたのです」

「わかります」

「いや、わからないでしょう。私にもわからないのですから」

エーレンデュルはポケットからビニール袋に入った錠剤の瓶を取り出し、医者に見せた。

「エヴァはもしかするとこのドラッグを飲んでいたかもしれない」

医者はドラッグを受け取ると、目を凝らして見た。

「エクスタシー?」

「そのようです」

「それで説明がつくかもしれない。彼女の血液を分析するとあらゆるものが入っていたので」

エーレンデュルにはためらいがあった。医者と彼はしばらく黙ったまま立っていた。

「父親がだれか、知ってますか？」医者が訊いた。

「いや」

「彼女は知っていると思いますか？」

エーレンデュルは医者に目をやり、あきらめたように肩をすくめた。そしてまた二人とも黙り込んだ。

「あの子は死ぬのですか？」問いがやっと発せられた。

「わかりません。生き延びるように願うだけです」

エーレンデュルにはまだ訊きたいことがあった。が、うまく言葉にすることができない。ずっと気になっていることだ。どんなに残酷でも向き合わなければならない。自分がそれを望んでいるかどうかもわからなかった。だがしまいにやっとそれを口にした。

「見せてもらえますか？」

「なにを？　もしかして……」

「胎児を。子どもを見せてもらえますか？」

医者はエーレンデュルの顔を見た。医者の顔に驚きはなかった。ただわかったというようにうなずいて、ついてくるように合図した。廊下の突き当たりまで行くと小さな部屋があって、そこには患者はいなかった。医者が壁のスイッチを押すと天井の蛍光灯がチカチカと光り、青い光が部屋を照らした。医者はステンレスのテーブルに近づくと、小さなシーツを持ち上げた。死んだ子どもの姿が現れた。

エーレンデュルはその子どもを見下ろした。指一本でその頰を撫でた。女の子だった。

「娘は意識を取り戻すだろうか？　わかりますか？」

「いや、わかりません。確かなことはだれにも言えません。本人が生きることを望まなければならないのです。彼女自身にかかっているのですよ」

「かわいそうに」

「どんな傷も時間が癒してくれるといいます」医者はエーレンデュルが泣きだすと思ったのか、慰めの言葉をかけた。「体の傷も心の傷も」

「時間は」と、エーレンデュルは赤ん坊の上にシーツをそっとかけながら言った。「時間はどんな傷も癒しはしない」

7

エーレンデュルは病室の娘のそばに夕方六時ごろまでいた。ハルドーラは来なかった。シンドリ＝スナイルは言ったとおり町まで戻ってこなかった。ほかにはだれもいない。エヴァ＝リンドの状態は変わらなかった。エーレンデュルは前の晩から食事も睡眠もとっていなかったので、体力の限界まできていた。昼間エリンボルクに電話して、シグルデュル＝オーリと三人で警察署で会うことに決めていた。娘の頬をそっと撫で、額に唇を当てると静かに立ち上がった。

警察署で二人に会ったとき、彼はなにも説明しなかった。彼らは裏情報ですでにエーレンデュルの娘の話を聞いていたが、どうなったかと訊く勇気はとてもなかった。

「考古学者のチームは人骨のところまで掘り下げようとしています」エリンボルクが言った。「ものすごくゆっくりと。まるで楊枝で掘っているみたいですよ。あなたが発見した例の手は宙に向かって伸びたままです。いま手首の下まで土を取り除いたところです。一般医が手を調べましたけど、人間の手であることと、どちらかというと小さな手であることぐらいしか言えなかったです。取り立てて言うほどのことじゃないですよね。考古学者チームは、なにが起きたのか、この手の主はだれなのか、土中からなにも発見していません。明日の午後か夕方には人骨全体を掘り出すところまでいくだろうと言っています。でも、だからといって、死者の身元がわかるようなものが発見されるとはかぎりません。その情報は別の方面から手に入れなければならないようです」

「ぼくはレイキャヴィクとその周辺の行方不明者を調べました」シグルデュル＝オーリが言った。「一九三〇年代から四〇年代に失踪した人間は約五十名、この手の主はそのうちの一人でしょう。年齢と性別を記したリストを作成しました。あとは法医学者の報告を待つだけですよ」

「あの周辺の者はいたか？」エーレンデュルが訊いた。

「失踪届けに載っている住所を見るかぎりいませんが、まだぜんぶにちゃんと目を通しているわけじゃありません。住所の中には現在のアイスランドの地図には載っていないものもあります。今回の骨がぜんぶ掘り出され、法医学者が性別、年齢、体の大きさなどを報告してくれたら、この失踪者リストからかなりの数が削除されると思いますが。この骨はレイキャヴィクの人間のものでしょう。そう推測していいと思いますよ」

「法医学者はどこにいる？　いまでは一人しかいない法医学者だが」

「いま休暇中です。スペインですって」エリンボルクが彼の問いに答えた。

「昔あの茂みの近くに家があったかどうか、調べてみたか？」エーレンデュルが彼女に訊いた。

「家って？」シグルデュル＝オーリが訊いた。

「いいえ、まだそこまでいってません」エーレンデュルにそう言ってから、エリンボルクはシグルデュル＝オーリに説明した。「エーレンデュルは北側の傾斜地に家があったんじゃないかというのよ。また南側にはイギリス軍かアメリカ軍の軍用品の補給庫として使われていたバラックがあったんじゃないかと。それと、レイニスヴァテン湖周辺にあるサマーハウスから町に向かう地域に住んでいる住民たち全員の聞き込みをするように言われてるの。その人たちの親の代、祖父母の世代まで。それと、降霊術師のところに行ってチャーチル首相とも話さなくちゃならないんだから、いろいろ忙しいのよ」

「ほんの手始めに、だ。さて、骨についてはどこまでわかった？」エーレンデュルがエリンボルクの皮肉を無視して二人に訊いた。

「これ、殺人に決まってますよね」シグルデュル＝オーリが言った。「五十年とかそれ以上前に起きた。この間ずっと土中にあって、いまじゃだれもこのことを知らない」

「その男、失礼、その人間を、殺人という犯罪を隠すためにだれかが埋めたんです。それは間違いないと思うわ」

「だれも知らない、ということには異議がある。かならずだれかが知っているはずだ」エーレンデュルが反論した。

「肋骨が折られたことはわかってます」エリンボルクが言った。「それで暴力が振るわれたことがはっきりわかります」

「そうかな？」シグルデュル＝オーリが眉を上げた。

「そうよ。そうに決まってるじゃない」とエリンボルク。

「いや、長い時間土中にあったことと関係ないか？」シグルデュル＝オーリが言った。「その上にあった土がなんらかの影響を与えたとか？　気温の変化はどうだ？　霜とか土中の温度変化は？　あんたが連れてきた地質学者がそんなことを話していたな」

「こんなふうに人間が埋められていたということ自体、異常なんじゃない？　そんなこと、決まってるじゃない？」と言って、エリンボルクはエーレンデュルのほうを見た。だが彼はほかのことを考えているらしかった。「エーレンデュル、そうじゃないですか？」

「これが殺人だということ」と言って、エーレンデュルは目の前のことに意識を集中させた。

「これが殺人だということ？」シグルデュル＝オーリが訊き返した。

「これが殺人かどうかは、まだわからない」とエーレンデュルは続けた。「あれはもしかすると昔の家族の墓かもしれない。埋葬をする金がなかった人間のしたことかもしれないし、どこかで行き倒れになった男をだれかがなんの印もつけずに埋めたものかもしれない。もしかすると百年前には葬式もしないでただこんなふうに埋めるのがふつうだったのかもしれない。いや、五十年前にもだ。われわれは仮説を打ち立てるに足る情報をなに一つ持ち合わせていない。基礎情報が手に入ったときに初めて推測し仮説を打ち立てることができる」

「いやしかし、アイスランドでは昔から人が死んだらちゃんと葬式を出して教会の墓地に埋めてたんじゃないですか？」シグルデュル＝オーリが異議を唱えた。

「いや、どこに埋めてもいいんだと思うよ。あんたが望むなら、庭先に骨を埋めるのも可能だ」エーレンデュルが答える。

「突き出している手のことですけど、どう考えたらいいんでしょう？」エリンボルクが言った。

「あれは暴力を示唆してませんか？」

「ああ。なにかが起き、そしてそれが長い間秘密にされてきたのだと思う。埋められていた人間が見つかることは計算外だったにちがいない。だがレイキャヴィクの町が開発され、埋められた人間に追いついた。われわれの仕事は過去にいったいなにがあったのかを暴くことだ」

「もし彼が——当分の間彼と呼ぶことにしましょう——いまわれわれが呼ぶところのティデヴァルヴの男が昔殺害されたのだったら、時間的に見て、殺したほうの人間ももう死んでいると思っていいんじゃないですか？　死んでいないとしても、片足を墓に入れているほどの高齢にちがいなく、そんな人を捕まえて処罰するのは意味がないんじゃないですか？　おそらくこの事件に関係した人のほとんどが死んでるんじゃないですか？　だから証人を捜し出すのも無理でしょう。ですから……」

「なにが言いたいんだ？」エーレンデュルがシグルデュル＝オーリをさえぎった。

「この捜査にどれくらい時間をさくか、検討する必要があるんじゃないですか？　言いたいのはこんな面倒なことをするだけの意味があるのかということです」

「そうか。それじゃおまえはぜんぶ忘れようというんだな？」エーレンデュルが言った。

シグルデュル＝オーリはどっちでもいいというような顔で肩をすくめた。

「殺人はどんなに時間が経っても殺人だ」エーレンデュルが言った。「どんなに昔のことでも、殺人ならわれわれはなにが起きたのか、被害者はだれなのか、殺された理由はなんなのか、加害者はだれなのか、調べなければならない。この事件はほかの事件となんの区別もなく取り組むべきだとおれは考える。情報を手に入れろ。人から話を聞け。一歩ずつ前に進むんだ。うまくいけば謎が解ける」

　エーレンデュルは立ち上がった。

「どんな小さなことでもいい。なにか出てくるにちがいない。いまサマーハウスの住人たちとその親たちに訊きまわってるわけだが」エリンボルクを見た。「スグリの茂みの近くに家があったかどうか突き止めるんだ。少しは関心をもとうじゃないか」

　そのあとエーレンデュルはほかのことに気がとられたように急に二人に断りを言って廊下に出た。エリンボルクとシグルデュル＝オーリは視線を交わし、シグルデュル＝オーリはドアのほうに頭をひねった。エリンボルクは立ち上がってエーレンデュルのあとを追いかけた。

「エーレンデュル」と声をかけ、彼の行く手に立った。

「ん？　なんだ？」

「エヴァ＝リンドはどうですか？」少しためらってからエリンボルクが訊いた。

　エーレンデュルはなにも言わずに彼女を見た。

「すこし、発見されたときの様子などを聞きました。大変でしたね。わたしとシグルデュル＝オーリにできることがあったら、どうぞ、遠慮なく言ってください」

「できることはなにもない」エーレンデュルは疲れきった声で言った。「あの子は病院にいる。だれにもなにもできない状態だ」

　彼は一瞬黙った。

「探しまわったとき、あの子のいる世界をかいま見た。知っていることもあった。いままでも似たような場所、似たような街角、似たような建物を探したことがあったからだ。だが、それでもおれはあの子が生きている世界に驚かずにはいられない。あの子がこれほど堕ちていたとは。あれほど自分を傷つけていたとは。あの子がつきあっている人間たちにも会った。あの子が助けを求めにいく相手、気分によってあの子を適当に扱う人間たち、とても口では言えないようなことをあの子はそんな人間たちのためにやっている……」

彼は黙った。

「だが、最悪なのはそんなことではない」しばらくして彼は言った。「人が暮らせるような環境ではない場所や、コソ泥やドラッグの売買人ではない。あの子の母親の言うとおり」

エーレンデュルはエリンボルクを正面から見つめて言った。

「おれだ。おれがいちばん悪いのだ。裏切ったのだから」

家に帰るとエーレンデュルは疲れきっていすに倒れ込んだ。病院に電話をかけてエヴァ＝リンドの容態を訊いたが、依然として昏睡《こんすい》状態だった。変化があったら知らせるという言葉を聞いて彼は礼を言って受話器を置いた。それから身動きもせずに暗闇を見つめて深い考えに耽った。集中治療室にいるエヴァ＝リンドのことを思った。彼女の母親のこと、いまだに彼女の人生にトゲのように刺さったままの憎悪、そして問題が起きたときにしか話したことのない息子のシンドリ＝スナイルのことも。

そうやって考えてみると、自分の人生を覆う沈黙がはっきり感じられた。だれもいない、一人だけの人生。色彩のない毎日が無限に繋がっていて、窒息しそうだった。

眠りに落ちる寸前に、子どものころのことが頭に浮かんだ。暗い冬の毎日が終わり、明るい太陽が戻ってきたときのこと、人生は無垢で、恐怖や心配とは無縁のものだったときのこと。めったにないことだったが、ときに彼は自分にもそのような平和なときがあったことを思い出す。その短い瞬間だけ、彼は幸せを思い出す。

喪失を避けることができればいいのだが。

電話が鳴ったとき、彼は深い眠りに落ちていて、しばらく呼び鈴が聞こえなかった。最初はコートのポケットの中で携帯が、それから机の上の電話が鳴った。

「あなたが正しかったです」やっと受話器を取ったエーレンデュルにエリンボルクが言った。

「あ、ごめんなさい。起こしてしまいました？　まだ十時だからかまわないと思ったのですけど」

「なにが？　なんでおれが正しいんだ？」はっきり目が覚めないまま、エーレンデュルが訊いた。

「昔家が一軒ありました。茂みのそばに」

「茂みのそば？」

「ええ、スグリの木の茂みですよ、グラーヴァルホルトの。一九三〇年代に建てられて八〇年ごろに取り壊されたらしいです。レイキャヴィク市の都市計画課の人たちになにか見つけたら連絡してくれとたのんだら、残業して調べてくれて、いま知らせを受けたんです」

「どんな建物だったか、わかったか？」エーレンデュルは疲れた声で訊いた。「ふつうの人家か、物置、犬小屋、サマーハウス、牛小屋、納屋、バラック、なんだったんだ？」

「人家です。サマーハウスのようでした」

「なに？」

「サマーハウス！」

「いつごろの？」

「一九四〇年代以前のようです」

「それで、建てたのはだれだ？」

「ベンヤミン・クヌードセンという名前でした。商人です」

「名前でした？」

「ええ。亡くなってます。もうだいぶ前に」

8

シグルデュル＝オーリはグラーヴァルホルトの北側の傾斜地を車で走っていた。このあたりの道はでこぼこで、運転は大変だった。周辺の家の持ち主たちは庭に出て春を迎える準備をしている。エリンボルクも同乗していた。丘の傾斜地では庭の木を剪定《せんてい》している者、家の外壁に保護塗料を塗っている者、垣根を作っている者。馬に鞍を載せて乗馬に出かけようとしている者も二人ほどいた。

太陽は高く昇り、風もなく澄みきった空だった。シグルデュル＝オーリとエリンボルクはサマーハウスの住人何人かと話してみたが、なんの結果も得られていなかった。いま彼らは少し離れたところの住人に会いにいくところだった。よい天気なので、急ぐつもりはなかった。レイキャヴィクの町から離れて暖かな日差しの中を歩くのを楽しみながら、サマーハウスの所有者たちの話を聞きまわっていた。サマーハウスの人々はこんなに朝早く、警官がなにをしているのだろうと不審そうだった。近くで人骨が見つかったという話をすでに聞いている者もいた。ほかの者たちはようやく春を迎えていつも住んでいる家からサマーハウスにやってきたばかりだった。

「なんとか峠を越えたんだろうか？」つぎの家に向かう車中でシグルデュル＝オーリが言った。

レイキャヴィクからの道々、二人はエヴァ＝リンドの話をしてきた。そしていままた話を戻していた。

「わからないわ」エリンボルクが言った。「だれにもわからないんじゃないかしら。かわいそうな子」と言って、深くため息をついた。「彼もかわいそう、気の毒なエーレンデュル」

「彼女はヤク中だろう?」シグルデュル＝オーリが不機嫌な顔で言った。「妊娠してもそのままドラッグをやるなんて。だから子どもが死んだんだ。そんな人間をかわいそうなんて思えないな。どうしてそんなことができるんだ。おれにはぜったいに理解できない」

「だれもあんたにかわいそうと思えとなんか言ってないわよ」エリンボルクがぴしゃりと言った。

「ああ、そうかい。ああいう連中についてだれかがなにか言おうものなら、すぐにあいつらが気の毒だ、大変だということになるんだ。おれが見るかぎり……」彼は一瞬黙った。「あんなやつら、気の毒でもなんでもない。自業自得のあわれな連中さ。それ以外のなにものでもない。あわれなやつらだ」

エリンボルクはため息をついた。

「あんたはなにもかも完璧だもんね。いつもぱりっとした身なりをして、きちんとひげを剃って整髪して、アメリカの大学の卒業証書をふりかざして、爪を噛んだりすることもなく、世の中なんの心配もないんだものね。そんなふうにいつもパーフェクトにしてるのって、疲れない?　そういう自分に疲れるってことないの?」

「ないね」

「ああいう人たちに、少しぐらい同情しても、べつに損はしないと思うけど？」

「やつらは自業自得だって言ったろ。あんただってそんなこと、知ってるだろう。あの子だって、エーレンデュルの娘だから特別なんてことないんだ。ほかのヤク中となんの変わりもない。町の中をほっつき歩いて、ドラッグをやって、青少年施設とか麻薬対策施設とかをまるでつぎのドラッグが手に入るまでの宿のように利用してるんだ。ドラッグをやることだけがやつらの関心事なんだから。怠け暮らしをして、つぎのドラッグを手に入れることだけしか考えていないんだ」

「ベルクソラとはどう、うまくいってるの？」エリンボルクは話題を変えた。彼の考えを少しでも変えようとする努力はやめた。

「ああ、うまくいってるよ」と言って、車をつぎの家の前で停めた。

じつはベルクソラには手を焼いていた。彼女はいつでもセックスをしたがる。夜も朝も日中も。台所、居間、洗濯室、家の中のどこであれ、縦になったり横になったりあらゆる体位で。最初は彼も喜んだが、しだいに疲れてきて、いまでは少し心配になっていた。いったいどうしてしまったんだろう、ベルクソラは。もともとの彼らの愛情生活に足りないところがあったわけではない。それどころかまったく問題がなかった。しかし彼女の欲求がこれほど強くなったことはいまだかつてなかった。子どもを作るという話はしたことがなかった。けっこう長いつきあいになっていたから当然していてもいい話だったのだが。彼女がピルを飲んでいることは知っていた。が、いまシグルデュル＝オーリは彼女が彼の目を盗んで妊娠しようと企んでいるのではないかという気がしていた。おれの目を盗む必要などないのだ。ベルクソラを愛しているし、彼女以外の女といっしょに暮らしたいなどと考えたこともない。しかし、女というものはまったくわからない。いったいなにを考えているんだろう。

「おかしなことに、住民登録がないのよ、あの家に住んでいた人間の。もし本当にだれかが住んでいたら、の話だけど」エリンボルクが言い、車を降りた。

「その当時の住民登録はかなりいいかげんなんだ。第二次世界大戦中とそのあとの数年間、大勢の人間が首都レイキャヴィクに流れ込んできた。みんな最終的に落ち着くまで臨時の場所で生活し、あちこちの役所で住民登録したらしいし、また役所のほうも登録票を紛失したりしたらしい。だから、おれが電話したとき、住民課の役人は迷惑そうだった。すぐには見つからないぞと言われたよ」

「もしかすると、その家にはだれも住んでいなかったのかもね」

「または、住んでいたとしても、短い期間だったとか。あるいはどこか別のところで住民登録したままそこに住んでいたとか。戦時中レイキャヴィクは住宅難だったから、サマーハウスに何カ月か住んでから軍隊の払い下げバラックに引っ越したとか。この推測はどう?」

「かなりいいんじゃない？　バーバリ・コートの男の意見としては」

訪ね先の家の者が入り口に出てきた。痩せた老人で、動きもゆっくり、禿《は》げかかった白髪で、薄手の空色のシャツに、灰色のコーデュロイ・ズボン。ジョギングシューズだけが比較的新品だった。中に入ると家中がガラクタだらけだった。サマーハウスといってもこの老人は一年中ここに住んでいるのではないだろうか、とエリンボルクは思った。そこでそう訊いてみた。

「ああ、そう言っていいよ」と言うと、老人は腰を下ろし、部屋の真ん中にあった食卓用のいすを指差して座れとうながした。「四十年ほど前にこのサマーハウスを建てはじめ、わしの記憶が正しければ五年ほど前にここに移り住んだ。いや、六年前かな。家の中はめちゃめちゃだがね。わしはレイキャヴィクに住み続ける気にはなれんかった。あれは荒れ果てた……」

「そのころ、少し上の角に家が建ってましたか？　この家と同じようなサマーハウスでしたが、サマーハウスとして使われてはいなかったかもしれない」老人のゆっくりした話に割り込んでシグルデュル＝オーリが訊いた。「四十年前、あなたがここを建てはじめたころのことですが」

「サマーハウスだったが、サマーハウスじゃなかった……？」

「ここの丘のこっち側に一軒だけあったはずなんです」エリンボルクが話を引き取って言った。「戦争前に建てられたらしい。この窓から見えたと思うんですが」と言って、窓から外をながめた。

「ああ、たしかにあったな。まだできあがっていない、塗料も塗られていない家があった。だが、ずっと前に取っ払われたよ。たしか、かなり大きな家だったな。完成したらわしの家よりはだいぶ大きかっただろうよ。だが、ずいぶん荒らされて、ぼろぼろになっていた。ドアはなかったし、窓も壊されていた。ときどき、まだわしの足が丈夫で歩けたころ、レイニスヴァテン湖まで魚釣りに行く途中、よくそばを通ったものだ。魚釣りをやめてからだいぶ経つがね」

「それじゃ、だれも住んでいなかった?」シグルデュル＝オーリが訊いた。

「そうだな。だれも住んでおらんかった。住めるような状態じゃなかったし。ほとんど廃屋だったからな」

「そうですか。あなたの記憶では、そこで人を見かけたことはなかったんですね? だれも住んでいなかったのなら」エリンボルクが訊き直した。

「あんたたちはなんでその家のことを知りたがるんだね?」

「向こうの傾斜地で人骨が見つかったんです。テレビのニュースで見ませんでしたか?」

「人骨? いやあ、知らん。その骨があの家の人間のものだったとでもいうのかね?」

「いえ、それはわかりません。あの家のことはまだ調べていないし、だれが住んでいたのかもわからないので」エリンボルクが言った。「でも、だれがあの家を所有していたかはわかっています。ですが、その人はもう亡くなっているんです。それにあの家に住民登録していた人間がまだ見つかっていないんですよ。ところで、この近所に戦時中軍隊のバラックがありませんでしたか? 丘の南側に。補給庫みたいなものだったかもしれないんですが」

「軍隊のバラックなら当時どこにでもあったさ。イギリス軍のもヤンキーのも。この近所にあったかどうかは覚えていないな。わしが移ってくる前のことだからな。ローベルトに訊いてみたらいい」

「ローベルト?」エリンボルクが訊き返した。

「ああ。この土地でいちばん早くにサマーハウスを建てた男だよ。まだ生きていればの話だがな。どこかの老人ホームに入ったと聞いた。ローベルト・シーグルドソン。まだ生きているとすれば、見つけられるだろう」

入り口に呼び鈴がなかったのでエーレンデュルはこぶしで樫《かし》の木の重いドアを叩いた。中に人がいれば聞こえるだろう。その家はレイキャヴィクの大商人ベンヤミン・クヌードセンの所有する建物だったが、彼自身は六〇年代のはじめに死んだ。遺産相続人はベンヤミンの兄と妹で、彼が死んだときにここに移り住んだが、彼らもまた亡くなっている。二人とも独身だったが、妹のほうに婚外子の娘が一人いて、その娘がいま医者となってこの家に住んでいた。自身は二階に住み、三階は人に貸している。エーレンデュルは医者と電話で話し、昼食時間にここで会うと約束を取りつけていた。

エヴァ＝リンドの状態は変わらなかった。彼は仕事の前に彼女を見舞い、ベッドのそばに座ってまわりの機械を見渡すのが日課となっていた。チューブが鼻と腕の血管に差し込まれていた。彼女は自発呼吸ができなかった。人工呼吸器のポンプが広がっては縮まるかすれた音が聞こえる。心電図は一定していた。集中治療室から出る途中で、担当医と出くわし、エヴァ＝リンドの容態は依然として危ういと聞いた。エーレンデュルが自分にできることはないかと訊ねると、医者は、たとえエヴァ＝リンドに意識がなくても、できるだけ話しかけるようにと言った。声を聞かせなさいと。このような状態においては、家族にとっても娘に話しかけることが助けになるはずだと言った。話すことでショックを和らげることができるはずだと。エヴァ＝リンドは死んではいない。そのことを決して忘れないようにと医者は言った。

重い樫の木のドアがゆっくりと開き、中から六十歳ほどの女性が現れ、握手の手を差し伸べてあいさつをし、エルサと名乗った。小柄で、やさしそうな顔、さりげなく化粧をしている。黒いショートヘアを横分けにし、ジーンズに白いシャツを着ている。指輪もイヤリングも、装飾品はなにもつけていない。エーレンデュルを家の中に通したその動きはエレガントで落ち着いていた。

「人骨……。どういうことだと思います？」エーレンデュルから用件の説明を受けると、彼女は訊いた。

「わかりません。いまわれわれは、すぐそばにあったサマーハウスが関係していたのではないかという仮説を立ててみました。その家はあなたの伯父さんのベンヤミン・クヌードセンが所有していたものです。彼はよくそのサマーハウスに行ったのでしょうか？」

「ベンヤミンは一度もそこに住んだことはないと思います」エルサという女性は静かに言った。「あそこには悲しい話があるので。母はいつも伯父のことをハンサムで才能のある人だと、そして経済的にも成功したとほめていました。でもある日、フィアンセを失ってしまったのです。忽然《こつぜん》と姿を消してしまったのです。なにも言わずに。妊娠していたのですが」

エーレンデュルは自分の娘のことを考えた。

「伯父は落胆しました。商売を顧みなくなったため、財産を失い、しまいにはこの家以外にはあのサマーハウスだけが残った。彼は悲しみのうちに亡くなったのです」

「そのフィアンセという女性はどういうふうにいなくなったのですか？」

「海に身を投げたとか。真偽のほどはわかりませんが、わたしはそう聞きました」

「鬱《うつ》状態だったのでしょうか？」

「そんなふうには聞いていません」

「しかし、彼女はその後見つからなかった？」

「ええ、彼女は……」

エルサは途中で言葉を止めた。エーレンデュルの言わんとすることがわかって、驚いたように彼を見た。最初は信じられないという顔だったが、それから悲しみとショックと怒り、すべてが一度に浮かんだ。顔が真っ赤になった。

「あなたの想像は間違っていると思います」

「なんのことですか？」

彼女の顔色が見る間に変わり、敵意に満ちたものになった。

「あなたは彼女だと思っているのでしょう、あれは彼女の骨だと！」

「なにも思ってはいません。私はその女性のことをいま初めて聞きました。われわれはあの傾斜地から出てきた骨がだれのものか、まったく知りません。だれの骨かと推測するところまで来ていないのです」

「それじゃあなたはなぜ彼女のことをそんなに聞きたがるのですか？　わたしの知らないことをなにかご存じなのじゃありませんか？」

「いや、なにも知らない」エーレンデュルは急な問い詰めに動揺が隠せなかった。「骨が見つかったと聞いて、あなたこそなにか考えたのではありませんか？　伯父さんがあの付近に家を持っていた。彼のフィアンセが失踪した。骨が見つかった。これらを組み合わせればそれほど突拍子もない推測ではありませんからね」

「とんでもないことを言うのね。どうかしているんじゃないの。まさかあなたは……」

「私はなにも思ってはいませんよ」

「伯父が彼女を殺したと思っているんじゃないの？　ベンヤミンがフィアンセを殺して、あそこに埋め、だれにも言わなかった、そして一生苦しんで死んでいったと？」

エルサは立ち上がり、部屋の中を歩きだした。

「待ってください。私はそんなことはなにも言ってません」エーレンデュルはため息をついた。もう少し慎重に話をするべきだったのだろうか。「まったくそんなことは言っていない」

「彼女だと思いますか？　あなたたちが見つけた人骨は、彼女だと？」

「そうじゃないと思う」確信がないのにエーレンデュルはそう言った。この女性を落ち着かせなければならないと思った。少し急ぎすぎたか。根拠もなく可能性を示唆したことになってしまったのはまずかった。

「そのサマーハウスについて、なにかご存じですか？」と彼は話題を変えた。「五十年前、いや、六十年前にだれか人が住んでいたでしょうか？　戦時中、あるいはそのすぐあとのころのことです。住民登録簿からはなにも見つからないのですが」

「ああ、なんということでしょう、こんな話を聞くことになるなんて」エルサはため息をついた。「え、いまなんと言いました？」

「もしかすると、伯父さんはサマーハウスを人に貸したかもしれない」エーレンデュルが口早に言った。「戦時中とそのすぐあとは、レイキャヴィクは住宅難でした。それで人に貸したということはなかったですかね？　いや、もしかすると売ったのかもしれない。なにか知りませんか？」

「そういえば、あのサマーハウスを人に貸したという話、聞いたことがあるような気がするわ。でもだれに貸したのかは知らない。それを知りたいのでしょう？　さっきはあんなふうに反応してごめんなさい。とても考えられないことだったので……。骨って、どの部分の骨？　体全体の骨が見つかったのですか？　男、女、それとも子ども？」

　エルサはやっと落ち着いたようだ。冷静さを取り戻した。腰を下ろして、彼に問いかけるような視線を向けてくる。

「体全体のようです。しかしまだぜんぶを掘り出すところまで至っていません。伯父さんは商売や不動産に関する帳簿のようなものをつけていなかったでしょうか？　なにか残っているものがあればいいのですが」

「この家の地下室には彼が残したものがいっぱいあります。とても捨てる気になれない、あるいは目を通すだけの気力がわたしにない。いろいろなものや書類が段ボール箱に入って山ほど。伯父の机も書類キャビネットもそのままあります。いつか整理しなければならないとは思っているのですけど」

その声にある種の嫌悪感が込められているような気がして、エーレンデュルはこの女性は人生に満足しているというわけではないのかもしれないと思った。こんなに大きな家で一人暮らし。それも親戚の遺産だ。あたりを見まわし、この女性はある意味で昔の暮らしをそのまま遺産として引き継いでいるのかもしれないと思った。

「地下室を見てもいいでしょうか？」

「もちろん、どうぞ。関心があれば、なんでもごらんになって」そう言って、エルサはうっすらと笑いを浮かべた。心ここにあらずの様子だ。

「もう一つ訊きたいことがあります」と言いながら、エーレンデュルは立ち上がった。「ベンヤミンはなぜその家を人に貸したのか、ご存じですか？　金が必要だったのでしょうか？　しかし、この家があったのですから、経済的にそれほど困っていたとは、私には思えない。そして商売に関しても、あなたは商売に失敗したと言いましたが、戦時中は商人は手堅く稼いだはずですよ」

「そうですね。とくにお金が必要だったとはわたしも思いません」

「それならなぜサマーハウスを人に貸したのでしょう？」

「だれかにたのまれたんじゃないかしら。戦争中、地方からレイキャヴィクに流れ込んだ人は大勢いましたから。だれかを援助したんじゃないかと思います」

「もしかすると家賃ももらわなかったかもしれない？」

「それは知りません。まさかあなたはベンヤミンが……」

彼女は口をつぐんだ。それ以上考えを口に出すことがはばかられるように。

「私はなにかを推測して話しているわけではないのです。なにかを推測するには早すぎます」

エーレンデュルが言った。

「とにかくわたしはそんなことはあり得ないとだけ言っておきます」

「ほかのことも、質問していいですか？」

「はい」

「彼女の側はだれか残っていますか？」

「だれの？」

「ベンヤミンのフィアンセですよ。だれか生き残っている人がいれば、話が聞けるかと思ったのですが」

「なぜ？　なぜこのことにこだわるのですか？　伯父はぜったいに彼女に指一本危害を加えていませんよ」

「私もそう思います。しかしとにかく、われわれの目の前には骨がある。その骨はだれかの骨なのです。そのことは厳然たる事実です。消えてなくなることはない。私は手を緩《ゆる》めずにあらゆる説明を考えなければならないのです」

「彼女には妹がいました。まだ生きているはずですよ。バウラという名前です」

「フィアンセが消えたのはいつのことですか？」

「一九四〇年。お天気のいい春の日だったとか」

9

ローベルト・シーグルドソンは生きてはいたが、かぎりなく棺桶に近いとシグルデュル＝オーリは思った。エリンボルクと彼は老人の病室にいた。目の前の灰色がかった顔色を見て、シグルデュル＝オーリは九十歳以上にはなりたくないなと心の中でつぶやき、体をぶるっと震わせた。じいさんには歯がない。唇にも色がない。頬はこけ、頭は骨のように白い地肌が見え、わずかに残った頭髪がはり付いている。そばには酸素ボンベを載せたテーブルがあり、チューブが彼の口の上の酸素マスクに繋がっている。話をしたいときは、震える手でそのたびにマスクを外し、一言か二言吐いてはまたつけるという状態だった。

ローベルトはサマーハウスをかなり前に売っていた。その後、家は何度も転売され、しまいに取り壊されて、いまではまったく新しい家が建っていた。シグルデュル＝オーリとエリンボルクは昼食時だというのに眠っていたらしい新しい家の主《あるじ》を電話で起こし、ぼそぼそとあまり記憶がたしかではなさそうな話をするのを辛抱《しんぼう》強く聞き、ついにローベルト・シーグルドソンという人物がまだ生きているのを聞き出した。

二人はそのあと、車で町へ戻りながら署に電話をかけ、ローベルト・シーグルドソンなる人物の現在の居どころを捜してもらった。そしてローベルトはフォスヴォーグルの中央病院にいること、最近九十歳になったことがわかった。

病院で、老人への質問はエリンボルクが受け持った。車いすに座って酸素マスクでなんとか息をしている老人に、まず捜査の内容をかいつまんで話した。若いころからの喫煙者にちがいなかった。しかし、体はかなり弱っているにもかかわらず記憶のほうははっきりしているらしく、エリンボルクの言葉一つひとつにうなずいた。警察官たちの後ろから患者の部屋までついてきた看護師が、車いすの背後にいて、質問は短くしてと注意を促した。お年寄りを疲れさせないようにと。ローベルトは酸素マスクを震える手で外して話しはじめた。

「覚えている……」と低いかすれた声で言い、酸素マスクをつけて息を吸ってからふたたび外した。「あの家のこと。しかし……」

シグルデュル＝オーリはエリンボルクを見た。それから腕時計に目を落とした。苛立ちを隠そうともしない。

「あんたは……」エリンボルクがシグルデュル＝オーリに言いかけたとき、また酸素マスクが外された。

「覚えているのはただ……」とここでまた酸素が切れて、ローベルトはマスクをつけた。

「下の食堂へ行って、なにか食べたら？」とエリンボルクがシグルデュル＝オーリに言った。

彼はまた時計に目を落とし、それから老人、そして最後にエリンボルクを見て立ち上がり、部屋から出ていった。

マスクが外された。

「……そこに住んでいた家族」

ふたたびマスクをつける。エリンボルクはふたたびマスクが外されるのを待ったが、ローベルトは動かなかった。エリンボルクは自分が質問をして、ローベルトが首を動かしてイエスかノーを表すだけにすれば、彼はなにも言わなくていいことに気がついた。それを伝えるとローベルトはうなずいた。頭ははっきりしてる、とエリンボルクは思った。

「あなたは戦時中、あの近所にサマーハウスをもっていましたか？」

ローベルトはうなずいた。

「その家族は当時そこに住んでいたのですか？」

ローベルトはうなずいた。

「名前を覚えていますか？」

ローベルトは首を振った。

「夫婦と二人か三人の子ども？　子どもの数はもっと多い？」

ローベルトはうなずき、血の気のない指を三本立てた。

「夫と妻と三人の子ども、ですね。会ったことはありますか？　つきあいがありましたか？」

エリンボルクは質問にイエスとノーだけをもらうやりかたを忘れて訊いた。ローベルトはマスクを外した。

「まったく……知らない」

酸素マスクがまた口に当てられた。車いすの後ろにいる看護師は心配そうなそぶりを見せ、エリンボルクを見つめている。エリンボルクはすぐに終わるという合図をしたが、看護師はいまにも止めそうな気配だった。ローベルトがマスクを外した。

「……死んだ」

「だれが？　その家族ですか？　だれが死んだのですか？」エリンボルクはさらに近寄って、彼がふたたびマスクをつけるのを待った。

「どうすることもできなかった……」

エリンボルクはローベルトが必死で話そうとしていることがわかり、一言も聞き逃すまいと思った。しっかり彼を見つめ、話の続きを待った。

酸素マスクがまた外された。

「……やっかいな荷物だ」

ローベルトの手からマスクが落ち、頭がゆっくりと胸まで下がった。

「ほら見てごらんなさい」看護師が責めるように言った。「彼の命を縮めるのに成功したというわけね」酸素マスクを拾い上げると、荒っぽい手つきでローベルトの口に押し当てた。彼は胸にあごをつけて目をつぶっている。眠っているのか、それとも死にかけているのか。エリンボルクは立ち上がり、看護師が車いすを押してローベルトをベッドまで連れていき、まるで羽根のように軽々と抱き上げてベッドに寝かせるのを見ていた。

「こんなことをして、患者を殺すつもり？」五十年配の看護師は言った。髪を後ろに一つに結わえ、白衣と白いズボンに白い木靴を履いている。怒りを込めてエリンボルクを見ながら、そもそも許可を与えるべきではなかったとつぶやいた。今晩までもたないでしょうよ、と言ってため息をついた。それはエリンボルクに向けられた言葉で、彼女はそれを隠しもしなかった。

「ごめんなさい」と、なにを謝っているのかわからないままエリンボルクは言った。「発見された古い人骨のことで、彼の協力が必要だったのです。あまり悪くならなければいいのですが」

ローベルトはベッドの上で突然両目をかっと開けた。自分がどこにいるのか確かめるようにきょろきょろと見まわし、そのあと、看護師の引き止めるのもかまわず酸素マスクを外した。

「しょっちゅう来た」と荒い息づかいで言った。「だいぶ経ってから、緑色……女……茂み……」

「茂み？」一瞬考えてエリンボルクが訊いた。「スグリの茂みのこと？」

看護師が口に酸素マスクを当てたが、エリンボルクは彼がうなずくのが見えた。

「だれのことですか？　あなた自身のこと？　スグリの茂みを覚えているの？　そこに行ったのですか？　スグリの茂みにあなたが行ったのですか？」

ローベルトはゆっくり首を横に振った。

「帰ってください。ローベルトを休ませて」看護師が厳しく言った。エリンボルクは立ち上がり、ローベルトに近づいたが、看護師をこれ以上怒らせないようにすぐそばまでは行かなかった。

「そのことを話してくれますか？　それがだれだか知っているんですか？　だれがスグリの茂みにしょっちゅう来たんです？」

ローベルトは目を閉じた。

「だいぶ経ってから、とは？　どういう意味？」

ローベルトは目を開け、しわだらけの腕を上げて、紙とペンがほしいという身振りをした。看護師は首を振り、今日はもうじゅうぶん、もう休みなさいと老人に言った。だがローベルトは彼女の手を取って、懇願するような目をした。

「だめです」と看護師は言うと、エリンボルクに命令口調で言った。「さあ、この部屋から出てください」

「彼の言うとおりにしましょうよ。もし、今晩なにか起きたら……」

「しましょうよって、あなたはここで三十年患者を看てきたとでもいうの？」看護師は敵意を剝き出しにして言った。「さあ、出てください。さもないと警備員を呼びますよ」

エリンボルクはローベルトを見た。目を閉じて、眠っているように見える。看護師をもう一度見てから、ゆっくりとドアに向かった。看護師は後ろから来て、エリンボルクの鼻先で部屋のドアをぴしゃりと閉めた。エリンボルクはシグルデュル＝オーリを迎えにいって二人がかりで看護師にローベルトの話を聞くことがいかに重要かを説得しようと思ったが、途中で足を止めた。シグルデュル＝オーリが来たらおそらくあの看護師と激しい言い争いになるだけだろう。

エリンボルクは廊下を渡り、食堂へ行った。シグルデュル＝オーリは不機嫌な顔をしてバナナを食べていた。彼のそばへ行こうとして、エリンボルクは足を止めた。そしてそのままローベルトの部屋の方向へ引き返した。廊下の突き当たりに小さな待合室のようなものがあってテレビが置いてあった。エリンボルクは隅にあった大きな観葉植物の鉢の陰に身を隠した。大きな葉が密に茂り、天井まで伸びている。その後ろに隠れると、廊下の様子がよく見えた。

まもなく看護師がローベルトの部屋から出てきた。廊下を勢いよく歩いて食堂を通ってつぎの病棟へ渡っていった。シグルデュル＝オーリのほうは見向きもせず、バナナを口に詰め込んでいた彼もまた看護師を見て見ぬふりをした。

エリンボルクは鉢の後ろからそっと出て、あたりを見ながらローベルトの部屋に近づいた。老人は顔に酸素マスクをつけたまま、ベッドに横たわっていた。目を閉じている。エリンボルクが引き揚げたときとまったく同じ格好だ。カーテンは閉まっていたが、ベッド脇のランプがぼんやりと部屋を照らしていた。エリンボルクはベッドのそばに行き、ためらいながらもあたりを見まわして、ローベルトをそっと揺り起こした。

ローベルトは動かなかった。もう一度そっと揺すったが、ぐっすり眠っているようだった。深い眠りに落ちているか、それとも死にかけているかのどちらかだとエリンボルクは思った。もっと強く揺すって目を覚まさせるか、あきらめて部屋を出るか。彼からもっと話を聞き出したかった。なんとか聞き出したのは、あのスグリの茂みのあたりに何者かがしょっちゅう現れた、緑色の女、ということだけだ。

部屋を出ることに決め、ドアに向かおうとしたとき、ローベルトがかっと目を開き、エリンボルクを見つめた。彼女だと認識できたかどうかわからなかったが、とにかくしっかりと見つめてうなずいた。酸素マスクをつけた彼の目に笑いが浮かんでいるように見えた。ローベルトは前と同じように紙とペンをくれというしぐさをした。エリンボルクは大急ぎでバッグの中から小さなメモ帳とペンを取り出し、その手に持たせた。彼は細かく震える手で、大きな文字でなにか書きはじめた。時間がかかり、手はゆっくりとしか動かない。エリンボルクは恐怖に引《ひ》き攣《つ》った目でドアを見つめ、つぎの瞬間にもあの看護師が現れて、大声で叱責するのではないかと気が気ではなかった。急いでくれと言いたかったが、なにがあろうとローベルトを急がせることはできないとわかってもいた。

書き終わったとき、血の気のない手が寝具の上に落ち、メモ帳もペンも放り出された。エリンボルクがメモ帳を拾って読もうとしたとき、心電図の機械が突然鳴りだした。その鋭い音が部屋の静けさを引き裂いたので、エリンボルクは文字どおり飛び上がった。ローベルトを見たまま、どうするべきか考えた。つぎの瞬間、部屋を出て廊下を渡って、食堂にいるシグルデュル＝オーリのところまで一気に走った。すでに病院中に緊急時のピーピーという音が響き渡っていた。

「どうだった？　なにかわかった？」バナナのしっぽを口に放り込みながら、シグルデュル＝オーリが訊いた。「なんだ、なにかあったのか？」そのときになって隣に腰を下ろしたエリンボルクの息が切れているのに気がついたらしい。

「いいえ。すべて順調よ」エリンボルクが言った。

そのとき、医者と看護師、看護見習生たちの一群が食堂に入ってきて、そのまま病棟のほうへ走っていった。ローベルトの病室の方向だ。その後ろから白衣の男がＡＥＤ装置のようなものを載せた台を押して走ってきて、そのまま同じ方向に消えた。この大騒ぎを黙って見ていたシグルデュル＝オーリがエリンボルクにささやいた。

「いったいなにをやらかしたんだ？」

「わたし？　べつになにも。なんで、わたしがなにかしたと思うの？」エリンボルクが逆上した。

「それじゃ、なぜそんなに汗をかいてるんだ？」

「汗なんてかいてないわよ」

「なにが起きたんだ？　なぜこんな大騒ぎになってるんだ？　あんた、ずっと息を詰めたままじゃないか」

「なにが起きたかなんて、わたしが知るはずないじゃない」

「じいさんからなにか聞き出せたのかい？　まさか、いま死にかかってるのはじいさんじゃないだろうね？」

「あんたねえ、少しはまわりに気をつけてものを言ったらどう？」エリンボルクはあたりを見まわした。

「なにを聞き出したんだ？」

「まだ見てないの。もう出ましょうか？」二人は立ち上がって食堂を出ると、病院の外の車まで行った。シグルデュル＝オーリが発車させた。

「さあ、なんて言ったんだ、じいさん」シグルデュル＝オーリが急き立てた。

「なにか紙に書いてくれたの」エリンボルクはため息をついた。「悪いことしたわ」

「紙に書いた？」

エリンボルクはポケットからメモ帳を取り出し、ローベルトが書きつけたページまでめくった。死にかかっている人間が震える手で書きつけた一語がそこにあった。線が歪んでほとんど読めない。一瞬戸惑ったが、よくよく見て、エリンボルクはほぼ確信した。間違いない。だが、読み取れはしたが、意味がわからなかった。エリンボルクはローベルトがこの世で最後に発した一語をじっと見つめた。

いびつ。


今夜はぜったいにジャガイモが原因だった。中まで柔らかく煮えてなかったというのだ。いや、それは彼女の推測で、ゆですぎだ、煮くずれている、生すぎる、皮がむかれていない、皮がところどころ残っている、皮がむかれている、半分に切られていない、ソースがかかっていない、ソースがかかっている、炒めてある、炒めてない、つぶしてある、水分が足りない、水分が多すぎる、甘すぎる、甘さが足りない……理由はなんでもあり得た。

彼がその日なにをどんなかたちでほしいのか、あらかじめ知ることは不可能だった。

それが彼の強力な武器の一つだった。攻撃はいつも予告なしに、彼女がまったく予期していないときに始まった。いやむしろ、彼はすべてが平穏無事に見えるとき、また、彼自身に心配事がなさそうなときにこそ凶暴になると言ってもいいほどだった。彼女に気取られないようにすることにかけては天才的と言えた。彼女はいつでもどんなときでも安心できなかった。彼がそばにいるときの彼女は、いつでも飛び跳ねる操り人形のようなものだった。四六時中彼に仕える用意をしていた。適切な時間に食事を用意すること。朝その日着る服を用意しておくこと。男の子たちを静かにさせること。ミッケリーナを近づけないこと。どんなことでも彼の望みどおりにする。そうしたところでなんの役にも立たないと知っていても。

彼が変わってくれることを望むのは、ずいぶん前にあきらめた。彼にとっての家、それは彼女の牢屋だった。

夕食を食べ終わると、彼は自分の皿をいつものように黙って流しに運んだ。それから食卓のほうに戻った。まるで部屋の外に出る途中であるかのようにさりげなく。が、まだ食卓についていた彼女のそばまで来るとぴたりと足を止めた。彼女は怖くて見上げることもできず、まだ食べている二人の息子のほうに顔を向けた。体中の筋肉がこれから起きることに備えて硬くなっている。もしかするとなにもせずに彼は外に出るかもしれない。息子たちは母親を見、そっとフォークを置いた。

あたりが静まり返った。

突如、彼は彼女の髪の毛をわしづかみにして顔を皿に押しつけた。皿が割れた。髪の毛をつかんで彼女の頭を持ち上げると、押し倒した。いすが後ろに傾き、彼女はいすごと仰向けに床に倒れた。彼は食卓の上の皿をぜんぶ床に払い落とすと、彼女の座っていたいすを蹴り、いすは壁まで吹き飛んだ。彼女は勢いよく床に投げ出されたためめまいがした。部屋がぐらぐらと回っているようだった。立ち上がろうとした。いままでの経験から床に倒れているほうがいいと知っていたのだが、まるで悪魔が彼女の中に飛び込んできたように、むらむらと反抗心がわいた。

「そこに寝てろ、メス牛め」と彼はしゃがれ声で言った。彼女が膝で立ち上がるのを見ると、のしかかってきて怒鳴った。

「そうかい、立ち上がりたいのかい？」髪の毛をつかんで立ち上がらせると、彼女の顔を壁に向けて、思いきり投げつけた。後ろから臀部を蹴り上げられて、彼女はバランスを失い、痛みに悲鳴を上げながらまた床に倒れた。鼻血がどっと流れだし、耳鳴りがして、彼の罵声《ばせい》さえもほとんど聞こえなくなった。

「ほうら、立ち上がってみろよ、売女《ばいた》めが」彼は罵《ののし》った。

こんどはそのまま起き上がらなかった。両手を頭にまわし、彼女はこれから始まる蹴りに備えた。だが彼は足を上げると全身の力を込めて彼女の腹を蹴り上げた。胸に激痛を覚えて、彼女は息ができなくなった。彼はかがみ込んで彼女の髪の毛をつかんで自分に顔を向けさせるとつばを吐きかけ、それから床に叩きつけた。

「商売女め」しゃがれ声で言った。立ち上がると凄《すさ》まじい戦いのあとのような部屋の中を見まわして言った。「おまえのやらかしたことを見な、死にぞこないめ」上から彼女を見下ろして叫んだ。「いますぐここを片付けるんだ。さもないと叩き殺すぞ！」

ゆっくりと後ずさりしてもう一度つばを吐きかけようとしたが、口の中が乾いていた。

「あわれなやつよ、おまえは。なに一つ満足にできやしねえ。一つでもちゃんとやってみろってんだ、役立たずの売女め。てめえはどうしようもないウスノロだということがいつになったらわかるんだ！」

彼女の顔に青あざができたところでかまわなかった。そんなことに気がつく人間もいないことを彼は知っていた。彼らの住んでいるところにやってくる人間はほとんどいなかった。少し先の野原にはサマーハウスがいくつか建っていたが、彼らの住んでいる傾斜地の上のほうまで来る人間はめったにいなかった。グラーヴァルヴォーグルとグラーヴァルホルト間を走る道路がすぐそばを通っていても、この家族に用事があってやってくる人間は皆無だった。

彼らの住んでいた家は大きなサマーハウスで、レイキャヴィクの人間から借りたものだった。所有者が関心を失ったとき、家はまだ未完成だった。その人物は、家を完成してくれるなら安く貸してやってもいいと彼に言い、彼は最初は真面目に大工仕事をし、家はほぼ完成というところまでいったのだが、持ち主は家が完成しようがしまいがまったくかまわない様子だったので、そのうち彼は大工仕事をやめてしまった。木造の家で、居間兼台所の大きな部屋と、石炭ストーブ付きの寝室が二部屋、部屋の間には廊下があった。家の近くには井戸があって、毎朝彼らはバケツで水を二杯汲んできて、台所の棚のきまったところに置いた。

一家はおよそ一年ほど前にここに引っ越してきた。イギリス軍がこの国にやってきたあとのことだ。レイキャヴィクの町は職を求めて地方から流れ込んできた人々で溢れ返り、町なかにあった地下の彼らのアパートは急増した人口のために家賃が上がってとても払えなくなってしまった。グラーヴァルホルトの未完成のサマーハウスに移ってから、彼はこの新興地で職を探し、ようやく石炭を配達する仕事にありつくことができた。毎朝グラーヴァルホルトから坂を下りると、石炭運搬車が来て彼を乗せ、仕事が終わると同じ場所で降ろされた。彼女はときどきこんなところに引っ越してきた理由は、殴られたときに上げる自分の悲鳴があたりに聞こえてもかまわない人里離れたところだからではないかと思うことがあった。

ここに移ってから彼女が最初にしたことの一つがスグリを植えることだった。土地には緑がなかったので、家の南側に赤スグリの若木を四本植えた。こうすれば南側の土地の境界線がはっきりするし、スグリの茂みと家の間の小さなスペースに菜園を作ることもできる。もう少し灌木《かんぼく》や大きく成長する木も植えたかったが、時間のむだだと彼がそれを禁じた。

彼女は床に倒れたまま、彼が落ち着くのを、町の友人たちに会いにいくのをじっと待った。彼はときどきレイキャヴィクの町に出かけ、なにも言わずに泊ってくることもあった。顔が腫れ上がって痛む。胸にも二年前に肋骨が折れたときと同じような痛みがあった。彼女は殴られたのはジャガイモのためではないと知っていた。洗ったばかりのシャツにシミを見つけたためでもない。彼女が自分で縫ったスカートを派手だと言ってびりびり破いてしまったことも関係ない。子どもの夜泣きのためでもない。夜泣きはいつも彼女のしつけが悪いせいだと責められる。怠け者の母親め、静かにさせろ、さもないと子どもらの首をひねって殺しちまうぞ！　彼なら本当にそうしかねない、彼にはその力があることを彼女は知っていた。

息子二人は父親が母親をいたぶりはじめたとき、そっと部屋を出ていった。が、ミッケリーナだけは別だった。彼女はいつものようにそこにいた。自分の力では動けなかった。彼女は一日中、台所に敷いたマットレスの上に仰向けに寝ていた。そこが母親からいちばんよく見えるところだった。たいていの場合、彼が台所に入ってきても、ミッケリーナはそっちを見なかった。彼が母親に暴力を振るいはじめると、彼女は両手で毛布をぎゅっと握って頭からかぶり、なにも見ない、なにも聞かないふりをした。いっそのこと、消えてしまいたいと思っていた。

ミッケリーナはなにも見なかった。見たくなかった。毛布を通して彼の罵り声と母親の押し殺した悲鳴が聞こえた。母親の体が壁にぶつけられ床に叩きつけられる音を聞いた。毛布の中で縮こまり、頭の中で童謡を歌った。

可愛い娘が目をさまし
金色の髪を震わせる
可愛い娘が目をまわし
両ソックスをさがしてる

歌い終わって耳を澄ますと、台所は静まり返っていた。それでもミッケリーナはしばらく怖くて毛布を上げられなかった。そっと毛布から顔を出してあたりを見まわした。彼の姿はなかった。玄関のほうを見ると、ドアが開けっ放しになっていた。出かけたのにちがいない。起き上がると、母親が床に倒れているのが見えた。ミッケリーナは毛布をどけて起き上がり、マットレスから出て床を這いはじめた。食卓の下をくぐって母親のほうへ進んだ。母親はぴくりともせずに体を丸めて横たわっている。

ミッケリーナは母親にぴったり寄り添った。彼女はとても痩せていて体力もなく、固い床を這うのはとくに辛いことだった。少し離れたところへ行きたいときは、弟たちか母親に抱きかかえられて移動した。彼はもちろん彼女に触りもしなかった。それどころかしばしば、ウスノロめ、殺してやる、と脅した。役立たずのただメシ喰いめ、息の根を止めてやると。

母親は動かなかった。ミッケリーナが背中に寄り添い、頭を撫でてくれるのがわかった。胸の痛みはおさまらず、鼻からは血が流れ続けていた。気絶していたのかどうかもわからなかった。最初、彼がまだ台所にいるのではないかと思ったが、ミッケリーナがここまで這ってきたからには彼がいるはずはないと思い直した。ミッケリーナは義父を死ぬほど恐れていたからだ。

彼女はゆっくりと体を伸ばした。痛みに思わずうめき声を出し、彼に蹴られた腹部に手を当てた。肋骨が折れているにちがいない。体をまわして仰向けになり、ミッケリーナを見た。少女は泣いていた。目いっぱいに恐怖が浮かんでいた。母親の血だらけの顔を見るとはっと体を硬くし、また泣きだした。

「だいじょうぶよ、ミッケリーナ」母親がうめきながら言った。「だいじょうぶ。いつかすべてがきっとよくなるから」

ゆっくりと痛みを我慢しながら起き上がり、食卓に寄りかかった。

「これだって、きっと乗り越えられるわ」

脇腹をさすると、痛みがまるで新たにナイフで刺されたように走った。

「男の子たちはどこ？」

そう言って、母親は床の上の娘を見た。ミッケリーナはドアを指差し、恐れとも興奮とも区別のつかない声を発した。母親はいつでも娘を健常な子どもとして接してきた。娘の義父はウスノロという呼びかた、いやそれよりもっとひどい呼びかたしかしたことがなかった。ミッケリーナは三歳のときに脳膜炎にかかった。生き残れるとはだれも思わなかった。カトリックの尼僧の経営する病院で、数日間生死の境をさまよった。母親は病室への立ち入りを禁止された。どんなに懇願しても許されなかった。回復したとき、ミッケリーナは半身不随になっていた。体の右側が麻痺《まひ》し、顔も右半分が動かなくなったため、顔がいびつになってしまった。右目はいつも半開きで、口も右端が下がり、よだれが垂れていた。

男の子たちは母親を助けることはできないと知っていた。下の子は七歳になっていた。いまでは二人とも父親が母親に暴力を振るうときの動きの一つひとつを知っていた。父親が投げつける蔑《さげす》みの言葉、罵りの言葉は彼らの胸に深く刻まれていた。それを口にするときの父親の様子はすでになじみのものになっていた。そんなとき、彼らは決まって逃げ出した。最初に逃げ出すのは上の子のシモンだった。彼は弟の腕をつかむと、自分の前を歩かせて外に出た。父親の怒りが自分たちに向けられるのが怖かった。

いつかかならず、ミッケリーナも連れ出すつもりでいた。

いつかかならず、母親を守るつもりでいた。

男の子たちは外に飛び出すと、スグリの茂みまで一目散に走った。季節は秋で、スグリの茂みがいちばん美しいときだった。濃い緑色の葉をつけた深い茂みになっていた。真っ赤な果実は熟しきっていて、触るだけで実から汁が出て指が濡れた。子どもたちは毎日母親から渡されたボウルいっぱいに赤いスグリの実を摘んだ。

男の子たちはスグリの茂みの後ろに駆け込んで身を隠した。家の中から父親の罵声が聞こえ、皿が割れる音に続いて母親の押し殺した悲鳴が聞こえてきた。弟は両手で耳を押さえたが、兄のシモンは電球の黄色い明かりが灯っている台所の窓を大きく目を開いて見つめ、母親の悲鳴を一つも聞き逃すまいと耳を澄ましていた。

シモンはとっくに耳を覆うのをやめていた。考えていることを行動に移すには、全身を耳にしていなければならなかった。

10

エルサが地下室について言ったことは、決して大げさではなかった。ベンヤミンは地下の部屋の隅から隅までぎゅうぎゅうにものを詰めていた。エーレンデュルは最初途方にくれてガラクタの山をながめた。エリンボルクとシグルデュル＝オーリに電話をかけようかとも思ったが、少し待つことにした。地下室はおよそ九十平方メートルほどで、いくつかの部屋に分かれていたが、窓とドアは一つもなかった。どの部屋にも天井まで箱が積まれていた。箱の表に中身の記載はいっさいなかった。ワインボトルやタバコの運送用の厚紙の箱、大から小まであらゆるサイズの木製の箱、中に入っているものもあらゆる種類のガラクタだった。ほかにも古い引き出しやタンス、旅行カバン、衣装箱、長い間にたまったあらゆるものがあった。汚れた自転車、壊れた芝刈り機、錆《さ》びたバーベキューグリル……。

「気がすむまで、なんなりと探して」地下室に案内したときエルサは言った。「なにかあったら、呼んでください」

彼女はこの警察官がなんだか気の毒な気がしてならなかった。真面目そう。ときどきほかのことに気がとられているように宙を見ている。くたびれた服、よれよれの上着のひじには当て布がされていて、すり減って光っている。中に小さなベストを着込んでいる。目と声から、なにかしら悲しいことを経験している男だと彼女は思った。

エーレンデュルは笑みを浮かべて礼を言った。二時間後、彼は商人ベンヤミン・クヌードセンの活動を知る最初の書類を見つけた。すべてがでたらめに交じっていた。古いものと新しいものが順不同になっているため、どうしてもぜんぶに目を通さなければならなかった。しかししだいに、間違いなくベンヤミンの過去を追って、時をさかのぼっていることがわかった。コーヒーとタバコが恋しくてしかたがなくなり、エルサに声をかけるか、それともどこかのカフェまで車を走らせるかと迷った。

その間もずっとエヴァ＝リンドのことを考えていた。携帯電話の電源は入っている。病院からいつ連絡がくるかわからなかった。もっと娘のそばにいるべきだと胸が痛んだ。もしかすると二、三日休暇をとって、エヴァ＝リンドのそばにいて、医者の言うように話しかけるべきなのかもしれない。集中治療室に一人、家族も慰めの言葉をかける者もなく、意識を失ったまま横たわらせておくべきではないのかもしれない。だが同時に彼は、なすすべもなく彼女のベッドのそばに座っているなど自分にはできないとわかっていた。仕事はある意味で救いだった。ほかのことを考える必要があった。最悪のことを想像する、あってはならないことを考えてしまうのを避けるために。

彼は仕事に集中しようとした。古い机の引き出しを引っ張り出し、昔の請求書やクヌードセン商会と印刷された書類を見つけた。手書きだったので、字が読みにくかったが、物資の運搬についてのようだった。同じような書類が出てきて、エーレンデュルはクヌードセン商会は外国と貿易をしていたのではないかと推測した。コーヒーや砂糖がリストの中にあり、その横に金額が書き込まれていた。

レイキャヴィクの町から離れたところに誕生しつつあるティデヴァルヴスビンという村にかつてあったサマーハウスについて、記述されたものはなにも見つからない。

エーレンデュルは我慢できないほどタバコが吸いたくなった。地下室から庭に向かうドアを開けると、そこにきれいに手入れされている庭があった。長い冬が終わり、ようやく春が始まろうとしていた。だが、エーレンデュルはそんなことには気をとめなかった。外に出るなり風が吹いて、火をつけたばかりのタバコを消してしまったからだ。大急ぎでタバコを二本吸い、中に入ろうとしたとき、ポケットの中で携帯が鳴った。エリンボルクだった。

「エヴァ＝リンドの具合はどうですか？」

「まだ意識が回復しない」エーレンデュルは短く言った。「なにか新しいことがあったのか？」

「ローベルトという老人と話をしました。あそこの傾斜地にサマーハウスをもっていた人です。はっきりとはわからないのですが、彼はどうもあなたの言う〝スグリの茂み〟にやってくる人間を知っていたようなのです」

「茂み？」

「ええ。骨の見つかったところにある」

「スグリの木のことか？　だれだ、それはいったい？」

「彼、死んでしまったと思うんです」

エリンボルクの後ろでシグルデュル＝オーリがクスクス笑っているような声がした。

「スグリの茂みの男か？」

「いえ、ローベルトです。老人です。ですから、もう彼からは話が聞けないんです」

「それで、スグリの茂みに現れたというのは、だれなんだ？」

「ぜんぜん話がはっきりしないんです」エリンボルクが言った。「老人は、『しょっちゅう来た』と『だいぶ経ってから』と『緑色……女……茂み……』と断続的に言ったんですけど、それ以上は言えませんでした」

「緑色の女？」

「はい、緑色の」

「しょっちゅう、だいぶ経ってから、緑色、か」エーレンデュルが繰り返した。「だいぶ経ってからとはいつから数えてのことだろう？　なにが言いたかったのだろうか？」

「そうなんです。あまりにも言葉少なですよね。わたしはたぶん……、その女の人はもしかすると……」エリンボルクはためらった。

「その女はもしかすると？」エーレンデュルがうながした。

「いびつだったんじゃないかと」

「いびつ？」

「ローベルトはその人についてこの一語しか言いませんでした。もはや話すことはできず、紙に書いてくれたんです。それが、いびつ、という言葉だったんです。かわいそうに、その後彼は眠りに落ちたようだったんですが、なにかが起きたんです。大勢の医療スタッフが彼の部屋に走っていったので……」

エリンボルクの声が消えた。エーレンデュルはいま聞いたことを考えた。

「つまりこういうことか。しばらくしてから、女がスグリの茂みにしばしばやってきた、と？」

「戦時中のことかもしれません」

「その家に住んでいた人間たちのことを、老人は覚えていたか？」

「はい。家族だったと。夫婦と三人の子ども。それ以上は聞き出すことができませんでした」

「ということは、当時あのあたりに人が住んでいたんだな？」

「はい、そうらしいです」

「そしてその女はいびつだった。いびつとは、どういう意味だろう？　ローベルトは何歳だ？」

「九十歳を超えています、いえ、いました、いえ、わかりませんが……、とにかく九十歳以上」

「それじゃ、いびつという言葉で彼がなにを言おうとしたのか、推測することはできないな」とエーレンデュルはひとりごとのように言った。「スグリの茂みのそばのいびつな女か。ローベルトの建てた家にはいまだれか住んでいるのか？　だれか生きている人間はいるのか？」

エリンボルクはローベルトの家のあったところに住むいまの住人の話を聞いたが、そのときはその女の話は出なかったと言った。エーレンデュルはもう一度その住人に会いにいって、スグリの茂みの近くで人を見かけたことがあるか、もしあったら、それは女だったか聞いてこいと言った。それともう一つ、ローベルトに遺族がいたら、探し出して、昔傾斜地に住んでいた家族のことを知っているかどうかも調べるように言った。自分はもう少しこの地下室をひっくり返してみるが、そのあとは病院へ行くつもりだと伝えた。

しばらくベンヤミンの残した書類の山に挑戦したが、そのうちこれは一日では終わらない仕事だと理解した。机の引き出しにあった書類に集中したが、それらはすべてクヌードセン商会の会計と取引に関する書類だった。エーレンデュルはクヌードセン商会という名前にまったく覚えがなかったが、レイキャヴィク市内のクヴェルヴィスガータにあったらしい。

二時間後、エルサとコーヒーを飲み、タバコを二本吸ってから、ふたたび地下室での作業を続けた。こんどは片隅の床にあったアメリカ製のトランクを開けた。鍵がかかっていたが、鍵穴に鍵が差し込んであった。錆びているらしくエーレンデュルはトランクを押さえて力いっぱい鍵を回さなければならなかった。トランクの中にはまたもや多くの紙類が、輪ゴムで巻かれたまま入っていた。しかし会計書類ではなかった。紙類の中には写真もあった。ばらばらのものも額縁に入っているものもあった。エーレンデュルはそれらを一つひとつ見ていった。人々の顔に見覚えはなかったが、写っている人物の中にベンヤミンと思われる人物がいた。少し腹のあたりが丸くなりかかっている背の高い男で、店の前に立っていた。その写真が撮られたわけはすぐにわかった。入り口の上に看板がかけられていて、クヌードセン商会とある。

エーレンデュルはほかの写真にも目を通した。同じ男が写っていた。中に若い娘といっしょのものがあった。二人ともカメラに向かってほほ笑んでいる。写真はどれも外で撮られたもので、どれも画面が明るかった。

写真を置くと、つぎに封筒の束を手に取った。それらはベンヤミンがフィアンセに書いたラブレターだった。ソルヴェイグという名前だった。短い文章に愛の言葉を綴ったものや、長い手紙で日々の仕事をくわしく書いたものもあった。どれも愛に満ちた文章だった。手紙は日付順に束ねられていて、エーレンデュルはとくに一つの手紙を注意深く読んだ。個人の秘密を冒瀆するような気がして良心が痛んだ。隠れて窓から中をのぞくような気分だった。

最愛の人へ

あなたがそばにいなくてとても寂しい。一日中あなたのことを想っている。あなたがここに来るまでの時間を、あと何分何秒と数えている。あなたがいないと人生はまるで寒い冬のようだ。色もなく、うつろで、生気がない。二週間もあなたがいなくなるなんて、私はどうやって過ごしたらいいのだろう。

あなたのベンヤミン・K

エーレンデュルは手紙を封筒に戻し、つぎに後ろのほうの封筒から手紙を抜き出した。こんどのは長く、クヌードセン商会のクヴェルヴィスガータでの商業活動の夢を語るものだった。大きな計画だった。アメリカで大型の商店が食べ物から衣類までいろいろな品物を棚に並べ、買い物客が自分でほしいものを取ってカートに入れて会計まで持っていくという、スーパーマーケットと呼ばれるものが流行っていて、これをアイスランドで始めようと思うとあった。

エーレンデュルは夕方病院へ行った。エヴァ＝リンドのそばにしばらくいるつもりだった。その前にスカルプヘディンから電話がきた。掘り起こしはうまくいっていると彼は言ったが、骨まで到達するのがいつになるかは言わなかった。またティデヴァルヴの男とエーレンデュルが呼んでいる骨の主の死因を語る手がかりはまだなにも見つかっていないと言った。

病院へ行く前に、エーレンデュルはエヴァ＝リンドの担当医に電話で容態を訊いた。相変わらず昏睡《こんすい》状態だという。集中治療室に入ったとき、エヴァ＝リンドのそばに茶色いコートを着た女が一人座っているのが目に入った。近づいて、その女がだれかわかった。彼は静かに後ずさりして、廊下まで戻ると、ガラスドア越しに女をよく見た。

背を向けて座っているが、彼はその人物を知っていた。彼とほぼ同年配で、背中が丸く、やや太めの体、茶色いコートの下にはジャージの上下を着ている。鼻にハンカチを押し当てて、エヴァ＝リンドに低い声で話しかけている。なにを言っているかは聞こえない。髪の毛を染めているらしいが、それも少し前のことらしく、分け目の根元が白くなっている。考えるともなく、彼は彼女の年を数えはじめた。簡単なこと。彼女はエーレンデュルより三歳年上だった。

こんなに近くで彼女を見たことは、この二十年間に一度もない。幼い子どもたちを彼女のもとに残して去ってからの年月だ。彼女は再婚しなかった。それは彼も同様だったが、彼女はこの間何人かの男たちと同棲している。さまざまな性格の男たちと。それはエヴァ＝リンドから聞いたことだった。彼女が大きくなって彼を訪ねてきてからのことだ。エヴァ＝リンドは、最初は彼に心を許さなかった。が、時間とともにある種の理解が交わされるようになり、彼は娘のためにできることはなんでもしたいと思っていた。それは息子に関しても同じことだった。もっとも息子のほうは決して近づいてこなかったが。息子のシンドリ＝スナイルとはほとんど接触がなかった。そしてこの二十年間、いまエヴァ＝リンドのそばに座っている女とはほとんど話もしていない。

エーレンデュルは別れた妻を見ながら、廊下を後ずさりしていった。かまわずに部屋に入ろうかとも思ったが、とてもそんな気になれなかった。どんなことになるか見当がつくし、こんなところでけんかになるのはごめんだった。いや、どこであれ、彼女とけんかするのはごめんだった。金輪際嫌だった。が、それはどうしても避けられないことでもあった。二人はいまだにきちんと話し合いをしていない。それこそがエヴァ＝リンドが悲しんでいることの一つなのだ。父親がなにも言わずに彼らをおいて出ていった、そのこと。

エーレンデュルはゆっくりと廊下を歩き、病院を出た。心の中にはベンヤミンの書いたラブレターの言葉があった。エーレンデュルは昔の自分はどうだったのだろうと思ったが、思い出せなかった。この問いは、家に戻って肘掛けいすにどっかりと体をあずけ、眠りがすべての意識を包み込むときになってもまだ答えを見いだせていなかった。

彼女はおれの最愛の人だっただろうか？

11

マスメディアが呼ぶところの〝人骨発見〟の捜査に関しては、エーレンデュルとシグルデュル＝オーリ、そしてエリンボルクの三人だけが関わることに決まった。警察庁はさして優先順位の高くないこの事件に大勢の警察官を配置するわけにはいかなかった。現在もっとも人数が投入されているのは大掛かりな麻薬事件で、警察はこんな〝歴史研究〟——エーレンデュルの上司のフロルヴルによる表現——などしているひまも人的余裕もないのだ。だいいち、これが犯罪に関係あるかどうかも疑わしいと見なされた。

エーレンデュルは翌朝出勤前に病院に寄り、娘のそばに二時間ほどいた。容態は相変わらずだった。母親の姿はなかった。彼は娘のそばのいすに腰を下ろし、痩せて骨があらわになった娘の顔を長いこと見つめて、過去を振り返った。エヴァ＝リンドが小さかったころのことを思い出した。離婚したのは彼女がもうじき三歳の誕生日を迎えるときで、当時彼女は両親のダブルベッドの真ん中に寝ていた。自分のベッドで眠るのを嫌がった。ベビーベッドはすぐそばにあったのに。寝室は一つ、居間と台所がいっしょの狭いアパートだった。エヴァ＝リンドは自分のベッドから下りて、両親の間に満足そうにもぐり込んだものだ。

十代になって、突然彼のアパートの戸口に現れたときのことも思い出した。いなくなった父親を自分で探し出したのだ。ハルドーラは彼に子どもたちとの交際をぜったいに許さなかった。別れたあと、子どもたちと連絡をとろうとすると、彼女は罵詈雑言を投げつけて彼を追い払った。彼女の言葉の一語一語がもっともで、エーレンデュルはそのうちに訪ねていかなくなった。エヴァ＝リンドが突然戸口に現れたとき、彼はあれ以来会っていなかったにもかかわらず、すぐにエヴァだとわかった。顔に見覚えがあった。自分の親族系の顔立ちだった。

「中に入れとか、言わないの？」自分の顔を見つめている彼に向かって、エヴァ＝リンドが言った。黒い革ジャンパー、ぼろぼろのジーンズ、真っ黒い口紅、マニキュアも真っ黒だった。タバコを吸い込んで、鼻から煙を吐き出した。

その表情の下に、まだ子どものときの面影が残っている、ほとんど変わっていない、と彼は思った。

どうしていいかわからなかった。彼は迷った。それでも中に入れと言った。

「あたしがここに来ることを言ったら、ママはものすごく怒ったよ」エヴァ＝リンドは中に入り、吐き出したタバコの煙の中、彼のそばを通り過ぎると、肘掛けいすに体を投げ出した。「パパのこと、あわれな人って言ってた。昔からそう言ってたわ、シンドリとあたしに。あわれな、卑怯者だよ、あんたたちの父親はって。そして、あんたたちは、父親にそっくりの、あわれな卑怯者だって言ってた」

エヴァ＝リンドは笑った。タバコをもみ消すためにあたりを見まわす。エーレンデュルはその手からタバコを取って灰皿で消した。

「なぜ……」と言いかけたが、それ以上言葉が出てこなかった。

「あんたを見たかったからよ」エヴァ＝リンドが言った。「どんなやつなのか、見てやろうと思ってさ」

「それで、どんなふうに見える？」

エヴァ＝リンドは彼をながめた。

「あわれなやつに見える」

「それじゃ、おまえとまったく似てないというわけじゃないな」

エヴァ＝リンドはその言葉を聞いてしばらく彼を見ていた。その唇に笑いが浮かんだように見えた。


署の自室に行くと、すぐにエリンボルクとシグルデュル＝オーリがやってきて、ローベルトのサマーハウスの現在の住人と話したがなにも得られなかったと報告した。住人の家族は、あのあたりで〝いびつな女〟を見かけたことはないと言った。ローベルトの妻は十年前に死んでいた。二人の子どものうち、息子は六十歳前後で母親とほぼ同じ時期に死んでいる。娘は現在七十歳くらいで、これからエリンボルクが訪ねることになっている。

「それで、ローベルト本人はどうなった？　話が聞き出せる状態か？」エーレンデュルが訊いた。

「ローベルトは……昨夜亡くなりました」エリンボルクが言った。エーレンデュルはその声に良心の痛みを聞き取った。「おしまいです。本当を言って、とっくにおしまいだったんです。彼自身もうじゅうぶん、と思ってたと思います。やっかいな荷物、というようなことを言ってましたから。わたし、あんな状態で病院で死にたくない、って思いました」

「死ぬ前になにか、書いたんだよね、じいさん」シグルデュル＝オーリが言った。「この女に殺される！　とか」

「ああ、せいぜい面白がってよ」エリンボルクが言った。「あんたって、ほんとに嫌なやつ！」

「今日はもうこいつの顔を見なくてすむよ」とエーレンデュルはエリンボルクに言ってから、シグルデュル＝オーリに声をかけた。「ベンヤミン・クヌードセンの地下室へ行ってくれ。そこで手がかりになるものを捜してほしい」

「なにを捜せっていうんですか？」シグルデュル＝オーリの顔からエリンボルクをからかっていたときに浮かべていた笑いが引っ込んだ。

「もし、ベンヤミンがあそこに建てたサマーハウスを人に貸していたなら、家賃とか賃貸に関する書類があるはずだ。家はきっと貸し出されていたにちがいない。それ以外のことは考えられない。その家に住んでいた人間たちの名前を調べるんだ。市の住民登録課ではおそらく見つけられんだろう。名前がわかったら、失踪者の届け出リストと突き合わせてくれ。リストに名前が載っていなかったら、まだ彼らが生きている可能性が出てくる。そろそろ骨全体が掘り出される。そうすれば性別と年齢もわかるから、捜査の対象も狭められる」

「ローベルトはその家に三人子どもがいたと言ってました」エリンボルクが言った。「でもそれだけです。彼の話では、グラーヴァルホルトにあったサマーハウスに五人家族が住んでいた。夫婦と子ども三人。第二次世界大戦の前か、戦時中、あるいは戦争直後。その家族について、われわれが知っているのはこれだけです。ほかにももっといたのかもしれない。その家族は住民登録していないんです。いまはほかの情報がないので、あの骨の人物はそこに住んでいた人間じゃないかという推測も成り立ちます。あるいは、そこに住んでいた人間たちと関係のあった人物。それともう一人、その家族となんらかの関係のある人物がいます。ローベルトの言う女の人で……」

「だいぶ経ってから、しょっちゅう来た、いびつな女」とエーレンデュルが口を挟んだ。「い、びつの意味だが、その女は足を引きずっていたということではないか？」

「それならローベルトはそう書いたんじゃないですか？」シグルデュル＝オーリが言った。

「ベンヤミンという人がもっていたというサマーハウスのことですけど、その後、どうなったんですか？　いまはあとかたもありませんよね」

「それこそベンヤミンの地下室で捜し出せることじゃないかな。ベンヤミンの姪からも聞き出せるかもしれない」とエーレンデュルはシグルデュル＝オーリに言った。「おれはすっかりそのことを忘れていた」

「それじゃ、こういうことですね。その家族の名前を調べる。名前をその時代の失踪者リストと突き合わせる。それで一丁上がりですね」シグルデュル＝オーリが言った。

「いや、ことはそう簡単ではないかもしれん」エーレンデュルが言った。

「え?」

「失踪者リストに載っている名前ばかりが失踪者じゃない」

「ほかにどんな失踪者がいるっていうんですか?」

「届け出のない失踪者たちだ。人がいなくなったとき、家族や知人がかならず届け出をするとはかぎらない。たとえば、外国へ移住して消息を絶つ者もいる。田舎に引っ越して人に忘れられてしまう者、それから凍死する者もいる。あの近所でそういうケースがあったかどうか調べるんだ」

「このケースは凍死と関係ないですよ」とシグルデュル＝オーリは勝手に言いきった。いまやエーレンデュルに対する苛立ちを隠しもしない。「あの骨の主が凍死したなんてあり得ない。除外していいと思いますよ。だれかがあそこに埋めたんです。専門家もそう言っている」

「おれはまさにそれが言いたいのだ」陸の孤島の高地《フィヨルド》における事故のことはだれよりもよく知っているエーレンデュルが言った。「一人の男がフィヨルドに出かけた。厳寒の冬だが、男は悪天候に慣れていた。登山はやめろとまわりから説得されたが、自分の経験は豊富だからと、耳を貸さなかった。凍死した人々の話をよく読むと、忠告を聞かないという特徴がある。まるで否応なく死に引きつけられていくように。まるで死に引きつけられるのは避けられないことだったとでもいうように。死の支配という表現もある。まるで彼らは死を招き入れているようだ。この男もまた、自分はだいじょうぶと思ったのかもしれない。だが、急な悪天候になり、驚く。思ったよりもずっと厳しい。方向がわからなくなり道に迷う。しまいに倒れて凍死してしまう。本来の登山道からはかなり離れたところで。だから死体は見つからない。しまいに、彼は消滅する」

エリンボルクとシグルデュル＝オーリは顔を見合わせた。エーレンデュルの言わんとしていることがわからない。

エーレンデュルは話を続けた。

「これはアイスランドの典型的な失踪のパターンだ。説明も可能だし、理解もできると人々は思う。この国に住んでいるわれわれは、天候が変わりやすいこともよく知っている。この手の失踪者の話は一定の時間をおいて繰り返され、とくにおかしいとも思われない。アイスランドはこういう国だからと人々は言い、首を振る。こんな話は以前、人が車ではなく歩いて移動していた時代にはよくあったことだ。こういう失踪について書かれた本はアイスランドでは数多くある。おれだけでなくこの話に興味をもつ人間も多い。移動の方法は六十年、七十年ほど前まではほとんど変わらなかった。人がいなくなることはよくあった。もちろん、残念で悲しいことと思っただろうが、人々はそんな運命を受け入れた。そういうことがあり得ると思っていた。警察に届け出るようなこととは思わなかったのだ」

「これ、なんの話ですか？」シグルデュル＝オーリが訊いた。

「こんな講義、なぜわたしたちに？」エリンボルクが目をぱちくりさせた。

「いなくなった男や女が、じつはフィヨルドにはまったく行ってなかったとしたら？」エーレンデュルが言った。

「え？　どういうことですか？」とエリンボルクが訊き返した。

「残された家族が、彼は、あるいは彼女は山に行くと言っていたと語ったとする。あるいはそこが過疎地で遠く離れた隣人に会いにいく、あるいは湖や海に網を仕掛けにいくと言って出かけたが、帰ってこないという。警察は徹底的に捜索するが失踪人は見つからず、行方不明者として処理される」

「つまり、家族が共謀してその人を殺し、口を閉じているというんですね？」シグルデュル＝オーリが疑わしそうに言った。

「ああ、あり得るとは思わないか？」エーレンデュルが言った。

「つまり真相は、失踪者はナタで叩き殺され、あるいは殴り殺され、銃で撃たれて自宅の庭に埋められてるということ？」エリンボルクが言葉を補った。

「そしていま、レイキャヴィクは郊外まで開発されて広がって、埋められていた人間の骨が出てきたという見立てだ」エーレンデュルが口を閉じた。

シグルデュル＝オーリとエリンボルクは顔を見合わせ、それから同時にエーレンデュルを見た。

「ベンヤミンにはフィアンセがいたが、彼女はよくわからない状況で姿を消している」エーレンデュルが別の話を始めた。「あそこに彼がサマーハウスを建てたのとほぼ同じ時期のことだ。海に身を投げたという噂があった。それ以降、失意のベンヤミンは二度と以前の暮らしには戻れなかった。レイキャヴィクで革命的な商売を展開する計画があったらしいが、フィアンセがいなくなって絶望したらしい。そのうち仕事もうまくいかなくなったという」

「しかし、あなたがいま話した新しい理論によれば、彼女は失踪しなかったということになる」シグルデュル＝オーリが言った。

「いや、彼女は失踪した」

「いや、彼が彼女を殺した、ということになる」シグルデュル＝オーリが食い下がった。

「いや、それは考えられない。おれはベンヤミンが彼女に宛てた手紙を読んだ。彼が彼女にわずかでも危害を加えるなど、あの手紙を読んだら、あり得ないと思う」

「それじゃ、嫉妬でしょう」エリンボルクが安っぽい恋愛小説の愛読者のようなことを言った。

「ベンヤミンがフィアンセを嫉妬から殺したんですよ。彼女を盲目的に愛していた。だから彼女をあそこに埋め、二度とそこに戻らなかった。これはどうです?」

「いや、それもまた飛躍のしすぎだ。しかしフィアンセが不意にいなくなり行方がわからなくなったことだけで、若い男がその後立ち直ることができないほどの衝撃を受けるなんてあり得るだろうか。いや、たとえ彼女が自殺したとしてもだ。彼女がいなくなってから、彼は失意のどん底に落ちた。まるで生きる気力をなくしてしまったかのようなのだ。なにか、ほかにも理由があったとは考えられないか?」

「ベンヤミンはそのフィアンセの髪の毛を一房しまっていたということはないでしょうか?」とエリンボルクが言った。エーレンデュルは彼女がまだ恋愛小説の世界にいると思い、苛立った。「額縁写真の裏とかペンダントの中に。もし彼女をそんなに愛していたのなら」とエリンボルクが続けた。「本当に彼女を愛していたというのなら」

「髪の毛を一房?」シグルデュル＝オーリが明らかな軽蔑を見せた。

「気にするな。この男はなにもわかりはしないんだから」エーレンデュルが言った。いま彼はエリンボルクが言わんとしていることがわかった。

「髪の毛の房をどうしたっていうんだ?」シグルデュル＝オーリがしつこく訊いた。

「それがあれば、あの人骨が彼女かどうか、わかるじゃないの。ちがっていれば捜査対象から外すことができる」エリンボルクが教えてやった。

「彼女ってだれ?」シグルデュル＝オーリが二人を交互に見た。それからやっと口を閉じた。

「DNA鑑定のことを話している?」

「それからもう一人、女がいますよね。スグリの木にやってくる女。なんとか見つけたいですね」

「緑の女か」エーレンデュルがつぶやいた。

「エーレンデュル」シグルデュル＝オーリが呼びかけた。

「ん?」

「ぼくをバカにしてるんですか?」

そのときエーレンデュルの机の上の電話が鳴った。考古学者のスカルプヘディンだった。

「かなり進んだよ。そうだなあ、あと二日ほどで人骨全体に達するだろう」

「あと二日もかかるとは!」エーレンデュルは思わず叫んだ。

「ま、見込みだがね。まだ殺しの凶器らしきものは見つかっていない。あんたはもしかすると、われわれの作業がていねいすぎると思っているのかもしれないが、私に言わせれば、こういうことは規則どおりにやらなければならないのだよ。われわれの仕事を見にこっちに来るつもりはないかね?」

「もちろん、これからそっちに行くつもりだった」

「それじゃついでにコーヒーに合う菓子パンでも買ってきてくれないか?」

エーレンデュルはスカルプヘディンの黄色い大きな二本の前歯を思い出した。

「菓子パン?」と訊き返した。

「ああ、デニッシュがいいな」スカルプヘディンが言った。

エーレンデュルは電話を叩きつけて切ると、エリンボルクにグラーヴァルホルトまでいっしょに来いと言った。シグルデュル゠オーリには、ベンヤミンの地下室へ行って、フィアンセの失踪以来、失意のあまり家の持ち主の彼が一度も訪ねなかったというサマーハウスについて調べるように言った。


グラーヴァルホルトへの車中でも、エーレンデュルはフィヨルドで悪天候のため行方不明になったり失踪したりした人間たちのことを考えた。そして、ヨン・アウストマンのことを思い出した。彼はフィヨルドに、おそらく一七八〇年ごろブルンドゥギルへ行った。乗っていった馬は首を切り落とされた形で見つかった。ヨン自身は片手が残っていただけだった。

その手は青い毛糸のミトンをはめていたと記録にある。

シモンの悪夢の中で、父親はばけものだった。

思い出せるかぎり、ずっとそうだった。シモンはそのばけものがなによりも怖かった。ばけものが母親に手を上げるとき、彼はどんなことをしてでも母親を助けたかった。正義の騎士が口から火を吐くドラゴンを退治する最終的な戦いの光景が頭に浮かんだが、悪夢においては破れるのはつねに彼のほうだった。

悪夢に出てくるばけものはグリムルという名前だった。父親でもパパでもない、ただグリムルという恐ろしいモンスターだった。

グリムルがシグルフィヨルデュルの港町まで追いかけてきて、バラックで母親と子どもたちを見つけ出したあの晩、ミッケリーナを山に連れていって殺してやると母親にささやいているのをシモンは聞いていた。母親の恐怖に引《ひ》き攣《つ》った顔、そして突然全身を反らせてベッドの鉄枠に頭をぶつけて気を失ってしまったのも見た。あのとき、グリムルは脅すのをやめた。その代わりに母親が意識を取り戻すまでずっと母親の顔に平手打ちを食らわせ続けた。グリムルの体から酸っぱい臭いが立ち、シモンは恐怖のあまりふとんの中に隠れ、神さまにいますぐぼくを連れていってくださいと祈った。

グリムルが母親にささやいている言葉はそれ以上聞こえなかった。ただ母親がかすれ声で悲鳴を上げているのだけが聞こえた。傷ついた小さな動物が野獣に食われかかっているときの声。それに混じってグリムルの押し殺した罵《のの》り声が聞こえた。細く目を開けて見ると、ミッケリーナが大きく目を見開いてグリムルを見ているのが見えた。その目は恐怖で引き攣っていた。

いまではシモンは神さまに祈るのはやめてしまった。母親にはいつも、神さまを信じ続けなさいと言われたが、子どもの友キリストに話しかけることももうしなくなった。だれも、神さまさえも、グリムルを倒して母親を助けることはできない。それがわかったからだ。だが、母親にはもう話さなかった。一度それを話したとき、母親が悲しそうな顔をしたからだった。神さまはこの世のすべてのものをお創りになった全能者であり全知者だ。その神がほかのすべてのものと同じようにグリムルを創ったのだ。神はグリムルを生かし、母親の髪の毛を引っ張らせ顔につばを吐くことを許しているのだ。グリムルはミッケリーナにもおまえみたいなやつらがかたまって暮らすところに行きやがれと罵り、殴りつける。シモンも蹴られ、顔を殴られ、一度など顔がひしゃげるほど上あごを殴られて、口から血といっしょに歯が飛び出したこともあった。

子どもを愛する全能の神さま、小さいぼくをお護りください。

グリムルはミッケリーナをウスノロと呼ぶが、シモンは家族の中でいちばんミッケリーナが頭がいいと思っていた。だが彼女は一言も話さなかった。シモンは彼女が話すことができると確信していた。話したくないだけだと。話さないことを選んでいるのだ。そのわけは、グリムルが怖いからだ。ミッケリーナはグリムルを死ぬほど怖がっていた。シモンよりもっと怖がっていたかもしれない。なぜならグリムルはときどきミッケリーナを台車ごとゴミ処理場に捨ててしまうぞと脅したからだ。こんな情けない生き物はいらないと。役立たずなのにメシだけは一人前に食う、こんなものはいらない、捨てちまえ。こんなウスノロが家族にいると、ほかの家族が、そしてなにより自分が、世間のもの笑いになると。

こういうとき、グリムルはミッケリーナにはっきり聞こえるようにわざと大声で言う。母親が弱々しい抗議の声を上げると、彼はこんどは母親をあざ笑う。ミッケリーナは彼がどんなにひどい言葉で自分を罵ってももはやなんとも思わなかったが、自分のために母親に矛先《ほこさき》が向けられるのがたまらなく嫌だった。シモンはグリムルを見るミッケリーナの目でそれがわかった。ミッケリーナとシモンは特別に心が通じ合う仲だった。ミッケリーナとトマスよりもずっと近い関係だった。トマスは自分の気持ちを表さず、内にこもる性格だった。

母親はミッケリーナの脳の発達がおくれているのではないと知っていた。グリムルのいないとき、ありとあらゆるトレーニングをしていた。ミッケリーナの足をもみ、指が内側に曲がってしまっている力のない手をまっすぐに伸ばし、麻痺《まひ》した側の体を、野草を煮て作った自家製オイルをぬってよくマッサージした。いつの日かミッケリーナが歩けるようになると信じて、腰を支えて家の中で歩く練習をした。よくできたね、いつか歩けるようになるよと励ましながら。

母親はいつもミッケリーナにふつうに話しかけた。そして兄弟たちにもそうするように言った。グリムルが家にいないときは、家族はどんなことでもミッケリーナを交えてした。母親と娘は互いに理解し合っていた。それは兄弟たちも同じだった。ミッケリーナの動きの一つひとつ、表情の一つひとつを理解した。言葉は必要なかった。ミッケリーナは言葉をすべて理解していたが、自分では使わなかった。母親は彼女に字の読みかたを教えた。太陽の下に運び出してもらうことが大好きなミッケリーナだったが、家の中にいるときは喜んで本を読んだ。あるいはほかの者に本を読んでもらい、聞いていた。

そして、世界大戦が勃発し、イギリス軍が家の近くにバラックを建てはじめたころのある夏の日、突然ミッケリーナの口から言葉が飛び出した。それはシモンがひなたぼっこを終えたミッケリーナを家の中に運び入れたときのことだ。夕方になったので、ミッケリーナをいつものカゴの中に入れようとしたときのことだった。その日ミッケリーナは一日中上機嫌だったが、たっぷりと太陽を浴びたあとのそのときも目をぐるぐる回し、大きく口を開けて、舌を出して勢いよく動かしていた。突然ミッケリーナが声を発したので、母親は洗い物をしていた皿を落とし、皿が割れた。その瞬間、いつもなら怯《おび》えるのに、それさえも忘れて、彼女は床の上にいたミッケリーナを見つめた。

「エマアエマアアア」とミッケリーナが繰り返した。

「ミッケリーナ!」母親が驚きの声を上げた。

「エマアエマアアア」とミッケリーナは叫び、頭をのけぞらした。声が出せたことが自分でもたまらなくうれしそうだった。

母親は自分の耳が信じられないというように、ミッケリーナに駆け寄り、その顔を見つめた。

シモンは母親の目に涙が浮かぶのを見た。

「エマアエマアアア」とミッケリーナは言い、母親はシモンの手から彼女を抱き上げ、台所の隅にあるマットレスに横たえるとその髪を撫でた。シモンは母親が泣くのをそれまで一度も見たことがなかった。グリムルにどんなことをされようとも、彼女は泣かなかった。暴力を振るわれて、痛みで声を上げ、助けを求め、やめてと懇願し、唇を噛んで殴打に耐えたが、シモンは母親が泣いたのを一度も見たことがなかった。シモンは母は悲しんでいるのだと思い、その体に抱きついたが、彼女は心配しなくていいのだと言った。そして、これはいままでの人生で起きたいちばんいいことなのだと言った。シモンはその言葉で、母親はいままでミッケリーナが耐えてきたことを思い、泣いているのだとわかった。また、このことで彼女はいままで決して自分に許したことのない喜びを感じているのだということも。

あのときから二年が経っている。ミッケリーナの話せる言葉は間違いなく増え、いまでは長い文章が言えた。顔を真っ赤にし、口から舌を大きく出して、一生懸命のあまり頭を右へ左へぐりぐりと回すので首が胴体から離れてしまうのではないかとシモンが心配してしまうほどだった。グリムルはミッケリーナが話せるのを知らない。ミッケリーナは彼が近くにいたら、決して口を開かなかった。母親は彼が娘に注目するのをなんとしてでも避けたかった。たとえそれが娘の進歩を示すことであろうとも。家族全員が知らんふりをした。なにも変わったことは起きていないようにふるまった。シモンは母親がときどきためらいながらもグリムルに、娘になんらかの支援をもらえるよう役所にたのんでみないかと相談するのを聞いたことがあった。

近ごろではだいぶ動けるようになったし、丈夫にもなった、学ぶこともできるようだ。文字が読めるし、いまは指だけでなく手全体を使って書くことを練習していると。

「あいつはバカだ。あいつになにかできるなどと思うな。あいつの話は金輪際聞きたくない」

なにごともグリムルの言うとおりにする母親は、その話はもうしなくなった。ミッケリーナは母親がしてくれることと、兄弟に外に運び出してもらって太陽の下で遊ぶこと以外にはなんの手助けも受けずに成長した。

シモンはグリムルと関わりをもたないようにした。実際、できるかぎりグリムルに会わないように暮らしていた。だが、ときどき、どうしても避けられないこともあった。シモンが少し大きくなると、グリムルは彼を連れてレイキャヴィクの町へ出かけることが多くなった。食糧など買い込んだものを運ばせるためだった。まずグラーヴァルヴォーグルへ行き、それからエトリーダアウ川の橋を渡って川沿いを行き、ロイガルネスの先へ行く。たまにハウアレイティに向かう坂道を上がりソガミレンを越える道を行くこともあった。シモンはつねにグリムルの四、五歩後ろを歩くようにしていた。グリムルは決して話しかけてこなかったし、彼になんの注意も払わなかった。荷物を彼の背中に載せ、急げと言うときだけ口をきいた。帰り道は三時間か、四時間、荷物の量によった。グリムルはそのまま町に留まって、二、三日間帰ってこないこともあった。

そういうときは、家中にある種の喜びが溢《あふ》れた。

レイキャヴィクへ出かけるようになってから、シモンはそれまで知らなかったグリムルを少し知るようになった。家でのグリムルはいつも不機嫌で口をきかず、暴力的だった。話しかけられるのを嫌がった。なにか話すときは汚い言葉で、子どもたちと妻には侮り蔑《あなどさげす》みの言葉しかかけなかった。家族全員をこき使い、気に食わなければ殴り飛ばした。ところが、家族以外の人間とつきあうとき、モンスターは態度を変え、ほとんど人間らしくふるまった。初めていっしょに町へ出かけたとき、シモンはモンスターが家でと同じように言いたい放題、乱暴放題にふるまうと思った。それを疑いもしなかった。が、まったくちがっていた。そんなことはまったく起きなかった。それどころか、グリムルはまわりの人間たちの機嫌をうかがったりしたのだ。商店に入ると、店の主人におべっかを使い、平身低頭、言葉遣いまでていねいになった。あろうことか、笑顔にさえなった。あいさつするときには握手をした。以前から知っていた男たちに会ったりすると、声を上げてさも愉快そうに笑った。それが、家で母親をいじめるときに見せる軽蔑に満ちたかすれ声の乾いた笑いではなく、ほんものの楽しそうな笑いなのだ。シモンを指差して、あれはだれかと尋ねる者がいれば、グリムルはシモンの頭を撫でて、息子だよ、こんなに大きくなりやがってと自慢そうに言うのだった。初めて手が伸びてきたとき、シモンはその手を避けた。叩かれると思ったからだ。だが、グリムルは冗談を言って、なにごともなかったようにその手を下ろした。

グリムルにこのように不可解な二面性があることを理解するのは、シモンにとって簡単なことではなかった。グリムルの行動が不可解でならなかった。なぜ家にいるときと外にいるときの態度がこれほどどちがうのかわからなかった。なぜグリムルが人にお世辞を言ったり、卑屈な態度をとったり、だれにでもていねいな言葉で話したりするのか。世界を支配し、人の生き死にの決定権まで握っているはずの彼が。シモンがこの話をすると、母親は力なく首を振り、いままで何度も言ったように、彼には気をつけなさいと忠告した。父親の気分を害さないように。シモンであろうと、トマスであろうと、ミッケリーナであろうと、出かけているときであろうと家にいるときであろうと、なにが彼の怒りを爆発させる起爆剤になるのか、決して予測がつかないのだからと。しまいにはいつも母親に怒りの矛先を向けるのだ。

グリムルの爆発は決して予測がつかない。それは本当だった。数カ月なにもないこともあるときには一年もなにごともないこともある。だが、いったん起きれば、その暴力には限りがなかった。すぐに繰り返されることもあった。一週間後ということさえあった。それも稲妻のように突然の平手打ちが一回ということもあれば、完全に正気を失って妻を床に殴り倒し、力が尽きるまで蹴り続けることもあった。

家族と家庭の上にまるで悪夢のように重くのしかかっているのは、身体的な暴力だけではなかった。グリムルの言葉の暴力は顔に一撃を食らうのと同じ効果を発した。ミッケリーナへの侮り。ウスノロ、バカという罵り。何歳になっても寝小便をするトマスをあざ笑う言葉。ときにはシモンさえも怠け者、ゴクツブシと呼ばれた。

母親をいたぶるとき、グリムルは子どもたちがそばにいてもまったく躊躇《ちゆうちよ》しなかった。言葉であれ殴打であれ子どもたちの目の前で母親を半殺しにするまで手を緩《ゆる》めなかった。言葉が小さなナイフのように彼女の体に突き刺さった。

そのあと、つぎの暴力まで、彼は自分がなにをしたのか、ほとんど忘れているようだった。たいていの場合、妻も子どももいないかのようにふるまった。ごくたまに、男の子たちとトランプゲームをすることがあった。トマスに勝たせることさえあった。日曜日に家族みんなでレイキャヴィクまで歩き、キャンディーを買ってくれたこともある。たまに、ミッケリーナまでいっしょに連れていくこともあり、そのときは彼女を背負わなくてもいいように、石炭配達車を手配してくれた。そんなことはめったになかったが、そういうときのグリムルは、ほとんど人間のようだ、ほとんど父親といってもいいとシモンは思った。

暴君的な面以外にも不可解な面が父親にはあった。自分の内にこもりきり、なにを考えているのかわからないことがよくあった。食卓でコーヒーを飲みながら、床で遊んでいるトマスを見、シモンにコーヒーをもう一杯くれと言い、食卓を手のひらでゆっくりと撫でまわしたりする。あるとき、見つからないように台所から逃げ出すつもりだったシモンが、呼び止められてコーヒーをカップに注いでいるとき、父親がつぶやいた。

「あれを思うと、無性に腹が立つ」

シモンはコーヒーポットを手に持ったまま動きを止めた。

「無性に腹が立つ」と繰り返し、父親は食卓を撫でまわした。

シモンはそっと後ずさりして、コーヒーポットをストーブの上に置いた。

「トマスがこんなふうに床の上で遊んでいるのを見ると、思い出して腹が立つ」とつぶやいて、父親は続けて言った。「おれはいまのトマスより小さいくらいだったのに」

シモンは父親が子どもだったときのことなど、想像したこともなかった。いや、それどころか、彼にいまとはちがう時代があったことなど想像できなかった。いま急に父親がトマスのような小さな子どもになったようで、シモンは彼の新しい側面を見る思いがした。

「おまえたちは仲良しだな、おまえとトマスは。そうじゃないか?」

シモンはうなずいた。

「そうじゃないか?」と繰り返す言葉に、シモンはそうだと答えた。

父親は食卓を撫でまわす手を止めなかった。

「おれたちも仲良しだった」

と言って、彼は黙った。

「女だ」グリムルがしばらくして言った。「おれはそこに送り込まれた。まだトマスぐらいのときに。そこに長いこといた」

ふたたび沈黙。

「それと、女の亭主」

食卓の上を撫でていた手が止まり、握りこぶしになった。

「鬼畜生め。地獄へ行きやがれ、クソッ!」

シモンは静かに彼から離れた。だが、父親はまもなく落ち着いたようだった。

「おれにもわからないんだ。抑えることができない」

コーヒーを飲み干すと、立ち上がり、寝室に行ってドアを閉めた。途中、トマスを抱き上げて連れていった。

シモンは年とともに母親が変わっていくことに気がついた。自分自身も大きくなり成長した。それにつれて責任感もまた強くなった。母親の変化は、グリムルが町に行くと突然人間らしくなるのとはちがって、じつにゆっくり、忍び寄るようにやってきた。変化は何年にもわたって少しずつ生じていった。それがなにを意味するか、彼は知っていた。シモンは非常に敏感な少年だった。このような変化は母親自身にとって危険なことだと感じた。グリムルと同じほど危険なことだと。最悪の事態になる前に、なんとかしなければならない。それは自分の責任だと彼は思った。ミッケリーナには体力がない。トマスはまだ幼い。母親を助けることができるのは自分だけだ。

とはいえ母親の変化がよく理解できなかったし、それがどのようなことに繋がるのか、彼には見えなかった。だが、不安はしだいに大きくなっていった。それはちょうどミッケリーナが最初の言葉を発したのと同じころのことだった。ミッケリーナの進歩は母親を喜ばせた。一瞬ではあったが、苦しみが和らいで、母親はほほ笑み、ミッケリーナと男の子たちを抱きしめた。それからの数カ月間、母親はミッケリーナに言葉のトレーニングをし、少しでも進歩があれば心から喜んだ。

だが、そのあとはまた以前の状態に戻ってしまった。苦しみが鉛のように重く彼女にのしかかっているようで、しだいに生気が失われていった。家中塵《ちり》一つないほど徹底的に掃除したあと、しばしば寝室でベッドの端に座り込み、そのまま何時間も宙を見つめていることがあった。苦しみに耐えている。薄目を開けて宙を見ている。なんとも言えない悲しげな顔、この世にたった一人の、孤独な存在。

あるとき、グリムルがさんざん彼女を殴ってから家を飛び出していったあと、シモンは母親が台所で包丁を持って立っているのを見た。片手で包丁を持ち上げ、もう一方の手でその刃に触っていた。シモンに気がつくと、口の端を上げて少しほほ笑み、包丁を引き出しに戻した。

「包丁をどうするの?」シモンが訊いた。

「刃が鋭いかどうか、見てたのよ。あの人は包丁がちゃんと研《と》がれていないとうるさいから」

「あいつは町に出かけると別人だよ。意地悪じゃなくなるんだ」シモンが言った。

「ええ、知ってるわ」

「笑うんだよ。そしてうれしそうなんだ」

「ええ」

「なぜうちではそうじゃないの? なぜぼくたちにはそうしないの?」

「わからない」

「なぜうちではモンスターみたいになるの?」

「わからない。具合が悪くなるみたい」

「ああでなければいいのに。あんなやつ、死んでしまえばいい」

母親は彼を見た。

「そんなこと、言ってはだめよ。あの人と同じような口をきいてはだめ。そんなふうに考えてはいけない。おまえは彼とはちがう。ぜったいに彼のようにならないこと。おまえもトマスも。ぜったいに。わかった？　そんなふうに考えることをママは許さない。いい？　わかった？」

シモンは母親を見つめ返した。

「ミッケリーナのお父さんの話をして」と言った。いつか、母親がミッケリーナに父親の話をするのを聞いたことがあった。もし彼が死ななかったら、ミッケリーナの人生はどうなっただろうかと話していた。シモンは自分もミッケリーナの父親の子どもだったらいいのにと思った。父親がばけものでなかったらよかったのに。子どもたちにやさしくしてくれる父さんだったらよかったのに。

「彼は死んでしまったの」と母親は言った。その声に責めるような調子があった。「どうしようもないことよ」

「でもその人、ちがったんでしょう？　ママもきっといまとはちがっていたよ」

「もしその人が死ななかったら？　ミッケリーナが病気にならなかったら？　もしわたしがおまえの父さんと出会わなかったら？　そんなふうに考えてもしかたがないでしょう」

「でも、あいつはどうしてあんなにひどいやつなんだろう？」

シモンはそれまで何度も母親に訊いた。母親は答えてくれることもあったが、ただ黙って宙を見つめることもあった。自分自身何度もこの問いを発し、いまでもまだ答えが見つからないというように。そんなとき母親はシモンがそばにいることも忘れているようだった。一人ぼっちで、悲しそうに、疲れきって、ひとりごとを言う。自分がなにを言おうが、なにをしようがなんの意味もないと思っているようだった。

「わからない。わかるのは、わたしたちのせいではないということ。わたしたちが原因ではないの。あの人の中にあるなにかなの。はじめはわたしが悪いんだと思った。わたしがなにか間違ったことをしたからあの人が怒っているんだと思った。だから間違わないように努力したわ。でも、なにが間違いだったのか、わたしにはどうしてもわからなかった。だけど、わたしがなにをどのようにしても関係なかったの。もうずっと前に、わたしが原因だと思うのはやめたわ。だから、おまえもトマスもミッケリーナも、おまえたちが原因であの人が怒るのではないとわかってほしい。彼がどんなにおまえたちに怒鳴ろうと、わたしたちのせいではないと」

母親はシモンを見つめた。

「いいこと。あの人がもっている小さな力を振るうことができるのは、わたしたちにだけなの。あの人はそれをぜったいに手放すつもりはない。一生手放しはしない」

シモンは包丁の入っている引き出しを見つめた。

「ぼくたちにできることはなにもないの？」

「ええ」

「この包丁でなにをするつもりだった？」

「言ったでしょう。刃が鋭いかどうかを見たのよ。あの人は包丁の刃がちゃんと研がれていないとうるさいから」

シモンは母親の嘘を問い詰めなかった。母はいつだって自分たちを守ろうとしている、いちばんいいように考えてくれる、家庭生活と呼ばれるこのみじめな暮らしによって彼の人生が少しでも損なわれないように心配してくれているとわかっていたからだ。

その晩、仕事から真っ黒になって帰ってきたとき、グリムルはいつになく上機嫌だった。レイキャヴィクで面白い話を聞いたと言って、食卓につくと、コーヒーをくれと言った。子どもたちの母親について面白い話を聞いた。石炭の運搬人たちが噂話をしていた。おまえたちの母親もそうなんだ、ガスタンクの中で仕込まれた地球最後の日の子どもの一人なんだ、と。

母親はグリムルに背中を向け、黙ってコーヒーをいれていた。シモンは食卓の近くに座っていた。トマスとミッケリーナは外だった。

「ガスタンクの中でだぞ！」

そう言ってグリムルはいつもの意地悪な醜い笑いを投げつけた。ときどき彼は石炭の粉塵《ふんじん》で真っ黒になった痰《たん》を吐く。目のまわりも口も耳まで真っ黒だった。

「どいつもこいつもこの世の終わりだと思い込んでヒステリー状態になって、あの巨大なガスタンクの中で乱痴気騒《らんちきさわ》ぎでやりまくったんだ！」大声で叫んだ。

「本当じゃないわ」彼女は静かに言った。シモンはぎくっとした。母親がグリムルに口答えするのを見たことがなかったからだ。母親を見つめた。背中に冷たいものが流れるのを感じながら。

「あのガスタンクの中で一晩中やりまくった連中がいたんだぞ。地球の終わりの日が近づいていると思ってさ。てめえは親たちがそんなふうにして作った子どもだぞ。おお、なんとも破廉《はれん》恥《ち》だよなあ」

「それは嘘よ」

彼女の声は前よりもっとはっきりしていた。手元のコーヒーから目を離さずに静かに言った。グリムルに背中を向けたまま、頭を胸まで下げ、両肩が上がっている。まるでその中に隠れてしまいたそうだった。

グリムルの笑いが止まった。

「おれを嘘つき呼ばわりしてるのか?」

「いいえ。でもあなたが聞いてきたことは本当じゃない。誤解です」

グリムルが立ち上がった。

「そうかい、それは誤解、だと?」と彼女の口調を真似て言った。

「あのガスタンクがいつ作られたか、知ってます。わたしはそれより前に生まれてるんです」

「ほかにもいろいろ聞いたぞ。おまえのおふくろは売春婦でおやじは大酒飲みだったってな。おまえは生まれてすぐ、ゴミバケツに捨てられたんだとさ」

包丁の引き出しが開いていた。母親はそれを見下ろしている。シモンは母親の目がいちばん大きな包丁に向けられるのを見た。母親は目を上げてシモンを見、また包丁に目を戻した。シモンはそのとき初めて、母親がそれを使うつもりなのだとわかった。

12

スカルプヘディンは現場を大きな白いビニールシートで覆っていた。現場に着いたエーレンデュルが春の太陽の下から白いシートでできたテントの中に入ってみると、作業は信じられないほどのろのろと進められていた。およそ十平方メートルほどの長方形が建物の基礎の土の上にマークされていた。人骨はその一隅にあった。片手が上に向かって伸びたままだ。男が二人、小さなブラシとコテを手にかがみ込んで、土を払い、払った土を受け皿の上に載せていた。

「作業が、ていねいすぎないか?」エーレンデュルはやってきたスカルプヘディンに訊いた。「これじゃいつまでたっても終わらないだろう」

「現場では用心深すぎるということはないんだ」重々しい口調、自信たっぷりな顔でスカルプヘディンが言った。作業に参加している者たちは彼の指示で動いていた。「ほかの人間ならいざ知らず、あんたはそんなこと、わかっているべきだな」と彼は付け加えた。

「まさか、ここで野外実習の教室を開いているんじゃあるまいね?」

「実習?」

「ああ、考古学のクラスの。ここは大学であんたが教えているクラスの野外実習教室になっているんじゃないだろうな」

「冗談じゃない。われわれは真剣に働いている。そんなことはぜったいにない」

「もしかすると、それほど急がなくてもいいのかもしれないが」エーレンデュルが言った。

「結果はまもなくわかるさ」スカルプヘディンは言い、大きな前歯の下から舌を出した。

「法医学者はいまスペインで休暇中らしい」エーレンデュルが言った。「あと数日で帰ってくる。彼が戻るまでどっちみちわれわれはあまり仕事ができない。つまり、時間はじゅうぶんにあるということになる」

「この骨、だれなんでしょうね？」そばからエリンボルクが言った。

「男か女か、年寄りか若者かもまだわからない」スカルプヘディンが言った。「それを明らかにするのはわれわれの仕事ではないかもしれないが。しかし、はっきり言えるのは、ここで殺人がおこなわれたということだ」

「妊娠した若い女ということもあり得るか？」エーレンデュルが訊いた。

「それはまもなくわかる」スカルプヘディンが言った。

「まもなく？　このスピードではまもなくではないだろう」エーレンデュルが皮肉を言った。

「忍耐は美徳なり、だよ、エーレンデュル。美徳だよ」スカルプヘディンが繰り返した。

なにを言いたいのかとエーレンデュルが訊こうとしたとき、脇からエリンボルクが先に言葉を発した。

「殺人はかならずしもここでおこなわれたわけではないかもしれませんよ」と、突然切り出した。それは昨日のシグルデュル＝オーリの意見の受け売りだった。エーレンデュルははじめに思いついたことにこだわりすぎるとシグルデュル＝オーリが批判したのだ。エーレンデュルは、発見された骨がもともとその場所に住んでいた人間のものか、せいぜい周辺のサマーハウス一帯の範囲であろうという見かたにこだわりすぎているというのが、シグルデュル＝オーリの意見だった。彼は、ここの傾斜地に昔建っていたという家とその家に人が住んでいたらしいということだけを見るのは、捜査対象が狭すぎると言い、エリンボルクはその意見に同意した。それはエーレンデュルが病院へ出かけていってからのことだった。エリンボルクはいまそれをもち出して、エーレンデュルの反応をうかがった。

「この骨の人間は、たとえば、ヴェストゥルバイルで殺されてここまで運ばれたものかもしれません。骨の発見された場所が殺人がおこなわれた場所とはかぎらないのじゃないでしょうか？　シグルデュル＝オーリとも昨日話し合ったことなんですが」

エーレンデュルは両手をコートのポケットに深く突っ込んで、タバコとライターをつかんだ。

スカルプヘディンが鋭い目を走らせた。

「このテントの中で喫煙は許さないぞ」ぴしゃりと言った。

「それじゃわれわれは外に出ようか。仕事の邪魔にならないように」エーレンデュルがエリンボルクに向かって言った。

二人はテントの外に出た。

「あんたたちは正しいかもしれない」エーレンデュルが言った。「殺人が——これが殺人かどうかもわかっていないわけだが——ここでおこなわれたという確証はない。われわれが見るかぎり」と言って、エーレンデュルは大きくタバコの煙を吐き出した。「いま、三つの仮説を立てることができる。一つは、この骨の主は入水自殺したと言われているベンヤミン・クヌードセンのフィアンセではないかというもの。彼女は妊娠していたらしい。なんらかの理由で——あんたは嫉妬からかもしれないと言っているが——ベンヤミンはフィアンセを殺してサマーハウスの下に埋め、その後決して近づかなかった。二つ目は、この骨の主はレイキャヴィクで、あるいはケヴラヴィク、いやもしかするとアクラネースでさえあり得るが、どこであろうとここ以外の土地で殺されて、運ばれてきたというもの。そして三つ目は昔この傾斜地に人が住んでいて、その人たちのだれかがここで殺人を犯し、ここに埋めた。ここから運び出すことができなかったのかもしれない。殺されたのは旅行者かもしれないし、客かもしれない、戦時中にこの丘の反対側に住んでいたイギリス軍の兵隊かもしれないし、そのあとにやってきたヤンキーの兵隊かもしれない、いや、その家族の一人かもしれない」

エーレンデュルはタバコの吸い殻を地面に落とし、靴で踏んだ。

「個人的には、なんの根拠もないのだが、おれとしては三つ目の仮説がいちばんあり得ると思う。一つ目の仮説は、もし骨の主がその女性であると証明できれば簡単にわかることだ。三つ目のはいちばんわれわれにとってはやっかいだ。なぜなら何十年も前の失踪者を捜さなければならなくなるからだ。彼らは当時住民登録さえしていなかったかもしれない。なにせ大勢の人間がレイキャヴィクに流れ込んだ時代だ。とにかく、今の段階では、この三つのどれでもあり得る」

「もし胎児の骨もいっしょにあれば、答えは簡単になりますね」エリンボルクが言った。

「そうだな。ベンヤミンのフィアンセが妊娠していたことを証明する書類があるのか？」

「はい？」

「彼女が妊娠していたというのは事実なのか？」

「ベンヤミンが嘘をついていたというんですか？ 彼女はじつは妊娠などしていなかったとか？」

「わからない。彼女は本当に妊娠していたのかもしれないが、ベンヤミンがその子の父親だったとはかぎらない」

「フィアンセが彼を裏切っていたと？」

「考古学者が具体的なことを発見するまで、われわれはありとあらゆる推測ができる」

「あの骨の主はいったいどんな目に遭ったのでしょうね」エリンボルクがため息をついて、振り返ってテントの中を見た。

「もしかすると殺されて当然の悪人だったのかもしれない」エーレンデュルが言った。

「はあ？」

「あの骨の主さ。こんな目に遭ったのは、そうされるだけの理由があったのではないか。少なくともそう思いたいな」

エーレンデュルは娘のエヴァ＝リンドのことを思った。いま生よりも死に近い集中治療室に横たわっている。あの子はあんな目に遭うのが当然の報いと言えるだけの悪事を働いたのだろうか？　それはおれの責任だろうか？　あの子がああなったのは彼女自身の責任ではなく、だれかほかの人間の責任ということがあり得るだろうか？　ドラッグがほしいという彼女自身の欲求を原因とする彼女自身の問題ではないのだろうか？　おれが原因の一部になっているのか？　とにかく、彼女はそう確信していた。父親が無責任だと感じると、彼女はかならずそれを彼に知らしめ、責め立てた。

「あんたはあたしたちをおいて出ていくべきじゃなかったのよ！」と一度彼女は叫んだことがあった。「あんたがあたしに対してもっている感情といったら、軽蔑だけじゃないか。あんただって、あたしとなんにも変わらないよ。あんたもあたしと同じ、あわれな人間だよ！」

「おまえを軽蔑したことなど一度もない」と彼は言ったが、彼女は聞く耳をもたなかった。

「あたしのこと、犬のクソぐらいに思ってるんだろ！　自分をなにさまだと思ってるんだい？　自分のほうがえらい、かしこい人間だと思ってるんだろ？　自分のほうがママとシンドリとあたしよりもマシな人間だと思ってるんだ。どこかのお偉いさんのようにあたしたちと関係なく暮らして、振り向きもしない。まるで自分のことを聖人だとでも思っているみたいにさ！」

「おれはできるだけの……」

「あんたはなんにもしなかったじゃないか！　なにをしたというのさ？　なんにもしてやしない。なに一つ。しっぽを巻いて逃げ出しただけじゃないか！」

「おれは一度もおまえを軽蔑したことなどない。おまえの言うことは真実ではない。なぜおまえがそんなことを言うのか、おれにはわからない」

「そんなことあるもんか。あんたにはわかってるんだ。だからいなくなったんだ。あたしたちじゃあんたは満足できなかったんだろ？　あんたはあたしたちに我慢ならなかったんだ。ママに訊けばいい！　ママは知ってるよ。ママはすべてあんたが悪いんだと言ってる。あんたのせいだと。あんただけが悪いんだと。あたしの暮らしのことだって、あんたが悪いんだと。文句があったら言ってみろ、自分だけいい子になりやがって」

「ママの言うことすべてが正しいわけじゃない。彼女は腹を立てていて、苦々しく思っていて……」

「腹を立てていて、苦々しいだって？　よく言うよ。ママがどれほどあんたのことを怒って、苦々しく思っているか、あんたはわかってない。どんなにあんたのことを、そしてあたしとシンドリのことを憎んでいるか。あんたがいなくなったことはあんたの責任で、自分の責任じゃない、自分は聖母マリアじゃないんだからと言ってるよ。あたしとシンドリの責任だってさ。わかった、自分勝手ないかれた頭の父さんよ！　いかれ頭のバッカもの……」

「エーレンデュル？」

「うん？」

「だいじょうぶですか？」

「ああ、だいじょうぶだ」

「わたしはこれから、ローベルトの娘さんに会ってきます」エリンボルクが立ち上がり、エーレンデュルの目の前に手をかざして上下に動かした。まるで彼がトランス状態にいるかのように。「あなたはイギリス大使館へ行ってくれますか?」

「なに?」と言ってから、われに返ったらしく「ああ、わかった」と答えた。「そうしよう。それで、エリンボルク」と彼女の注意をうながした。

「はい」

「考古学者が骨をぜんぶ掘り出し終わったら、法医学者を正式に呼んでもらおうか。スカルプヘディンは自分がなにをやっているのか、わかっていない。まるでグリム童話のパロディみたいなやつだ」

13

イギリス大使館へ行く前に、エーレンデュルは以前エヴァ＝リンドが地下室に住んでいたことがある建物の近くに車を走らせた。今回、彼女をそこから探し始めたのだった。あそこの部屋で見たタバコの火傷を負った赤ん坊のことが気になっていた。あの子が母親から取り上げられて、児童保護施設に預けられていることは知っていた。またあの女がいっしょに住んでいた男が、子どもの父親であることも知っていた。急いで調べたところ、彼女は去年だけでも二度救急車で病院に運ばれていた。一度は腕の骨折、二度目は体中の打撲だったが、彼女自身は自動車事故だと主張したと記録が残っていた。

さらに彼女の同棲相手を調べてみると、警察ではおなじみの男だった。が、暴力行為で捕まったことはなかった。家宅侵入罪と麻薬売買の罪で、現在裁判に呼び出されるのを待っている状態だった。刑務所は軽犯罪などですでに経験ずみ。キオスクに侵入しての窃盗罪がその一つだった。

エーレンデュルはしばらく車の中からその建物の入り口を見張っていた。タバコは我慢した。そろそろ車を出そうと思っていたとき、入り口のドアが開いた。タバコを吸いながら、男が一人、出てきて、足元に吸い殻を捨てた。身長はふつうで、がっちりした体格、黒い長髪に、全身黒い衣服で身を固めている。顔は警察の記録にある前科者の写真と同じだ。男は角を曲がって姿を消し、エーレンデュルは静かにその場を離れた。

ローベルトの娘は玄関口でエリンボルクを迎えた。あらかじめ電話で訪問を告げてあった。彼女の名前はハルパ、車いすに座っていた。脚はかなり細く見えたが、上体はがっちりしている。腕も同じようにしっかりしていた。ドアが開いたとき、エリンボルクは驚いたがなにも言わず、中に案内された。ハルパはドアを閉めなかったので、エリンボルクが後ろ手に閉めた。アパートは小さかったが、気持ちのいい空間になっていた。車いすの住人のための特別の造りになっていた。キッチンとトイレが障害者用に改造され、居間の本棚は車いすから届くように一メートルほどの高さになっている。

「お父さんのこと、お悔やみを申し上げます」とエリンボルクは型どおりのあいさつをした。良心が痛む。ハルパの後ろから居間に入った。

「ありがとう」と車いすの女性は言った。「父さんはあんなふうになってしまって。あたしはあんなふうには年を取りたくないものだと思ってるの。人生の最後を病院で過ごすなんて、それも治らない状態で、だんだん枯れていくなんて」

「いま、警察はグラーヴァルホルトの北側にあるサマーハウス地帯で住人たちの聞き込みをしているんです。そこはおたくのサマーハウスのあったところからそう遠くない場所です。第二次世界大戦中、あるいはその直後にあの辺に住んでいた人たちを探しているんです。ローベルトと、亡くなられる前に話すことができたのですが、そこにあったサマーハウスに住んでいた家族を知っていたようなんです。残念なことにそれ以上のことは聞けませんでした」

エリンボルクはローベルトの顔に装着されていた酸素マスクのことを思い出した。呼吸困難だった。そしてあの血の気のない手。

「たしか、人骨を見つけたと言ってたわね」とハルパは言い、顔にかかっていた髪の毛を払った。「テレビのニュースでも見たわ」

「ええ、あの付近で人骨が見つかったんです。それで、身元を調べているところなんです。お父さんが言っていた家族のこと、なにか知りませんか？」

「アイスランドが戦争に巻き込まれたとき、あたしは七歳だったわ。レイキャヴィクの町を兵隊が歩いていたのを覚えている。あたしたち一家はロイガヴェーグルに住んでいたの。でも、あたしはまだ小さかったから、いろんなことがよくわからなかった。兵隊たちは丘の上にもいたわ。そう、南側にね。バラックを建てて、そこに軍隊の基地を作ったのよ。フェンスの割れ目から大砲の砲口が出ていたのを覚えている。全体がとても特別で、お芝居のセットのようだった。でも、あたしと弟は、そこへ行ってはだめってきつく言われていた。あたしの記憶に間違いなければ、駐屯地のまわりにはフェンスがめぐらされてたわ。有刺鉄線が張られていた。あたしたちはそこにはめったに行かず、父が建てたサマーハウスの中にいたものよ。サマーハウスの人たちの間にもつきあいがあって、それなりに行ったり来たりしていたわ」

「あなたのお父さんの話によれば、その家には夫婦と三人の子どもがいたらしいんです。あなたと同年齢の子どもたちじゃないかしら」そう言ってから、エリンボルクは気まずそうに視線を逸らした。「でも、もしかするとあなたは、あまり動けなかったのかもしれませんね」

「そんなことはなかったわ」と言ってハルパは車いすをトントンと片手で叩いた。「これはそのあとで起きたことなの。交通事故で。あたしが三十歳のとき。でも、あそこの傾斜地に子どもがいた？　覚えていないわ。ほかのサマーハウスの子どもたちのことは覚えているけど、あの家の子どものことは思い出せない」

「その家があったところ、つまり人骨が見つかったところの近くに、スグリの茂みがあるんです。ローベルトは、しばらくしてからその茂みのあたりに女の人がよく来るようになったと言ってました。といっても、彼が言おうとしたことからわたしがそのように解釈したんですが。その女の人は緑色の服を着ていて、どこかいびつだったと」

「いびつ？」

「ええ、そう言っていました。正確には書いてくれたのですが」

　エリンボルクはローベルトが書いた紙をバッグから取り出し、ハルパに渡した。

「おたくがまだサマーハウスを所有していたころのことだと思います。一九七七年以降に売られましたよね」

「七二年」とハルパが訂正した。

「その女の人のこと、わかりますか？」

「いいえ。父がその人のことを話しているのも聞いたことがないわ。お役に立てなくて申し訳ないけど、そんな女の人は見たこともないし、あの家に子どもがいたということも覚えていないのよ」

「お父さんが〝いびつ〟という言葉でなにを言おうとしたのか、わかりますか?」

「その言葉どおりの意味なんじゃないかしら。父はまっすぐにものごとを言う人でした。もってまわった言いまわしはしなかった。なんでもきちんとしていた。いい人間だった。あたしにはやさしかった。交通事故のあとも、夫が出ていってしまったときも。事故のあと、夫はなんとか我慢していたようだけど、三年後いなくなったの」

笑っているかのような声だったので、エリンボルクはハルパの顔を見たが、口元はきつく結ばれていた。

レイキャヴィクのイギリス大使館の男はじつに礼儀正しかったので、エーレンデュルもつられて平身低頭になりそうだった。男は書記官と名乗った。背が高く痩せていて、ばりっとしたスーツに、歩けばキュッキュッと音の出そうな磨き立てられた靴を履き、ほとんど間違いのない流暢《りゅうちょう》なアイスランド語を話した。それはエーレンデュルにとってはありがたかった。彼自身は英語がうまくなく、相手の言うこともよくわからないことがあるからだ。今回は子どものように話すのは自分ではなく、書記官ということになる。

書記官の部屋は彼の身なりと同じほどきちんとしていて、エーレンデュルは爆弾が炸裂したあとのような、散らかり放題の自分の部屋のことを思った。ジムと呼んでくれたまえ、と親しげに言って、書記官はいすを勧めた。

「アイスランドの人々はじつにざっくばらんで、私は好きですよ」とジムは言った。

「こちらはもう長いのですか？」と訊いてから、エーレンデュルは自分がお茶に招かれた貴婦人のような問いをしていることに苦笑した。

「ええ、もう二十年になります」と言って、ジムはうなずいた。「訊いてくださってありがとう。戦争は私の特別な関心事なのですよ。第二次世界大戦下のアイスランドが専門です。ロンドンのスクール・オヴ・エコノミックスではこのテーマで修士論文を書きました。ですからバラックのことであなたから問い合わせがあったとき、私になにかお手伝いできるのではないかと思ったのです」

「アイスランド語が本当にお上手ですね」

「どうも。妻がアイスランド人なのです」

「それで、バラックのことで、なにかわかりましたか？」エーレンデュルはいきなり核心に入った。

「お電話をいただいてからあまり時間がなかったので、じゅうぶん調べられたとは言えませんが、大使館にあった記録の中に、バラックを建てたことについての記載を見つけましたよ。しかし、本国に問い合わせて、もっと資料があるかどうか調べる必要があると思います。それはどうぞ、あなたが決めてください。とにかくグラーヴァルホルトに軍用のバラックがあったことはたしかです。いまのゴルフ場のあたりです」

ジムは机の上から数枚の書類を手に取り、めくった。

「また、そこには、なんと言ったらいいかな、ええと、大砲台のようなもの、塔のようなものもあって、巨大な大砲が設置されていました。この大砲台に陸軍十六部隊が配置されていました。しかし、私はまだその部隊に所属してバラックを使っていた兵隊たちの名前までは把握していません。バラックは軍需品の補給庫に使われていたようです。なぜあの傾斜地に補給庫が設置されたのかはわかりませんが、モスフェルスダルールへの途中にある、コトラフィヨルデュルとクヴァルフィヨルデュルの適当な場所にバラックと空軍のための設備を造営したことはたしかです」

「電話で話しましたように、われわれはそこで失踪者が出たかどうか、その可能性を探りたいのです。駐屯地の周辺で、兵隊が失踪したり、蒸発したりしたケースをご存じありませんか？」

「発見された骨がイギリス兵のものかもしれないと思っているのですね？」

「おそらくその可能性は小さいのでしょうが、少なくともその骨は戦争時にそこに埋められたものではないかと思うのです。当時あの辺にイギリス兵が駐屯していたのなら、その可能性を確かめ、そうでないことがわかれば、捜査の対象から外したいのです」

「調べてみます。しかし、その種の書類がどのくらいの期間保存されるものか、いまの段階では私にはわかりません。それと、一九四一年にイギリス軍がアイスランドを引き揚げてからは、アメリカ軍がレイキャヴィクに入っています。イギリス兵のほとんどはそのときにアイスランドから引き揚げていますが、全員ではありませんでした」

「そうですか。アメリカ軍があのバラックを引き継いだのでしたか」

「それも調べてみます。アメリカ大使館に連絡して、彼らの側でわかることを提供してもらいましょう。そうすればあなたの手間も省ける」

「イギリス軍は軍事警察をここに駐屯させていましたね？」

「そのとおり。そこから調べを始めるのがいいかもしれない。数日、いや数週間かかるかもしれません」

「時間はたっぷりあります」と言って、エーレンデュルはスカルプヘディンの仕事のやりかたを思った。


シグルデュル＝オーリはベンヤミンの地下室で退屈しきっていた。エルサが彼を迎え、地下室に案内してくれた。それから四時間も地下室でキャビネットや箱をひっくり返しているが、自分がなにを捜しているのかわからなかった。頭の中にはベルクソラがいて、今日も帰宅したら待ちかまえているのだろうかと思った。ここ数週間、ずっとそうなのだ。今日こそはっきり訊くつもりだった。こんなにしつこく迫るのには、なにか理由があるのか、ひょっとして子どもがほしいということなのか、と。そうなったら、これはもう一つの、ときどき話している話題と関連してしまう。もうそろそろ覚悟を決めて結婚したらどうなのかということ。

熱いキスを交わしながら、彼女はときどきこのことを口走る。シグルデュル＝オーリはまだ結婚についてははっきり覚悟を決めているわけではなかった。だからいつも適当に口の中でもぐもぐ言ってごまかしてきた。いっしょに住むだけでいいじゃないか。愛し合っているのに、なぜ結婚してそれをぶちこわしてしまうのか。だいいち結婚するとなると大事《おおごと》になる。結婚を祝う男だけのパーティーでどんなばかげたことをやらされるかわかったものではない。それに教会での結婚式という格式張ったものもうんざり。加えてゲストたちときたら、コンドームを風船のようにふくらまし、車を飾り立てて警笛を鳴らして走りまわるにきまっている。考えるだけでまっぴらだった。ベルクソラはふつうの結婚式など考えていない。花火をあげるとか、なにか、年取ってから思い出して語り草になるような、とんでもないことを考えているにちがいないのだ。シグルデュル＝オーリはうなった。年取ってからのことを考えるのは早すぎる。だが問題は厳然としてそこにあり、明らかに解決は自分にゆだねられている。しかし自分は、教会で式を挙げるのだけは嫌だということ以外、どうしたいのかがわからない。ベルクソラを傷つけたくないと思っていることだけが自分にわかる確かなことだった。

ベンヤミン・クヌードセンのラブレターをいくつか読んだ。エーレンデュルの言っていたとおり、フィアンセに寄せる彼の愛情は心からのもので、その真摯さに打たれた。彼女はレイキャヴィクからある日突然姿を消し、噂によれば海に身を投げたという。愛しい人。目の中に入れても痛くないほど可愛い人。あなたがいなくて本当に寂しい。

愛、愛、愛、とシグルデュル＝オーリは思った。

愛するあまり殺してしまったということか？

書類のほとんどはクヌードセン商会関係のもので、この中からなにか役に立つものなど見つけられないとあきらめかけたとき、キャビネットの中にあった書類の中に一枚の領収書が見つかった。

ホスクルデュル・ソラリンソン
グラーヴァルホルトの家の前家賃
八クローネ領収。
ベンヤミン・クヌードセン（署名）

携帯電話が鳴ったとき、エーレンデュルはイギリス大使館を出るところだった。

「一人、家を借りていたと思われる人物を見つけました」

「なに？」

「ほら、あのサマーハウスですよ。こんなにめちゃくちゃものに溢《あふ》れた地下室は見たこともない。もう少しであきらめて帰るところだったんですが、キャビネットの中にあった一枚の紙が目にとまったんです。ホスクルデュル・ソラリンソンという人物がグラーヴァルホルトの家の家賃を払ったという領収書なんです」

「ホスクルデュル？」

「はい、ソラリンソンです」

「日付は？」

「書かれてません。何年かもわかりません。クヌードセン商会の請求書用紙の裏面に走り書きしてあるんです。ベンヤミンのサインがあります。それと、建設資材と思われるものの領収書数枚が見つかりました。支払人はクヌードセン商会で支払い年は一九三八年とあります。ベンヤミンはその当時家を建築中だったか、少なくとも建築するつもりだったと思われます」

「ベンヤミンのフィアンセがいなくなったのは何年だったろうか？」

「ちょっと待ってください。見てみます」シグルデュル＝オーリの声がして、エーレンデュルは待った。彼はいつもメモをとるとはかぎらないが、シグルデュル＝オーリはかならずメモをとる習慣があった。メモ帳をめくる音がして、シグルデュル＝オーリの声が続いた。

「一九四〇年の春です」

「ということは、ベンヤミンはそのときまでサマーハウスの建設を続けていたが、その後やめてしまい、人に貸したということか」

「そして、借り手の一人がホスクルデュルだったということかも」

「その男について、ほかになにか手がかりは見つけられなかったか？」

「いまのところまだなにも。まずこの男のことを調べましょうか？」とシグルデュル＝オーリは地下室から解放されることを期待して提案した。

「ホスクルデュルのことはおれが調べる。あんたはほかになにか彼について、あるいはほかのだれでもいい、借家人の名前がないか、続けて調べてくれ。そんな領収書が見つかったのなら、ほかにもあるかもしれない」

14

イギリス大使館のあと、エーレンデュルは病院へ行き、エヴァ＝リンドのそばにしばらくいた。いったいなにを娘に話したらいいのだろうかと思案しながら。なにを話したらいいのか、まったくわからなかった。何度か話しかけたが、続けることができなかった。医者に話しかけるのがいいと聞いてから、ずっとそうしようとしてきたが、なにを話したらいいのかわからなかった。

天気の話は続かなかった。シグルデュル＝オーリのことを話しはじめ、最近疲れているようだと言ったが、それ以外には彼についてなにも話すことはなかったし、エリンボルクのことを話しはじめても、続けられなかった。なにも知らないのだ。ベンヤミン・クヌードセンとフィアンセのこと、地下室で見つけた彼の手紙に溢《あふ》れていたフィアンセに対する思い、そして彼女が入水自殺をしたらしいことも話したが、それ以上は話すことがなかった。

エヴァ＝リンドのベッドのそばに座っていたハルドーラを見たということも話した。

そのあと彼はまた静かになった。

「ママとあんたの関係って、どうなってんの？」とエヴァ＝リンドは遊びにきたときに一度訊いたことがあった。「なんであんたたち、口もきかない仲になったの？」その日彼女は弟のシンドリ＝スナイルといっしょに来たのだが、弟のほうは早々に引き揚げ、姉だけが残った。父と娘は薄暗い部屋に座っていた。十二月のことで、ラジオからクリスマスソングが流れていたが、エーレンデュルはそれを消した。だが、エヴァ＝リンドはすぐにまたつけて、聴きたいのだと言った。妊娠して数カ月経ったころだった。彼女はドラッグをやっていない状態で、彼を訪ねてくるときにかならず話題にする、経験のない家族生活のことを話していた。シンドリ＝スナイルは決してその話をしなかった。母親のことも姉のことも、なかった家族生活の話も。エーレンデュルが話しかけてもかたくなに押し黙り決して自分を開かなかった。父親のことなどどうでもいいようだった。そこが姉とはちがうところだった。エヴァ＝リンドは父親を知りたがり、問い詰めることもいとわなかった。

「おまえの母親のこと？」とエーレンデュルは言った。「その音楽、止めてくれないか？」と言って、時間を稼ごうとした。エヴァ＝リンドが過去の話をするたびに、彼は憂鬱《ゆううつ》になった。短かった結婚生活のことをなんと説明したらいいのかわからなかった。子どもたちのことも、なぜ家を出たのかも。彼女の問いのすべてに答えられないこともあった。それが彼女を怒らせた。家族の話になると、彼女はすぐに火がついたように怒った。

「やめてよ。あたしはその歌がもっと聴きたいんだから」とエヴァ＝リンドは言い、ビング・クロスビーは〈ホワイトクリスマス〉を歌い続けた。「あたし、ママがあんたのことを一度でもいい人として話すのを聞いたことがないの。でも結婚したんだから、一度はいいと思ったはずよね。はじめのころは？　あんたたちが出会ったころ。どうだったの？」

「彼女に訊いたことがあるのか?」

「うん」

「それで、なんと言ってた?」

「なにも。だって、そうしたら、あんたについてなにか肯定的なことを話さなければならなくなるから、ママはぜったいに嫌だったわけ。あんたの中になにかいいこと、いいものがあると思うだけでも嫌なわけよ。どうだったの? どうしてあんたたち二人、いっしょになったの?」

「わからない」とエーレンデュルは言った。本気だった。正直に話すつもりだった。「ダンスのできるレストランで出会った。わからない。べつにいっしょになると固く決心していたわけじゃない。ただそうなってしまったんだ」

「それで、あんたはなにを考えたの?」

エーレンデュルは答えなかった。頭の中で、両親のことを知らない子どもたちのことを考えていた。子どもたちは親たちがじつのところどういう人間なのかを知らない。自分は子どもたちが大人になってから、突然現れた存在だ。そして自分もまた子どもたちのことをなにも知らない。子どもたちの母親と自分は、生物学上の親であり法律上の責任者であるというだけの存在だ。子どもたちがどんな秘密を共有しているか、あるいは別々になにか秘密をもっているかなども知らない。結果、両親は彼らにとって、ほかの大人となんのちがいもない赤の他人と同じ存在になってしまった。こっちはこっちで、子どもたちを遠ざけてしまっている。子どもたちに対するとき、どこかの礼儀正しい教育者のような、経験に基づく学習した分別で接する。

心からの愛情に基づくものではなく。

「それで、あんた、なにを考えたのさ?」エヴァ=リンドの問いがまたもや小さな傷口を開かせた。それはいままでも、機会があるごとに彼女がチクチクと突《つ》いてきた傷口だった。

「わからない」と言って、エーレンデュルは娘を遠ざけた。それはこういうときの彼のいつもの態度だった。彼女はそれがわかった。もしかすると、それをはっきりと感じるために、彼女はいつもこの問いを出すのかもしれない。確信するために。父親の存在がどんなに遠いか、彼を理解するのがどれほどむずかしいかはっきりと認識するために。

「なにかは感じたはずよ、ママに」

この子に、父親がときに自身さえも理解できないことをわからせることができるだろうか。

「おれたちはダンスのできるレストランで出会った」と彼は繰り返した。「そう聞いたら、そんな関係は長続きするはずがないとふつう思うだろう」

「それで簡単に逃げ出したってわけ」

「簡単に逃げ出したわけじゃない。そうじゃなかった。だが、しまいにおれは家を出た。それで終わってしまった。おれたちはうまくいかなかった……いや、なんと言っていいかわからない。もしかするとどれが正しいなどということはないのかもしれない。もしそんなものがあったとしても、おれたちには見つけられなかったということかもしれない」

「でも、それで終わりでなんかなかった」エヴァ=リンドが言った。

「ああ」とエーレンデュルは答えた。ラジオからはまだクロスビーの歌が流れていた。窓から外を見た。大きな雪片がゆっくりと地面に落ちていく。娘に目を移した。眉毛の位置についているピアス。片方の鼻の穴についているメタルピース。ソファテーブルの上の軍靴。爪の下の黒い垢。黒いセーターの下で日ごとに大きくなる腹。

「終わりでなんかない」

ホスクルデュル・ソラリンソンという男は、アウルバイルの重厚な建物の一階に娘といっしょに住んでいた。小柄で動きが敏捷、白髪で、同じ色の口ひげをたくわえ、格子柄のシャツにベージュのマンチェスターのズボン姿だった。彼の居所を見つけたのはエリンボルクだった。住民登録簿にあたって年金暮らし年齢層のホスクルデュルという名前を調べてみると、数人が浮かび上がった。さっそく片端から電話して、何人目かで、ベンヤミン・クヌードセンの家を借りたことがあるというホスクルデュルに行き当たった。ベンヤミン・クヌードセン、気の毒な不幸な男でね、よく覚えているよ。あそこにはあまり長くは住まなかったが。

エリンボルクとエーレンデュルは居間に通された。ホスクルデュルはコーヒーメーカーのスイッチを入れていっしょに座り、最初当たり障りのない話をした。レイキャヴィク生まれのこの男は、現政府の保守党が年金生活者をまるで失業者扱い、社会の荷物扱いをして餓死させようとしている、一生懸命働き税金を納めてきたというのに、と愚痴をこぼした。エーレンデュルは早く本題に入りたかった。

「あなたはなぜあの丘へ移ったんですか？　町までは少し遠すぎないですか、レイキャヴィクっ子にとっては」

「ああ、そのとおり」と言いながら、ホスクルデュルはコーヒーを注いだ。「だがあのころはどうしようもなかった。少なくともわしにとっては。あの当時、レイキャヴィクの町は急に人が溢れ、住宅難だったのだよ。戦時中、レイキャヴィクの建物という建物が貸し出され、押し入れにまで金を払って人が住んでいた。農民たちも急に金持ちになった。それまで農家は牛乳や地酒で支払いをすませることが多かったのが、急に部屋を貸して現金を手にするようになったのだからな。それでも住むところが見つからない者たちはテントを張って暮らしていたものさ。市中の住宅の値段は高騰《こうとう》した。それでわしはグラーヴァルホルトに移らざるを得なかったのだ。あそこで人骨を見つけたって？」

「その家に移ったのはいつですか？」エリンボルクが訊いた。

「一九四三年か、いや、四四年かな。秋だった」

戦時中だ。

「それで、そこにはどれくらい住んだのですか？」

「一年だ。翌年の秋まで」

「一人で？」

「いや、家内と。可愛いエリーとな。もう逝《い》ってしまったが」

「いつ亡くなったのですか？」

「三年前。あんた、わしが家内をあの傾斜地に埋めたと思っているのか？　わしがそんな人間に見えるのか、あんたには」

「その家に住んでいたという人間の記録がないのですよ」エリンボルクがホスクルデュルの問いをかわした。「あなただけでなく、ほかの人も。あなたはそこで住民登録しませんでしたよね」

「さあ、どうだったかな。覚えておらん。当時、いろいろなところに住んだが、どこにも住民登録などしなかったような気がする。わしらは住所不定だったからな。住むところがやっと見つかっても、すぐに追い出された。もっと高い家賃を払う人間が現れたと。そんなとき、ベンヤミン・クヌードセンのサマーハウスの話を聞き、会いにいった。ちょうどそれまで住んでいた家族が引っ越したとかで、彼は親切にも貸してくれた」

「あなたの前にそこに住んでいた人たちのこと、なにか知ってますか?」

「いや、知らん。ただ、そこに移ったときうれしかったのは覚えている」ホスクルデュルはコーヒーを飲み干し、もう一度注いで、一口飲んだ。「なにもかもピッカピカだったからな」

「なにもかもピッカピカ?」

「ああ、そうだ。エリーがそう言ったのを覚えている。天井から床まで、ピッカピカに磨き立てられていて、塵《ちり》一つ落ちていなかった。まるでホテルの部屋に入ったようだった。いや、わしらがだらしないからそう思ったわけじゃない。それはぜったいにない。だが、あの家は特別にきれいに掃除されていた。これは仕事のできる主婦の住んでいた家だわ、とエリーが言ったのを覚えている」

「暴力沙汰のあとなどは見えなかったということですね？」それまで黙っていたエーレンデュルが言った。「たとえば、壁に血痕があったとか？」

エリンボルクは大きく目を開いてエーレンデュルを見た。冗談でしょ？

「血痕？　壁に？　いいや、そんなものはなかった」

「なにもかもがピッカピカに磨き立てられていた？」

「ああ、まったくその言葉どおりだったよ」

「そこに住んでいたとき、庭に茂みがありませんでしたか？」

「スグリの茂みがあったなあ、そういえば。はっきり覚えている。たくさんの実が穫れて、わしらはその秋スグリのジャムを作った」

「ということはそこにスグリを植えたのはあなたではないということですね。奥さんのエリーでもなかった？」

「そう、あれを植えたのはわしらではない。わしらが来たときにはすでにあった」

「今回見つかった人骨のこと、なにか心当たりはないですかね？」エーレンデュルが訊いた。

「あんたらがわざわざやってきたのは、それを訊くためかね。わしがだれかを殺したかどうか？」

「われわれが知っているのは、おそらくは戦時中、人があそこに埋められたということだけです。あなたに殺人の嫌疑をかけてはいない。そんなことはまったくありません。前に住んでいた人々についてベンヤミンと話したことは？」

「ああ、じつはあったな。一度、家賃を払いにいったとき、あの家がじつにきれいに掃除されていたとほめたことがあったが、ベンヤミンはそれを聞き流したように見えた。あれはなぞの多い男だった。奥さんを亡くしたとか。投身自殺だったらしい」

「フィアンセ、です。結婚してはいなかった。あのあたりにイギリス兵がいたはずだが、覚えてますか?」エーレンデュルが訊いた。「いや、アメリカ兵だったかもしれない。戦争末期の話ですが」

「イギリス兵は一九四〇年に大勢やってきた。丘の反対側にバラックを建て、大砲をしつらえた。レイキャヴィクが攻撃されたときに防衛するためだとか言ってな。わしは冗談だろうと思ったが、エリーはそんなこと言うもんじゃないとわしをたしなめた。そのあとイギリス軍は引き揚げて、代わりにヤンキーがやってきた。わしらがあそこに移ったころはヤンキーたちがいた。イギリス兵たちはとっくに引き揚げていたよ」

「ヤンキーとはつきあいがあったんですか?」

「いやあ、ほとんどなかったな。やつらは土地の人間とはつきあわなかった。イギリス人ほど臭わないと、よくエリーが言ってたよ。ちゃんとした男たちだった。金があったな。イギリス兵たちよりずっと豊かだった。映画に出てくるような。クラーク・ゲーブルとかケーリー・グラントとかさ」

　ケーリー・グラントはイギリス人だった、とエーレンデュルは胸の内でつぶやいたが、口には出さなかった。エリンボルクも知らんふりをしている。

「バラックだって、イギリス軍の建てたものよりずっといいものだった。ヤンキーのはちゃんとしたコンクリート床で、腐った木材などは使わなかった。補給庫にしてもずっと立派なものだった。ヤンキーの手にかかれば、なんでもちゃんとした、しっかりしたものになったもんだよ」

「おたくが引っ越したあとは、だれが住んだかわかりますか？」エーレンデュルが訊いた。

「ああ、知っている。家を案内して説明した。グーヴネスから来た労働者だったな。気持ちのいい男だった。だが、名前は思い出せない」

「おたくの前に住んでいた、その、掃除が徹底していたという家族についてはなにか覚えていますか？」

「家がじつにきれいに掃除されていたから、わしらも同じようにきれいに保ちたいとわしがベンヤミンに言ったときの彼の言葉は覚えているよ」

エーレンデュルは耳を澄まし、エリンボルクはいすの上で姿勢を正した。が、ホスクルデュルはここで黙った。

「それで？」エーレンデュルがうながした。

「そうさな。なんと言ったかな？　たしかおかみさんのことだった」ここでホスクルデュルはまた黙り込み、コーヒーを一口飲んだ。エーレンデュルはじれったくなったが、辛抱《しんぼう》強く話の続きを待った。ホスクルデュルはその苛立ちを感じて、いまや自分が話の中心になったとばかりに得意そうだった。犬の前に肉片を置いて、いまにも食べそうになるのを待てと命令している飼い主のような気分だった。

「それがどうにも奇妙だったな。それだけは言える」とホスクルデュルはもったいぶって話しはじめた。警察官たちを収穫なしのまま帰すわけにはいかんだろう。ほかの人間ならともかく、このホスクルデュルさまの家からは、そういうわけにはいかん。彼はまったく急ぐ様子もなく、ふたたびコーヒーを一口飲んだ。

なんてこと、とエリンボルクは胸の内で舌打ちした。このおっさん、この状況を楽しんでいるんだわ。このあいだは死にそうな人の話を聞き出したし（実際あのあと死んでしまった）、こんどは暇つぶしにわたしたちを相手に会話を楽しもうというじいさんだ。

「ベンヤミンは亭主が妻に手を上げると言っていた」

「手を上げる？」エーレンデュルが繰り返した。

「ああ。このごろの言葉ではなんというのかな？　家庭内暴力？」

「男が妻を殴ったというのですか？」

「ベンヤミンはそう言ってた。かみさんを殴るだけでなく子どもも殴るクソ野郎だと言ってたな。わしはエリーに指一本上げたことがなかった」

「ベンヤミンからその家族の名前を聞きましたか？」

「いいや。もし聞いたとしても、わしはとうの昔に忘れてしまった。だが、ベンヤミンはそのときもう一つのことを言った。そのことはずっとわしの頭にあって、あれはどういう意味だったのかと、ときどき考えたものさ。かみさんは、つまりその男の細君のことだが、ロイダラウルスティーグルにある昔のガスタンクの中でできた子どもだとか言ってた。フレンムル近くの。そういう噂を聞いたと。噂と言えば、奥さんを殺したのはベンヤミンだという噂もあったそうだ。奥さんじゃなかったか、フィアンセ？」

「ベンヤミン？　ガスタンク？　これはいったいなんの話ですか？」エーレンデュルは話がさっぱりわからなかった。「ベンヤミンがフィアンセを殺したという噂があったのですか？」

「ああ、そう信じている人たちがいたってことだよ。もちろん昔の話だ。これはベンヤミン自身から聞いた話だ」

「彼がフィアンセを殺したと？」

「いや、彼が殺したと思っている人たちがいたってことだよ。彼が殺したということではない。そんなことはもちろん彼は言わなかったよ。べつに親しい仲でもなかったし。だが、ベンヤミンは人にそう思われていると言っていた。嫉妬が原因で殺したと思われていると」

「噂話？」

「そうだよ。ぜんぶ噂話だ。みんなそれで生きてるんだ。隣人の悪口を言ってそこから栄養をもらってるってわけだ」

「もう一つ、そのガスタンクの話というのはなんのことですか？」

「それだよ。それこそとびきり面白い噂話だ。あんたたちは聞いたことがないのかね？　この世が滅亡する日が近づいていると聞いて、ガスタンクの中で一晩中大勢の男女が乱痴気騒《らんちきさわ》ぎをして、その結果できた子どもたちがいるってこと。そのかみさんってのが、その一人だという噂だった。少なくともベンヤミンはそう聞いたと言ってた。そうやってできた子どもたちは〝地球滅亡の日の子ども〟と呼ばれたものさ」

エーレンデュルはエリンボルクを見、それからまたホスクルデュルに目を戻した。

「冗談ですよね？」

ホスクルデュルは首を振った。

「彗星のせいだよ。当時の人間はみな、彗星が地球とぶつかると思ったんだ」

「彗星？」

「ハレー彗星に決まってるだろうが！」とわけ知り顔でホスクルデュルが叫んだ。こんなことも知らないで警察官がつとまるのかという顔つきだ。「ハレー彗星だよ！　地球とぶつかって、この世は地獄の業火で焼けて滅亡すると信じられていたんだ！」

15

エリンボルクはその日、ベンヤミンのフィアンセの妹と会う約束を取りつけていた。ホスクルデュルのあと、自分一人でその妹に会いにいくとエーレンデュルに伝えた。エーレンデュルはうなずき、自分は国立図書館へ行って、古い新聞の記事からハレー彗星のことを調べてみると言った。ホスクルデュルに問いただすと、じつはハレー彗星のことをほとんど知らないことがわかったからだ。彼が知っているのはハレー彗星にまつわる噂話ばかりで、それも聞きかじりの話だったので、エーレンデュルとエリンボルクは早々に引き揚げた。

「ホスクルデュルの話、どう思う?」車に乗って、エーレンデュルが訊いた。

「ガスタンクの話、あれはいったいなんのことでしょう? さっぱりわかりません。図書館でどんなことが出てくるか、知りたいです。でも、噂話についての彼の言葉、あれ、本音ですよね? 人はみんな、隣人の悪口を言って楽しんでいるって。それだけのことでしょう? つまり、彼はベンヤミンがフィアンセを殺したかどうかなんてもちろん知らない。たんに噂話を、わたしたちに伝えただけですから」

「ああ、もちろんそうだ。ただ、火のないところに煙は立たないということわざがある」

「ことわざ?」エリンボルクが繰り返した。「その妹という人に訊いてみますよ。もう一つ、訊いていいですか？　エヴァ＝リンドはどうしてますか？」

「ベッドに横たわっているだけだ。深い眠りから覚める様子はない。医者はおれに、娘と話をしろと言っている」

「話を？」

「昏睡《こんすい》状態でもおれの話が聞こえるというんだ。それが彼女の助けになると」

「それで、あなたはなにを話すんですか？」

「まだなにも話していない。正直、なにを話したらいいかわからないんだ」


その噂話にも五分の真実はあるかもしれないとフィアンセの妹は言った。名前はバウラとい い、失踪したというベンヤミンのフィアンセのソルヴェイグとは年の差がかなりあるにちがい ない。グラーヴァルヴォーグルの高級住宅地の大きな屋敷に住み、裕福な実業家と結婚してい るらしい。高価そうな家具や身につけている装身具から高級好みであることがわかる。余裕が あるからこそ、高級ずくめの調度品に囲まれた客間に、見ず知らずの人間、たとえば婦人警官を招き入れて、話を聞いてあげるという情け深い態度がとれるというわけか。電話で用件をすでに伝えていたエリンボルクは、通されたサロンに座り、この女性はこれまでずっとお金に困らない暮らしをしてきたのだろうと思った。ほしいものはいつも当たり前のように手に入れ、つねに自分と同じような暮らし向きの人々とつきあってきたのだろう。若いころはともかく、もはやほかの暮らしがあるなどということは、考えたこともないだろう。エリンボルクは、彼女の姉がいなくなったころも、この環境は同じだったにちがいないと頭の一隅で考えた。

「姉はベンヤミンをとても愛してました。わたしにはとても理解できないことだったけど。退屈きわまりない男に見えたから。たしかにいい家柄の出身ではありましたけどね。それだけは間違いないわ。だって、クヌードセン家はレイキャヴィクでも指折りの旧家ですもの。でも、退屈な男だったわ」

エリンボルクは黙って笑いを浮かべた。話が読めなかった。バウラはそれがわかったらしい。

「夢ばかり見てる人だったわ。近代的なお店を開くとか言っても、それを実現する様子はなかった。ベンヤミンの話してたスーパーマーケットなんて、いまではもう当たり前になっているわ。彼は話ばかりでなんにもしなかったけどね。それに、彼は身分のちがう人たちとつきあっていたのよ。たとえば、奉公人は彼に敬語を使わなくていいとか。いまじゃそれがふつうになってしまったけど。みんな口のききかたも知らないわ。なにより、いまじゃ奉公人なんていなくなってしまったし」

バウラはありもしない塵《ちり》をテーブルの上から拭う真似をした。エリンボルクの目にサロンの奥の壁にかけてある大きな額に入った油絵二枚が映った。この家の主人夫婦のポートレートだった。男のほうは疲れた悲しそうな顔で、所在なさそうにしている。バウラはかすかな笑みを浮かべているが、表情は厳しかった。エリンボルクはバウラの夫という人がかわいそうな気がした。この結婚で得をしているのは明らかに女のほうだ。

「でも、ベンヤミンが姉を殺したと思っているのなら、それはちがうと言ってあげるわ。彼のサマーハウスの敷地で見つかったという骨は姉のじゃないわ」

「なぜそんなに確信があるのですか?」

「なぜって、知ってるから。ベンヤミンはハエも殺せない男よ。あの人が人を殺すなんて、考えられないことよ。臆病者だった。夢ばかり見てる人って言ったでしょう? 姉が失踪したときに、それがはっきりわかったわ。もうすっかり気落ちしちゃって、商売さえもできなくなったのよ。だれともつきあわなくなったし、なにもかもやめてしまった。そして二度と立ち直れなかった。母は、姉に送ってきた彼の手紙をぜんぶ返したって言ってました。返す前にいくつか読んだらしいけど、それはそれは美しい手紙だったそうよ」

「お姉さんとは仲がよかったんですか?」

「わたしたち、年がちがいすぎて、話をすることもあまりなかったわ。覚えているのは、いつも大人だったってこと。母は、姉は父親似だっていつも言ってた。他人からは理解されにくい、気むずかしい性格だって。ふさぎ込むタイプ。父も同じことをしたのよ」

最後の言葉は意図して口にしたものではなく、つい出てしまったという感じがした。

「同じことをした?」

「ええ」とバウラは不機嫌そうに言った。「そうよ、同じことをしたの。自殺したってこと」まるで自分とは関係ないと言わんばかりの口調だった。「でも父の場合、姉のようにいなくなったわけじゃないの。正反対。家のダイニングルームで首を吊ったのよ。シャンデリアがぶら下がっているフックにロープをかけて。みんなに見えるように。家族思いだったってわけ」

「それはみなさん、ショックだったでしょうね」エリンボルクは言葉が見つからず、苦しまぎれのセリフを言った。バウラはジロリとばかにしたような視線を送った。あのときのことを思い出すのはまっぴら。本当に不愉快なことだった、と言わんばかりだ。

「いちばんショックを受けたのは姉だったわ。姉と父は仲がよかったから。ああいった経験はあとを引くから。かわいそうに」

その声に一瞬同情らしきものが感じられた。だが、それは一瞬のことだった。

「それは……」

「それは姉が姿を消した年より何年か前のことよ」とバウラは続けたが、エリンボルクは彼女がなにか隠しているような印象を受けた。これは用意された答えだと思った。感情がまったく感じられない。だがもしかすると、この女性はそういう人なのかもしれない。傲慢《ごうまん》で、冷淡、そして意地が悪い。

「まあ、ベンヤミンのことを少しでもほめるとしたら、姉に対してやさしかったということかしら」バウラが続けた。「ラブレターを書いたりしてね。当時のレイキャヴィクでは、恋人たちはいっしょに長い散歩をするのが慣習だったのよ。婚約した姉たちもその意味でふつうだった。まずホテル・ボルグのロビーで待ち合わせ。当時はあそこが人気の場所だったから。それからどちらかの家へ行って食事をし、そのあと町の中か山のほうへ散歩に出かける。当時のアイスランドでは、どこに住んでいようとも、それが恋人たちの行動パターンだったのよ。そしてベンヤミンが結婚の申し込みをしたわけ。姉がいなくなったのはたしか、結婚式まであと二週間というときだったわ」

「たしか海に身を投げたと聞きましたが?」

「ええ。そういう噂が立ったわ。みんな、レイキャヴィク中をくまなく探したそうよ。大勢の人が捜索に加わったって。でも、手がかりはなにも見つからなかった。わたしは母から聞いたの。姉は朝、買い物をすると言って家を出て、何軒かのブティックに行ったらしい。当時はいまのようにたくさんブティックがあるわけじゃなかった。でも店へは行ってもなにも買わなかったらしいの。それからベンヤミンの会社へ行き、そこを出て、そして忽然《こつぜん》と姿を消してしまった。ベンヤミンは警察に言い争いをしたと言ったそうよ。だから自分のせいだと言い張り、ずいぶん気に病んだというわけ」

「なぜ、入水自殺したという噂が立ったのでしょうね?」

「トリグヴァガータンが終わる先が海岸で、その辺で女の姿を見たと言う男たちが何人かいたのよ。その女の人はわたしの姉のコートと似ているものを着ていたというの。背丈も同じくらいだったとか。でも、それだけなのよ」

「なにを言い争ったのでしょうね、二人は」

「ささいなことだったらしいわ。結婚式に関することで。席の配置のこととか。ベンヤミンの言葉によればだけど」

「でも、あなたはなにかほかのことだったのではないかと思っているのですね?」

「さあ、そうは言っていないわ」

「そしてあなたは、あの傾斜地で見つかった骨はぜったいにお姉さんのものではないと断言できるというのですね？」

「ええ、ぜったいにそうじゃないと思うわ。でもべつに根拠があってそう言っているわけじゃないのよ。証拠はないわ。でもあり得ないもの。考えられないわ」

「グラーヴァルホルトにあるベンヤミンのサマーハウスを借りていた人たちのことを、なにか知ってますか？　戦時中の借家人で、夫婦と子ども三人の家族のこと、なにか聞いたことがありますか？」

「いいえ。でもそのころは住宅難で、ベンヤミンがあの家を貸していたということは知ってます」

「なにか、お姉さんの遺品をお持ちですか？　たとえば髪の毛の一房が、ペンダントに入っているとか？」

「いいえ。でも、ベンヤミンは姉の髪の一房を持っていたわ。姉が髪の毛を切ったときのことで、わたしは覚えてます。姉が二週間ほど北部のフリョーティンへ旅行するときに、ベンヤミンが留守の姉をしのぶものとしてほしいと言ったのよ」

車に戻ると、エリンボルクはシグルデュル＝オーリに電話をかけた。彼は一日中ベンヤミンの地下室でものを捜したあと、ちょうど引き揚げるところだった。ベンヤミンはフィアンセの髪の毛を所持していたと伝え、美しいペンダントの中にその一房を入れているらしいから、しっかり捜してくれと言った。シグルデュル＝オーリのうなり声が聞こえた。

「嫌だなんて言わないでよ。もしそれが見つかれば、この事件を終わらせることができるかもしれないんだから」

携帯電話を切って車を発進させようとしたとき、ある考えが浮かんだ。エンジンを切り、下唇を嚙んで考え込んだ。それから決断した。

ドアを開けたバウラの顔に驚きの表情が浮かんでいた。

「なにか忘れ物でも？」

「いいえ。でも、一つお訊きしたいことがあって」

「そう、なにかしら？」バウラは苛立ちを隠さなかった。

「お姉さんが消えた日、コートを着ていたと言いましたよね？」

「ええ、それが？」

「そのコートはどういうものでしたか？」

「どういうものって、母が買ってあげたふつうのコートよ」

「わたしの知りたいのは、色です。どんな色でしたか？」

「コートの色？」

「ええ」

「そんなこと、どうして知りたいのかしら？」

「興味があるだけです」とエリンボルクは答えた。ここで長い説明をするつもりはなかった。

「覚えていないわ」

「そうですか。わかりました。お邪魔しました」

「でも、ちょっと待って。母がたしか言ってた。緑色のコートって」


あの奇妙な時代、たくさんのことが変わった。

トマスは寝小便をしなくなり、父親を苛立たせなくなった。シモンにはよくわからなかったが、グリムルは以前よりも弟に目をかけるようになったようだった。軍隊がやってきたためにグリムルが変わったのだろうか。それともトマスが変わりはじめたのだろうか？

グリムルはしつこくガスタンクの話をしたが、母親はなにも言おうとしなかったので、しまいに飽きてしまったようだった。やい、父無し子《ててなしご》と言っては、彼女をガスタンクの乱痴気騒ぎ《らんちきさわぎ》で作られたガスばばあと呼んだ。ハレー彗星が地球にぶつかって地球が滅亡する日が近いと思って、気が狂ったように空っぽのガスタンクの中で一日中めちゃくちゃやり合ったんだとよ。そうやってできた子どもだとよ。

シモンは話がよくわからなかったが、母親がこの話をとても嫌がっていることはわかった。暴力を振るわれることと同じぐらい母親がこの話を嫌がっていると思った。

グリムルと町へ出かけたある日、ガスタンクの近くまで来るとグリムルはガスタンクを指差してにやっと笑った。あのなあ、おまえの母親はあの中で仕込まれたんだぞ、と言い、さもおかしそうに高笑いした。ガスタンクはレイキャヴィクでもっとも大きな建造物の一つで、シモンは悲しくなった。ある日、彼は一大決心をして、母親にガスタンクの話を訊くことにした。訊かずにはいられなくなっていた。

「あの人の言うことに耳を貸してはだめよ」と母親は言った。「あの人がどういう人か、もうあなたはわかっているでしょう。あの人が言うことは聞かないこと。無視することよ」

「でも、ガスタンクの中でなにが起きたの？」

「知らないわ。あの人の作り話よ、みんな。どうしてあんなことを言うのか、わからない」

「でも、ママのお母さんとお父さんはどこにいるの？」

彼女は黙って息子を見た。この問いは彼女自身幼いときから抱き続けてきたもので、それをいま、なにも知らない息子が無邪気に口にしているのだ。なんと答えていいかわからなかった。両親のことはなにも知らない。だれかから聞いたこともなかった。若いとき、人に訊いたことはあったが、答えは得られなかった。幼いころの最初の思い出は、子どもの多い家庭だった。場所はレイキャヴィク。少し大きくなったころ、彼女には親もきょうだいもいないと教えられた。自治体が彼女の養育費を払っていたのだ。当時はその意味もわからず、ずっと経ってから知った。そのころはもうその家族から離れ、老夫婦のもとで奉公人として働いていた。そのあと、町の商人の家の使用人として雇われた。それがグリムルに会うまでの彼女の人生のすべてだった。両親がいないこと、子ども時代をちがう家族のもとで過ごしたこと、きょうだいもおじさんおばさん、おばあさんおじいさんと呼べる人もいないことをいつも寂しく思い、十代の終わりころは、いつも自分はだれなのか、両親とはどんな人たちなのかと、そればかり考えていた。だが、その答えを得るためにはどこへ行ったらいいのかもわからなかった。

両親は事故で死んだと想像した。そう思うことが彼女にとっての慰めだった。もらわれたとは思いたくなかった。自分の子どもを人にやるなんて。父と母は彼女の命を救って、自分たちは死んだのだと思いたかった。彼女のために命を犠牲にしたのだと。いつもそのように考えてきた。命をかけて彼女を守った英雄たちだと。両親が生きているとは考えられなかった。あり得なかった。

船乗りの男、ミッケリーナの父親に出会ったとき、彼女はいっしょに親探ししてくれとたのみ、さまざまな行政の窓口に行って訊いてまわったが、どこに行っても彼女は孤児《みなしご》とあった。住民登録簿にも両親の名前は書かれていなかった。はじめから親のない子どもとして登録されていた。両親を知りたいという申請も却下された。船乗りの男といっしょに、彼女は幼年時代を過ごした子だくさんの家族を訪ね、養育してくれた女性と話をしたが、なにも答えは得られなかった。お金をもらったからだよ、とその女性は言った。うちはお金が必要だったのさ。あんたがどこから来たのかなんて、訊かなかったよ。

グリムルがある日家に帰ってガスタンクの話をし、彼女がどうやって作られたか、顔にあざけりを浮かべながら得意そうに話したとき、彼女はとうの昔に自分の出生の秘密を知ることなどあきらめていた。

いま自分にそれを訊くシモンを見つめた。過去に自分を悩ました疑問がふたたび頭の中をぐるぐると回り、もう少しでなにか言ってしまいそうになった。が、すぐに後悔し、代わりに、そんなことを訊いてはいけないとさとしたのだった。

世はまさに戦争の渦中で、その丘にもイギリス軍がやってきてバラックなるものを建てはじめた。パンのような形をした家だった。シモンはバラックという言葉の意味がよくわからなかった。そしてバラックの中に、もう一つ彼のわからないもの、デポー（基地内にある軍の販売店・補給庫）があった。

ときどき弟のトマスといっしょに丘の向こう側に行って、兵隊たちの様子をながめることがあった。バラックを建てるための、板や梁《はり》に使う大きな木材、波状のトタン板、フェンス用の材料、有刺鉄線をぐるぐる巻きにしたもの、セメント袋やセメントを混ぜる機械、穴を掘ったり、土を運んだりするブルドーザーなどがあった。グラーヴァルヴォーグルより遠い西のほうに向けて、大砲台がセメントで作られた。ある日シモンとトマスはイギリスの兵隊たちが大きな大砲をそこに設置するのを見た。大砲の砲身は地上から数メートルの高さで上方に向けられ、その口はフェンスの割れ目から外に出ていて、いまにも敵に向かって発射しそうだった。敵とはもちろん戦争を始めた人たちで、行く手をさえぎるものは子どもといえども皆殺しにするというドイツ軍だった。

イギリス軍はバラックのまわりに頑丈で高いフェンスを作り、ゲートを設置し、そこに〈関係者以外立ち入り禁止〉という標識を立てた。ゲートのそばには小さな番兵用の小屋があって、一日中銃を持った番兵が見張っていた。兵隊たちは遠くから様子を見ている子どもたちにはかまわなかった。天気がいい日は、シモンとトマスは姉のミッケリーナを抱えて丘の上に登り、草の上から兵隊たちを見たり、遠くを睨《にら》んでいる大砲を指差したりした。

ミッケリーナは草の上に横たわってすべてをしっかり見ていたが、一言も口をきかなかった。なにか考えている様子だった。シモンは姉が怖がっているように見えた。兵隊たちのことも大きな大砲も。

兵隊たちはベルト付きのモスグリーンのユニフォームを着ていて、足には頑丈な黒い軍靴を履いていた。膝下までひもで締めるタイプだった。頭にヘルメットをかぶっていることもあり、銃身の長い銃や、ホルスターに入ったピストルを身につけて歩いていた。天気がいい日など、兵隊たちは上半身裸になって働いていた。ときどき訓練を見かけることもあった。物陰に隠れていた兵隊たちは飛び出すと、地面に伏せて銃を撃った。夜になるとにぎやかで、音楽も聞こえた。ラジオから聞こえる声や音楽には金属的な響きがあった。兵隊たちが戸外に出てふるさとの歌と思われるものを歌うこともあった。イギリスという国だとシモンは知っていた。世界一の帝国だとグリムルは言った。

子どもたちは丘の向こう側の軍隊のこと、見てきたことをすべて母親に話したが、彼女は興味がなさそうだった。だが、一度、それでも彼らは母親といっしょに丘に登ったことがあった。彼女は丘の上に立ち、しばらくの間イギリス軍の駐屯地を見ていたが、家に帰ると息子たちにあのあたりに行くことを禁じた。銃を持った男たちがなにを考えるかわからない、なにか悪いことが起きないように、決してあそこに近づくなと。

時が流れ、イギリス軍は引き揚げてアメリカ軍がやってきた。イギリスの兵隊たちはほとんど姿を消した。グリムルは、イギリス兵たちはみんな戦地に送り込まれて死んだが、ヤンキーたちはアイスランドではなんの心配もなくのんびり楽しくやってる、と言った。

グリムルはそのころは石炭を運ぶ仕事を辞めて、丘の上のヤンキーのために働いていた。仕事はいくらでもあって金になるからという理由だった。ある日、丘の向こう側にひょいと行って、デポーで仕事がないかと訊いたら、あると言われた。デポーの倉庫と食堂で働き口が見つかった。そのあと、家の食料事情は大きく変わった。グリムルは鍵のようなものがついている赤い缶詰を持ってきた。鍵のようなものを使ってぐるぐる回して缶詰を開けると、ピンクの肉が皿の上に落ちた。まわりのジェリーがプルプル震えていた。

「ハムだ。なんといってもほんもののアメリカの、ほんもののハムだぞ」

シモンは、こんなにおいしいものは食べたことがないと思った。

はじめはこんな新しい食べ物がどうして自分の家の食卓に載るようになったのか考えもしなかったが、ある日、グリムルが大きな箱いっぱいにそんな缶詰をぎっちり詰めて持ってきて、家の中に隠したとき、母親が心配そうな顔をするのに気づいた。ときには大きなずだ袋いっぱいに缶詰や食糧を詰めて帰ってくることもあった。そしてそれを持ってレイキャヴィクの町に出かけていき、帰ってくると食卓で金を数えた。グリムルはそれまでにないほど上機嫌だった。母親にもそれほど暴力を振るわなくなった。ガスタンクの話もしなくなった。トマスの頭を撫でる回数が多くなった。

物がどんどん家に運び込まれた。アメリカ製のタバコやおいしい缶詰、ときには果物もあった。驚いたことに、ナイロンの靴下まであった。レイキャヴィクの女ならだれでもほしがるものだと母親が言った。

だが運び込まれるものは決して彼らの家に留まることはなかった。あるときグリムルは、シモンがそれまでに経験したことのない、いい匂いのするものを持って帰ってきた。グリムルは箱を開けると、この中身はヤンキーたちが朝から晩まで口に入れているものだと言った。飲み込むものではない。少し経ったら吐き出して、新しいのをまた口に入れて嚙めばいい。シモンとトマス、それにミッケリーナまでピンクの甘い香りのするものをもらって口に入れ、しばらく嚙んでから吐き出してまた新しいものを口に入れた。

「チューインガムというものだ」

グリムルはすぐに英語が話せるようになり、兵隊たちが休暇のときなど家へ食事に招いたりした。そんなときはミッケリーナは家の隅に隠され、男の子たちは髪の毛をとかし、母親は身ぎれいにして迎えた。兵隊たちはやってくると行儀よくあいさつし、名を名乗り、男の子たちにクッキーやキャラメルをくれた。兵隊たちはうちとけて、酒などを飲み、そのあとジープに乗って町へ繰り出していった。そのあと家はまた静かになった。それまでは客など一人も来たことのない家だった。

しかし、兵隊たちはたいていの場合、まっすぐレイキャヴィクの町へ繰り出し、夜遅くご機嫌で帰ってきた。そういうときは丘の向こう側から歓声や怒鳴り声が聞こえた。一度か二度、銃声が聞こえたこともあった。もちろん、あの大砲の音ではなかった。大砲が発射されるのはいまいましいナチが来たときだけ。もしもやつらが来たら、おれたちなど一瞬のうちに殺されてしまうんだぞ、とグリムルが言った。兵隊たちが町に出かけるとき、彼はよくくっついていっていっしょに飲み食いした。そして家に帰ると、その晩に仕入れたアメリカの流行歌を披露した。シモンはその夏まで父親が歌うのを一度も聞いたことがなかった。

その夏シモンはめずらしいものを目撃した。

ある日、アメリカの兵隊が一人、釣り竿を手に持って丘の向こうからやってきた。レイニスヴァテン湖へ行くと、そこで釣りを始めた。ニジマスが釣れた。そのあと、兵隊は口笛を吹きながら東のほうへ歩き、ハプラヴァテン湖まで行くと、終日そこで過ごしたのだ。天気のいい夏の日で、その兵隊は一日中湖のまわりを歩いては釣りをして過ごした。熱心に釣りをしていたわけではなく、よい天気なので湖のまわりでのんびりしているといった様子だった。湖岸に腰を下ろし、タバコを吸ったりひなたぼっこをしたりしていた。

三時ごろになると、兵隊はじゅうぶんに楽しんだらしく、帰り支度を始めた。釣り道具と小さな袋を手に、その袋には釣り上げたニジマス三尾を入れ、湖をあとにして丘を上がってきた。そして、シモンの家の前まで来ると、そのまま歩き続けるのではなく立ち止まった。そして、この間ずっと彼を家の前で観察していたシモンに話しかけてきた。

「キミノ、オトウサントオカアサンハ、ナカニイルノ？」と兵隊は言った。「ボクノナマエハ、デイヴ。アメリカジン」

シモンはその兵隊がデイヴと名乗ったのはわかったので、うなずいた。デイヴは袋をシモンの前に置くと、中からニジマスを三尾取り出して並べた。

「コレ、アゲル。ワカルカイ？　タベテ。キットオイシイヨ」

シモンは目を大きく瞠ってデイヴを見た。デイヴはにっこり笑った。真っ白い歯が日を受けて光っている。背は高くなく体は細くて、四角い顔をしていて、黒い髪を横分けにしていた。

「オカアサンハナカニイルノ？　オトウサンデモイイケド」

シモンはまったく英語がわからなかった。デイヴは胸のポケットから小さな黒い手帳を取り出して、ページをめくり、指を止めた。それからシモンに近づき、指を止めた箇所を見せた。

「ヨメルカナ？」

シモンはその指のところの言葉を読んだ。それはアイスランド語で、簡単にわかったが、その後ろになんだかわからない言葉が続いていた。デイヴはアイスランド語の部分を読んだ。

「ぼくの名前はデイヴ」と読み上げると、こんどは英語でそれを繰り返した。「ボクノナマエハ、デイヴ」それからまたシモンに手帳を見せ、指差した。

「ぼくの名前は……シモン」と言って、シモンは笑った。デイヴはにっと大きく笑うと、手帳の中のほかの文を見つけて指差した。

「お元気ですか、お嬢さん」シモンがアイスランド語を読み上げた。

「ソウ。デモ、オジョウサンジャナイナ、キミハ」と言ってデイヴは声を上げて笑ったが、シモンはなんのことかわからなかった。デイヴは手帳からまた新しい文を見つけるとシモンに見せた。

「お母さん」とシモンはアイスランド語を読み上げた。デイヴはシモンを指差してうなずいた。

「どこにいる?」とデイヴはアイスランド語で訊いた。それでシモンは、母親はどこにいると訊かれているのだとわかった。

いっしょに来るように合図すると、シモンは先に立って家に入り、台所で靴下をかがっていた母親のほうへ行った。母親はシモンを見て笑いかけたが、その後ろに知らない男がいるのを見て笑いが凍りつき、驚いて立ち上がった。そのとたんにいすが倒れた。驚いたのはデイヴのほうで、あわてて前に出て顔の前で手を振った。

「スミマセン、オドロカスツモリハナカッタノデス、ゴメンナサイ!」

シモンの母親は台所の流しのほうに身を寄せて、床に目を伏せた。目を上げることもできないほど怯《おび》えていた。

「お願いだから、この人を外に連れていって、シモン」と彼女は言った。

「ドウゾ、オチツイテ。ボクハスグニイキマス。ゴメンナサイ、ホントウニゴメンナサイ……」

「外に連れ出して、シモン」母親が繰り返した。

シモンは母親の言葉に戸惑い、母親とデイヴを見比べていたが、デイヴはすぐに後ずさりして、台所から外に出ていった。

「なぜこんなことをしたの? 知らない男の人をうちの中に連れてくるなんて。どういうことになるかわかっているの?」

「ごめんなさい。だいじょうぶだと思ったんだ。デイヴという人だよ」

「なんの用事だったの？」

「釣った魚をくれようとしたの。あの人、湖で釣りをしてたんだ。怖い人じゃないと思った。ぼくたちに魚をくれようとしただけだから」

「ああ、本当に驚いた。怖かった。シモン、こんなことはぜったいにもう許しませんからね。二度としないで！　わかった？　ミッケリーナとトマスはどこ？」

「裏で遊んでる」

「無事かしら」

「無事？　ミッケリーナはただお日さまの下にいたいだけだよ」

「二度とあんなことをしてはだめよ」と母親は言って、ミッケリーナを連れに外に向かった。「ぜったいに！　わかった？」

母親はぐるりと回って家の南側に出た。さっきの兵隊がミッケリーナとトマスの上にかがみ込んでいた。驚いてミッケリーナを見ている。ミッケリーナは太陽に向けていた顔の向きを変えて、だれが来たのかと兵隊のほうを見ようとしていた。兵隊は母親を見、それからトマスのほうににじり寄ろうとしているミッケリーナに目を戻した。

「ボクハ……」と言いかけて、口をつぐんだ。「シラナカッタ。ゴメンナサイ。ホントウニ、オジャマシテシマッタ」

そう言うと、彼はきびすを返して急ぎ足で坂道を上がっていった。彼らはその姿が見えなくなるまで見送った。

「なにごともなかったの？」と言うと、母親はミッケリーナとトマスのそばにひざまずいた。兵隊がいなくなったいま、彼女は落ち着きを取り戻していた。兵隊がなにか悪さをしようとしたのではないこともわかった。ミッケリーナを抱きかかえると、家の中に連れていき、台所に敷いてあるマットレスの上に横たえた。

「デイヴは悪い人じゃないよ。変わっているけど」シモンが言った。

「デイヴという名前なの？」と母親はぼんやりしたまま言った。「デイヴ。アイスランド名のダヴィドね」とつぶやいた。そのとき、シモンの目にめずらしいものが映った。

母親がほほ笑んだのだ。


トマスはいつもなにかを隠しているようなところがあり、一人を好んだ。少し神経質で、内気で静かだった。去年の冬から今年の夏にかけて、グリムルはシモンにないものをトマスに見たようだった。そして関心をもったようだった。トマスを連れて寝室に引っ込むことが多くなった。なにか話をしていた。シモンがなにを話していたのかと訊くと、べつになにも、とトマスは答えた。それでもシモンはあきらめず、しつこく訊き続けた。しまいにトマスはしかたなく、ミッケリーナについてだと言った。

「あいつ、ミッケリーナのことでどんなことを話すんだ？」シモンが訊いた。

「べつになにも」トマスが答えた。

「言えよ、言うんだ」シモンが言った。

「べつに、なんでもないってば」と言ったが、トマスは恥ずかしそうだった。なにかを隠している様子だった。

「なんなのか、言え」

「言いたくない。ほんとはあいつに話しかけられたくなんかないんだ。おれ、ほんとは嫌なんだ」

「あいつと話をするのが嫌だというのか？　おまえはあいつが言う言葉を聞きたくないと言っているのか？　そうなのか？」

「もう嫌なんだ、なにもかも。しつこく言うの、やめて」

そんなふうに数週間、数カ月が経った。その間、グリムルはトマスに特別に目をかけた。シモンは二人がなにを話しているのかわからなかったが、ある夏の夜、とうとうなんのことかはっきりわかった。グリムルは軍隊のデポーからの物資を持って町へ出かける用意をしていた。手伝いのマイクという兵隊がやってくるはずで、マイクはジープを調達してグリムルといっしょに盗難品をジープに積んで町へ行って売り払おうとしていた。母親はいつものようにデポーからの食べ物で料理をしていた。ミッケリーナはマットレスの上にいた。

シモンの目にグリムルがトマスを呼び寄せてなにかささやくのが映った。その顔にはいつも残酷なことを言うときに浮かべる意地悪な笑いが浮かんでいた。母親はなにも気づいていないようだった。シモンは、グリムルに背中を押されたトマスがミッケリーナのほうへ行き、言葉をかけるのを聞いて初めてなんのことかわかった。

「メス犬《ビッチ》」

そう言うと、トマスはグリムルのもとに戻り、グリムルは上機嫌で笑いながらトマスの頭を撫でた。

シモンは調理台のところに立っている母親のほうを見た。いまの言葉を聞いたにちがいなかったが、彼女はまったく動かなかった。まるで目をつぶり、なにごともなかったようなふりをするかのようだった。だが、シモンの目は母親が手に持っていたジャガイモ用の小さなナイフをきつく握りしめるのを見逃さなかった。そしてしまいにナイフを持ったままゆっくりと振り向き、グリムルを睨みつけた。

「そんなことをしてはいけないわ」声が震えていた。

グリムルは彼女を見た。ばかにした笑いが唇に浮かぶ。

「おれが？　おれがなにをしてはいけないってんだ？　なにを言ってるんだい、よう、よう？おれはなにもしちゃいねえ。息子だよ。おれの可愛い息子のトマスだよ、なにか言ったのは」

母親はグリムルに一歩近づいた。ナイフを握りしめたままだ。

「トマスに近寄らないで」

グリムルが立ち上がった。

「そのナイフでどうするつもりなんだ？」

「トマスにそんなことさせないで」と母親は言ったが、シモンはその声からもう母親があきらめかけているのがわかった。そのとき、家の外にジープがやってきた。

「ジープだよ！　マイクが来たよ！」シモンは思いきり叫んだ。

グリムルは台所の窓から外を見、また母親に目を戻した。そのつぎの瞬間、緊張が和らいだ。母親はナイフをそばに置いた。マイクがのぞき込み、グリムルが笑って応えた。

その晩帰ってくると、グリムルは子どもたちの母親を殴り飛ばした。翌朝、彼女は足を引きずり片目を真っ赤に腫らしていた。昨晩遅く、子どもたちは母親が殴られるたびに上げる重いうめき声を聞いた。トマスはシモンのベッドにもぐり込み、闇の中で恐怖に満ちた目で兄を見つめ、呪文のようにずっと同じ言葉を繰り返していた。そうすることによって自分の言った言葉を洗い流そうとしているようだった。

「ごめんね、あんなこと言いたくなかった、ごめんなさい、ごめんなさい、ごめんなさい……」

16

エルサはドアを開けて、シグルデュル＝オーリにお茶をどうぞと声をかけた。キッチンで用意するエルサを見ているうちに、シグルデュル＝オーリは今朝ベルクソラと言い争いをしたことを思い出した。ベルクソラからの愛の誘いをなんとか逃げおおせた彼が、愚かにも本音を言ってしまったために、ベルクソラはかんかんに怒ったのだ。

「そういうわけ？　わたしたちはいつまでたっても結婚しないってこと？　あなたがさっきから言っているのって、そういうこと？　結婚せずに、中途半端にいっしょに暮らし続けるってこと？　それじゃわたしたちの子どもたちは婚外子になるってことね？」

「婚外子？」

「ええ、そうじゃない？」

「きみは、教会のことを考えてるわけ？」

「教会？」

「教会の鐘を鳴らし、花嫁はブーケとウェディングドレス、そして……」

「あなた、わたしをばかにしてるの？」

「子どもたちって？」と言ったとたん、シグルデュル＝オーリは後悔した。ベルクソラの顔色が見る見るうちに変わったからだ。

「子どもたちってと訊くなんて、あなた、子どもはほしくないの？」

「いや、ああそう、いや、そうじゃない、ぼくたちは子どもの話なんて、まだなにもしてないじゃないか。ちゃんと話すべきだよ。子どもを作るかどうかなんて、きみ一人が決めるべき問題じゃないよ。それじゃ不公平だ。とにかく、ぼくはほしくない。いまはだめだ。いますぐは」

「でも、近いうちにほしいわ。できれば。わたしたち、二人ともう三十五よ。子どもができなくなる年まで、あと何年もないのよ。このことを話そうとすると、あなたはすぐにほかの話を始めるんだから。あなた、この話、したくないんでしょ。子どもはほしくないし、結婚もしたくない。あなたはなんにもしたくないのよ。あなたの先輩のあのどうしようもないエーレンデュルと同じようになりたいのよ」

「なに？」シグルデュル＝オーリはぎくっとした。「なにが言いたいんだ？」

だが、ベルクソラはすでに出かけてしまった。シグルデュル＝オーリは一人彼女の恐ろしい言葉といっしょに残されてしまった。

台所のいすに腰を下ろし、カップの中をじっと見ているシグルデュル＝オーリを見て、エルサはこの男の頭はいま別のことでいっぱいなのだと思った。

「もう少しいかが？」とティーポットを手に取った。

「いや、けっこうです」とシグルデュル＝オーリは言った。「いま、この事件をいっしょに捜査しているエリンボルクという同僚からたのまれたことがあるんです。もしかしてベンヤミンはフィアンセの髪の毛を取っていませんでしたか？　ペンダントとか小さな箱のようなものに入れて」

　エルサは少し考えた。

「ないと思いますよ。でもわたしは地下室になにがあるのかまったくわからないので、なんとも言えませんけど」

「エリンボルクはかならずどこかにあるはずだというんです。フィアンセの妹という人から聞いたんだそうです。彼女はその人に昨日会ったのですが、フィアンセが旅行に出かける前に、ベンヤミンは髪の毛を一房、もらったらしいのです」

「髪の毛を一房？　わたしは知らないわ。彼女のものでも、彼女以外の人のでも、そんなのは見たことがありません。わたしの家族はまったくロマンティックな人種じゃありませんでしたからね」

「地下室には、ベンヤミンのフィアンセのものもあるのですか？」

「なぜ彼女の髪の毛がほしいの？」問いに答える代わりに、エルサは質問し、シグルデュル＝オーリを見つめた。彼は自信がなくなった。エーレンデュルはエルサになんと言ったのだろうか？　彼が答える前に、エルサのほうが話しはじめた。

「グラーヴァルホルトのあの土地にあった骨の主が彼女かどうか確かめたいからでしょう？　彼女の髪の毛があれば、ＤＮＡ鑑定にかけられる。そうすればあの骨の主が彼女かどうかわかる。それがわかれば、わたしの伯父が彼女を殺したのだと結論づけられる。そう考えているのね？」

「われわれはただすべての可能性を調べたいだけです」とシグルデュル＝オーリは言った。エルサを怒らせたくなかった。頭の中には今朝のベルクソラとのけんかがまだ残っていた。今日は朝からうまくいかないな。なにもかもうまくいかない。

「もう一人の、悲しそうな顔をしたあなたの同僚は、ベンヤミンはフィアンセの死になにか関係していると思っているようでした。もし彼女の髪の毛が見つかれば、それが確かめられるのでしょう。でもわたしにはどうしてもわからないの。ベンヤミンがフィアンセを殺したなんて、とても考えられない。どうしてそんなことが彼にできたというの？　どんな理由でそんなことをしたというのでしょう？　その理由がどうしても思いつかないわ」

「もちろんです」とシグルデュル＝オーリは彼女を落ち着かせるために相槌を打った。「しかしわれわれはあの骨の主はだれなのか、どうしてあそこにあったのかを突き止めなければならないのです。そしていまわれわれにわかっているのは、あそこにベンヤミンのサマーハウスがあったということと、彼のフィアンセが失踪したということだけなのです。あなただって知りたいでしょう。あなただって、骨の主がだれなのか知りたいんじゃありませんか？」

「さあ、どうかしら」少し落ち着いてエルサが言った。

「とにかく、私は地下室で捜し続けていいんですね？」

「ああ、それはもちろん。それを禁じるつもりはありませんよ」

シグルデュル＝オーリは紅茶を飲み終えると地下室に入り、ベルクソラのことを考えた。自分はベルクソラの髪の毛をペンダントに入れて持ち歩いてはいない。そんな必要がないからだ。財布に彼女の写真を入れてもいない。知人には妻と子どもの写真をつねに財布に入れて持ち歩いている者たちもいる。気分が悪くなった。ベルクソラと話し合わなければならない。エーレンデュルのようになるつもりはなかった。

シグルデュル＝オーリはベンヤミン・クヌードセンの所有物を一つひとつ見ていった。数時間後、近くのコンビニへハンバーグを買いにいき、ついでにコーヒーも飲んで、新聞に目を通した。二時ごろ地下室に戻り、エーレンデュルの頑固さに腹を立てながらまた捜しはじめた。しかし、ベンヤミンのフィアンセの失踪の手がかりになりそうなものはなに一つ見つからなかったし、ホスクルデュル以外の借家人の名前も見つからなかった。ベンヤミン・クヌードセンの愛情の深さからエリンボルクが絶対的な確信をもっているらしいフィアンセの髪の一房もどこにもない。この地下室を捜すのは今日が二日目で、シグルデュル＝オーリはすでにすっかりうんざりしていた。

エルサは地下室の入り口のところで待っていたらしく、上に来るようにと言った。シグルデュル＝オーリは断りの言い訳を見つけようとしたが、失礼に見えないような理由が見つからず、しかたなくエルサの後ろから居間に入った。

「なにか見つかりました？」と訊かれ、シグルデュル＝オーリは彼女が親切心から言っているのではなく、なにか情報を聞き出そうとしているのだと思った。彼女が孤独なのかもしれないとは思いつかなかった。エーレンデュルは彼女の閑散とした家に入って数分でそう感じ取ったのだが。

「とにかく髪の房は見つけられませんでした」と冷めた紅茶を一口飲んでシグルデュル＝オーリが言った。

待たれていたんだ、と思った。彼はエルサを見、なにを知りたいのだろうと考えた。

「そうですか」とエルサは言った。「あなた、結婚していらっしゃるの？　ごめんなさい。関係ないことですよね」

「いいえ、それは、ええ、いいえ、私は結婚してません。でも同棲しています」

と答えてから、なんでこんなことを話しているのだろうと、わからなくなった。

「お子さんは？」

「いません」と言ってから付け加えた。「まだ」

「なぜいないんですか？」

「は？」

「なぜ、あなたがたはお子さんをもうけないんですか？」

本当はなにを知りたいんだろう、とシグルデュル＝オーリは思い、時間稼ぎに、いまではすっかり冷たくなった紅茶をまた一口飲んだ。

「ストレスだと思います。二人ともとんでもなく忙しい。二人とも全力を尽くさなければならない、要求度の高い仕事に就いていていて時間が足りないんです」

「子どものための時間がないというのですか？　それよりも大切なことってあるのかしら？　お相手の仕事はなんですか？」

「ＩＴ企業の共同経営者です」と答えて、シグルデュル＝オーリは紅茶の礼を言って引き揚げようと思った。ヴェストゥルバイルに住む独身女がこっちの個人生活を根掘り葉掘り訊くのに答える筋合いはない。こういう人は孤独のあまり頭がおかしくなって、しまいには他人のことに首を突っ込むんだ。

「いい人ですか、お相手は」と彼女は訊いた。

「ベルクソラといいます」憤然としてシグルデュル＝オーリは言った。もう礼儀正しい会話などしていられない。「とてもいい人ですよ」と言ってほほ笑んだ。「なぜそんなことを訊くんですか？」

「わたしは一度も家族をもちませんでした。子どもはいません。夫もいない。夫はどっちでもいいのですが、子どもはほしかった。もしいたら、もう三十代でしょうね。四十に近いかしら。ときどき考えるんですよ。大人の子どもたち。自分の子どもたち。自分でもよくわからないんですよ。気がついたら中年になっていたわ。わたしは医者です。わたしが医者のキャリアを始めたころ、女性はとても少なかった。わたしもあなたのようだったわ。時間がなかった。自分の人生のための時間が。いまのはあなたの人生じゃない。あなた自身の人生じゃないと思います。仕事だけでしょう」

「いや、あの、私はじつは……」

「ベンヤミンにも家族がなかった」エルサは話を続けた。「それこそが、彼が本当にほしかったものなんです。家族。その女性とともに作る」

エルサは立ち上がり、シグルデュル＝オーリもすぐにそれに続いた。これであいさつをして別れられると思ったのだが、彼女はガラスのはまった樫《かし》の木製の大きなキャビネットの前まで行って、中から小さな中国製の箱を取り出し、ふたを開けた。細いチェーンに繋がったメダルの形をした銀のペンダントが現れた。

「ベンヤミンは本当にフィアンセの髪の毛を取っておいたんです。このペンダントの中には、髪の房だけでなく彼女の写真も入っています。彼女の名前はソルヴェイグといいました」エルサはそっとほほ笑んだ。「ベンヤミンの花でした。あそこの丘にあるのは彼女の骨ではないと思います。そんなこと、考えることさえおぞましい。それは、ベンヤミンが彼女に邪悪なことをしたということでしょう？　彼は決してそんなことはしません。そんなこと、できたはずがない。それはぜったいにたしかです。この髪の毛がそれを証明してくれるでしょう」

彼女はペンダントをシグルデュル＝オーリに渡した。彼は腰を下ろすと、そっとふたを開けた。中に黒い髪の房が少々とその髪の主の写真が入っていた。髪の毛には触らずにふたの上に落として、写真をのぞき見た。二十歳ほどの美しい娘で、大きな目の上の眉は円を描くような曲線で、不思議そうにカメラのレンズを見ている。きりっとした口元、小さくて美しいあご。ベンヤミンのフィアンセ、ソルヴェイグだ。

「ごめんなさい。すぐにそれをお見せしなくて」とエルサが言った。「ずいぶん考えたんです。

あれやこれや迷いに迷った結果、わたしにはとてもこれを捨てることはできないという結論に達したの。たとえDNA鑑定が恐ろしい結果になるかもしれなくても」

「なぜ話してくれなかったんですか？」

「考える時間が必要でした」

「いや、それでも……」

「あなたの同僚が、たしかエーレンデュルとかいう名前でしたね、とにかく彼が来て、その骨の主が彼女かもしれないというようなことを言ったのですけど、わたしにはどうしてもそんなこと……」エルサは力なく肩を落とした。

「DNA鑑定の結果がたとえポジティヴでも、ベンヤミンが殺人犯だとはかぎらないでしょう。鑑定の結果でそれがわかるわけではありませんからね。骨の主がソルヴェイグだと判明したとしても、ベンヤミンは関係ないかもしれない……」シグルデュル＝オーリの話の途中にエルサが割り込んできた。

「彼女なんです、このごろの言葉ではなんというのかしら、当時の言葉では婚約破棄といったんですけどね、彼女のほうから婚約を取りやめたんです。姿を消したのと同じ日に。ベンヤミンはこのことをそれからだいぶ時間が経ってから話したんです。それは彼が死の床で、わたしの母に話したことです。わたしはあとで母から聞きました。いままでほかの人に話したことはありません。わたしもこの話は墓までもっていくつもりでした。でも例の骨が見つかった。その骨が男のものか女のものか、もうわかったのですか？」

「いや、まだです。ベンヤミンはなぜソルヴェイグが婚約を破棄したのか、その理由を言いましたか？　なぜ彼のもとから去ったのか？」

エルサはためらっている様子だ。視線が合った。シグルデュル＝オーリは彼女がここまで話した以上、もう引き返すことはできないと悟っているとわかった。この人は知っていることをすべて話してしまいたいと思っている。まるでずっと重い十字架を背負ってきて、いまはもう解放されたいと思っているようだ。ついに、長い時間が経ったいま、やっと。

「彼は子どもの父親ではなかったのです」

「ええ」

「ベンヤミンはソルヴェイグの子どもの父親ではなかったというんですね？」

「彼女を妊娠させたのは彼ではなかったと？」

「そう」

「それじゃだれだったんです？」

「時代がちがっていたということ、おわかりよね。いまなら人は事情によっては中絶するわ。子どもがほしかったら、結婚しているかしていないかに関係なく産める。いっしょに暮らす。別れる。ほかの人といっしょになる。その気なら何人でも子どもが産める。別れることもできる。でもアイスランドは昔からそうだったわけではないわ。女が結婚しないで子どもを産むことなど考えられない時代もあったのよ。ソルヴェイグが身ごもったのはそういう時代だった。未婚で妊娠するのは恥で、社会から除け者にされることを意味したのよ。軽薄な女、とね。社会はまったく無慈悲だった」

「そうだったということは知ってます」とシグルデュル＝オーリは言い、ベルクソラのことを思った。そしてエルサがなぜ子どものことを訊いたのか、いまわかるような気がした。

「ベンヤミンはそれでも結婚式を挙げようと言いました。少なくとも、彼はわたしの母にあとでそう言ったそうです。でもソルヴェイグはそれを断った。彼女は婚約を破棄したいと、冷静に言ったそうです。なんの説明もなく、それだけを、なんの予告もなく」

「子どもの父親というのは、だれだったんです？」

「別れを告げたとき、彼女は彼に許しを請うたそうです。別れることを、許してくれと。でも彼は別れるのは嫌だと断った。もっと時間がいると言ったとか」

「それで彼女は姿を消した？」

「彼に別れを告げてから、ソルヴェイグの姿を見た人はいません。夜になっても彼女が戻ってこなかったので、みんなが探しはじめた。ベンヤミンも捜索に加わり、必死で探したけど、見つからなかった」

「しかし、子どもの父親というのは」シグルデュル＝オーリが苛立って訊いた。「いったいだれなんですか？」

「彼女は決してそれをベンヤミンに話さなかった。それがだれかを言わずに姿を消したんです。そう彼は母に言ったそうです。でも、知っていたとしても、きっと話さなかったでしょうけど」

「可能性がある人は何人もいたと思いますか？」

「何人いたかなんて、どうでもいいことです。問題は、だれだったかですよ」

「その男が彼女の失踪と関係があると思いますか？」

「あなたはどう思います？」エルサが訊いた。

「あなたとお母さんは、だれか特定の男を疑いましたか？」

「いいえ。それはベンヤミンも同じことらしいです。特定の人はいなかった」

「ベンヤミンが嘘をついていたということはないでしょうか？」

「それはわからないわ。でも、ベンヤミンという人は、嘘のつけない人でした」

「私の言う意味は、自分にかかる疑いをほかに向けるために、ということですが」

「いいえ、彼に疑いがかけられたということはなかったんですよ。そして、彼はまさに死の床でこの話を母にしたのです」

「彼女のことを思い続けていたということですね」

「母も同じことを言いました」

シグルデュル＝オーリはしばらく考えた。

「ソルヴェイグは恥ずかしさから自殺の道を選んだのだと思いますか？」

「ええ、きっとそうだっただろうと思います。彼女は自分をあがめ、結婚することをなによりも望んでいた婚約者を裏切っただけでなく、赤ん坊の父親の名前も言わなかったのですから」

「同僚のエリンボルクはソルヴェイグの妹という女性と話したそうですが、その人によると、彼女たちの父親という人も自殺しているそうです。首吊り自殺だそうです。ソルヴェイグは父親と近しかったので、ひどいショックを受けたそうです」

「ソルヴェイグが、ひどいショックを？」

「ええ」

「それはおかしいわ！」

「は？」

「たしかに彼は首を吊ったわ。でもそれがソルヴェイグをひどく悲しませたなんてこと、あり得ないわ」

「どういうことですか？」

「彼は悲しみのあまり自殺したと聞いてますから」

「悲しみのあまり？」

「ええ」

「なんの？」

「わたしは理解できるわ」

「なんの悲しみです？」

「娘の失踪よ。彼は娘がいなくなったあとで首を吊ったの」

17

ついにエーレンデュルは娘に話して聞かせる話題を見つけた。国立図書館の片隅で一九一〇年の新聞や雑誌を手当たり次第に引っ張り出し、ハレー彗星がそのしっぽから有毒ガスを振りまきながら地球のそばを通り抜けたときの話を読んだ。マイクロフィルムを見るのではなく、特別許可を得て当時の新聞を読むことができた。エーレンデュルは新聞の匂いや感触が好きだった。変色した新聞を広げると、そのカサカサという音の陰に隠れている当時の、現在の、そして永遠の時間を感じることができる。

エヴァ＝リンドのそばに座ってグラーヴァルホルトで見つかった骨の話を始めたとき、あたりはすでに暗くなっていた。まず考古学者たちが現場に格子状にロープを張って場所をマークしたことを話し、それから担当の考古学者スカルプヘディンのことを話した。大きな黄色い前歯が数本口から少し出ていること。その土地にスグリの茂みがあり、以前その近くに住んでいた老人ローベルトの話ではそこにしばしば緑色の服を着た〝いびつな〟女が来ていたらしいことも。ベンヤミン・クヌードセンと行方不明のフィアンセ、ソルヴェイグ。彼女の失踪がどれほど若いベンヤミンを苦しめたか。それから戦時中ベンヤミンのサマーハウスを借りたホスクルデュルのこと、そしてホスクルデュルがベンヤミンから聞いたというその家に住んでいた女は、ハレー彗星が地球にぶつかると信じられていた晩にガスタンクの中で孕《はら》まれた子どもだと噂されていたということも。

一九一〇年というのはマーク・トウェインが死んだ年だ、とエーレンデュルはつぶやいた。

ハレー彗星は恐ろしい速さで地球に向かってきた。そのしっぽは有毒ガスを放っていた。もしハレー彗星が地球に衝突しなかったとしても、そのしっぽが地球に有毒なガスをまき散らし、命あるものすべてが死に絶えてしまうと信じられていた。最悪の事態を恐れて、人々は地球最後の日に火と青酸ガスで人類は滅亡すると信じた。ハレー彗星に対する恐怖はアイスランドだけでなく世界的に広がった。オーストリア、ハンガリー、トリエステの町、そしてデンマークでも、人々は残された短い時間を最大限に生きるため、家や財産をぜんぶ売り払って刹那《せつな》的な快楽に走った。スイスの上流社会の子弟の通う寄宿学校は、最期を家族とともに過ごすため生徒たちのほとんどがいなくなった。神父や牧師たちは人々の恐怖を和らげようと宇宙学の勝手な解釈を説教する始末だった。

レイキャヴィクでは、大勢の女性が恐怖のために病気になり、また、その年の春が遅れてやってきて寒かったのは、ハレー彗星のせいだと人々は本気で信じていたという記事もあった。年寄りたちは以前ハレー彗星が近づいたときは大変な凶作だったと語り合った。

当時のレイキャヴィクの市民はガスの将来性を信じた。その光は暗闇を照らし出すほど明るくなかったにもかかわらず、町中にガス灯が設置されていたし、家庭にもガスランプが普及していた。そしてガスのシステムを改善するために、町の外れにレイキャヴィクの人々の需要をじゅうぶんに満たすだけの近代的なガス供給の設備を建てることになった。市議会はドイツのガス会社と契約を交わし、ブレーメンからカール・フランケという技師がアイスランドにやってきた。彼とともに数名の専門家もやってきて、レイキャヴィク・ガス公社の建築物を建設しはじめた。一九一〇年のことである。

ガス貯蔵庫自体は千五百立方メートルのガスを貯蔵できる巨大な構造物だった。これは水に浮かべられ、ガスが多く入っていれば水面に出ている部分が少なく、中身が少なければ浮かぶという構造からガスタンクと命名された。レイキャヴィクの人々は当時これほど大きな建造物を見たことがなかったので、建設中、格好の行楽の目標として見物に出かけた。

ほぼ完成したころ——それは正確には五月十八日のことだったが——人々が集まってきた。このガスタンクがただ一つ、彗星がまき散らす毒ガスから逃れられる場所だと思い込んだ人々だった。その晩彼らがガスタンクの中で乱痴気騒《らんちきさわ》ぎをするという噂はすぐさま広まり、人々はどんどんガスタンクに押しかけた。

噂はすぐに広まった。五月十八日の晩に集まった人々は、ガスタンクの中で酒を飲み朝まで乱交したとか、一晩中どんちゃん騒ぎをして朝になると地球が彗星と衝突もしていないし、有毒ガスで人々が死んでもいないことがわかったとか。

その晩、タンクの中で子どもがたくさん仕込まれたと下びた噂をする者もいた。読みながらエーレンデュルは、グラーヴァルホルトで発見された骨の主は成長したそんな子どもの一人だったのだろうかと思いをめぐらせた。

「ガスタンクの警備員の詰め所はいまでも残っているんだ」とエーレンデュルはエヴァ＝リンドに語りかけた。聞こえるのか、聞いているのだろうかと思いながら。「それ以外は、ガスタンクもその周辺のものも、すべてなくなっている。その後、ガスの時代は終わり、電気の時代に入ったからだ。ガスタンクはロイダラウルスティーグル、いまのフレンムルにあった。すぐに時代おくれのものになってしまったが、このタンクには一つだけ役に立つことがあった。冬の間、この建物の中で浮浪者たちが体を温めることができたんだ。とくに明け方の冷え込む時間や冬のいちばん寒い時期には役に立った」

エーレンデュルが話している間、エヴァ＝リンドはぴくりともしなかった。彼もそれを期待していたわけではなかった。奇跡を信じてはいなかった。

「ガス公社が建てられた通りの名前はエルスミラルブレットゥル」と言って、彼は笑みを浮かべた。運命の皮肉さを笑った。「エルスミラルブレットゥルはガス公社が取り壊され、ガスタンクが運び去られてから、長いこと空き地になっていたが、あるとき、そこに頑丈な建物が建てられた。それがレイキャヴィク警察署、つまりいまおれが働いている建物だ。まさにそこにかつてガスタンクが立っていたというわけだ」

エーレンデュルはいったん話を止めた。

「おれたちはだれもが地球滅亡の日を待っている」しばらくして、彼は続けた。「それが彗星との衝突で起きるか、ほかの原因で起きるかはわからない。一人ひとりが自分なりの想定をしている。中には滅亡に惹きつけられる者もいるし、滅亡を待ち望む者までいる。もちろんなんとか逃れようとする者もいる。たいていの人間は滅亡を恐れる。その日を怖がる。おまえは別だ。おまえはなにも怖がらない。おまえはおまえのいる小さな世界が壊れることさえ恐れない」

エーレンデュルは黙ったまま娘をながめた。今日話をしたことが、役に立ったのだろうか。言葉が聞こえたかどうかさえもわからない状態なのに、と思った。医者から言われたことを考えた。娘にこんなふうに話すことで、自分の心が軽くなったと感じていた。このように落ち着いて、よく考えて娘に話しかけたことはいままでなかったような気がする。娘とのつきあいはいままでつねに言い争いと怒鳴り合いで、めったにゆっくり話し合うということがなかった。いや、いまだって話し合いとは言えない。そう思ってエーレンデュルは苦笑した。自分が話し、エヴァ＝リンドはそれを聞いているだけだ。

つまりいまも以前と変わりはないということだ。

もしかすると、エヴァ＝リンドはこんな話を聞きたくはないのかもしれない。人骨発見やガスタンク、ハレー彗星、乱交パーティーなど。まったく別の話をしてほしいのかもしれない。おれ自身の話。あるいはエヴァ＝リンドとおれの話。

彼は立ち上がってエヴァ＝リンドの上にかがみ込み、額にキスをして廊下に出た。すっかり考えに沈んでいたので、廊下を右に行って病棟から出るべきところをぼんやりと左に歩いていった。最新式の機器類に繋がれた患者たちが生きるために闘っているいくつかの集中治療室の間の廊下をさらに奥のほうへ進んだ。廊下の突き当たりまで来て初めて間違いに気づいた。戻ろうとしたとき、一室から小柄な女性が出てきて彼の胸にぶつかった。

「ごめんなさい！」と女は金属的な声で言った。

「いや、こちらこそ」とエーレンデュルは狼狽《ろうばい》して、あたりを見まわしながら言った。

「間違ってこっちに来てしまったのです。外に出るつもりだったのですが」

「わたし、ここに呼ばれてきたんですよ」と小柄な女性は言った。目を引くほど髪の毛が薄い。かなり肥満気味で、紫色の上着の胸が大きかった。顔は丸く柔和で、唇の上に薄くひげが生えている。彼女が出てきた部屋に目を走らせると、年取った男がベッドに横たわっていた。痩せこけた、血の気のない顔だ。そのそばに立派な毛皮のコートを着た女が座っている。その手は手袋をつけたまま、ハンカチで口と鼻を覆っていた。

「いまでも霊能者を信じている人たちがいるんですよ」小柄な女がささやいた。

「は？　失礼、聞こえなかった……」

「わたし、ここに呼ばれたんです」と言って、女性はエーレンデュルの袖を引っ張って部屋から少し離れた。「あの男の人は死にかかっている。もはや手のほどこしようがない。そばに座っているのは奥さんで、わたしは彼女に呼ばれたのよ。夫と連絡がとれるかやってみてくれと。すでに昏睡《こんすい》状態で、医者はもうなにもできないと言っているんです。でも、死なない。死ぬのを拒んでいる。まるで別れるのが嫌だというように。奥さんはわたしにあの人の魂を呼んでくれというんだけど、なんの応答もないのよ」

「応答？」

「ええ。来世からの」

「来世……。あなたが……霊能者なのですか？」

「奥さんは夫が死にかけていることがわからないの。ご主人、車で出かけたんだけど、彼女は数日後に警察から知らせを受けた。ヴェストゥルランズヴェーグルで自動車事故に遭ったと。ボルガルフィヨルデュルへ向かう途中で長距離トラックにぶつけられたって。脳死状態で、もう助けることができないんですって」

女は目を丸くしているエーレンデュルを見上げた。

「わたしはあの奥さんの知り合いなんです」

エーレンデュルは彼女がなにを言っているのかわからなかった。いや、なぜ彼女が薄暗い廊下でこんな話をするのか、まるで自分たちが切っても切れない仲であるかのように親しげにささやくのか。いままで会ったこともない人だ。エーレンデュルがそそくさとそれじゃ、と言って立ち去ろうとすると、女は彼の手をつかんだ。

「待って」

「は？」

「待ちなさい」

「すみませんが、私はあの夫婦とはなにも……」

「吹雪の中に小さい男の子がいる」と女が言った。

エーレンデュルはよく聞こえなかった。

「吹雪の中に小さな男の子がいる」と彼女は繰り返した。

エーレンデュルは愕然《がくぜん》としてその女を見、火傷をしたかのように手を引っ込めた。

「なんのことですか？」

「だれだか知っているの？」と言って、その小柄な女はエーレンデュルを見上げた。

「なんのことなのか、まったくわからない」と一語一語はっきりと言うと、エーレンデュルは廊下を出口の明かりに向かって歩きはじめた。

「怖がらなくてもいいのよ」と女は後ろから声をかけた。「その子の心は安らかです。彼は何が起きたかを理解し、安らかな心になっています。あのときのことはだれのせいでもないのです」

エーレンデュルは急に足を止めて振り向き、大きく目を開いて女を見た。廊下に立っている女がなぜこれほどしつこく言うのか、わからなかった。

「その男の子、だれなの？　なぜあなたのそばにいるの？」

「ここには男の子などいない」エーレンデュルは吐いて捨てるように言った。「あんたがなにを言ってるのかわからない。あんたのことなど知らないし、あんたが言う男の子のことも知らない。ほっといてくれ！」

そう言うと、エーレンデュルはきびすを返し、集中治療棟を足早に出口に向かった。

「ほっといてくれ！」と食いしばった歯の間からうめくように言った。

18

　エドワード・ハンターは戦時中アイスランドに駐留したアメリカ軍の元陸軍大尉で、戦争が終わったときに帰国しなかった数少ない軍人の一人だった。イギリス大使館の書記官ジムはさほど苦労することもなくアメリカ大使館経由でハンターの居所を調べてくれた。イギリス内務省の情報に基づいて、当時占領軍としてやってきたイギリス軍とアメリカ軍の中で、残っている数少ない軍人たちを探し出したのである。アイスランドに駐留したイギリス軍人たちの多くは帰国することなくアフリカかイタリア、あるいは一九四四年の西部戦線のノルマンディーで命を落としていた。しかしアメリカ軍からこれらの戦地に送り込まれた軍人たちは少なく、たいていは戦争が終結するまでアイスランドに駐留したことがわかった。中にはアイスランド女性と結婚してのちにアイスランドに国籍を変えた男たちもいた。エドワード・ハンターはそんな男たちの一人だった。

　エーレンデュルは早朝ジムに叩き起こされた。

「アメリカ大使館に問い合わせたら、ハンターという男を紹介されました。あなたの手間を省くために、私がまずこの男に連絡してみました。ご迷惑でなかったらいいのですが」

「それはどうも」エーレンデュルがかすれ声で応えた。

「住所はコーパヴォーグルです」

「戦後ずっと?」

「残念ながらそれはわかりません」

「でもそのハンターという旧軍人はまだアイスランドにいるんですね?」と言って、エーレンデュルは寝ぼけまなこをこすった。


昨晩はよく眠れなかった。ときどき眠りに落ちても、悪夢にうなされた。集中治療室の前の廊下で出くわしたあの小さくて髪の毛の薄い女の言葉のせいだった。彼は霊能者が死後の世界のメッセンジャーだなどとは信じていなかったし、人に見えないものが彼らに見えるとも思っていなかった。それどころか、霊能者などはみんないかさま師だと思っていた。他人に関する情報をすばやくキャッチし、行動や癖を把握し、ときには外見までなんらかの方法で事前に知って、相手について勝手な解釈を作り上げる。それに基づいてあれこれと推測するのだ。半分は当たっているかもしれないが、あとの半分は完全にでたらめだ。だれもが承知していることだ。エーレンデュルは霊能者なるものを軽蔑していた。職場で一度話題に上がったとき、すべてペテン師のでたらめに決まっていると一笑に付した。霊能者を信じているらしいエリンボルクは少々気を悪くしたようだった。彼女は霊能者を信じ、死後の世界も信じていて、なぜかエーレンデュルも自分と同じ意見だと勘違いしていたようだった。彼が地方出身だったせいかもしれない。とにかくそれは大きな間違いで、彼は超自然的なものを信じていなかった。しかしそれでもあの女の様子と言葉にはなにか引っかかるものがあった。よく眠れなかったのはそのせいだった。

「そう、戦後ずっとアイスランドにいるようです」と答え、電話の向こうでジムはひょっとして起こしてしまったのであれば申し訳ないと何度も謝った。アイスランド人ならだれもが春は早起きすると勝手に決め込んでいたようだ。彼自身がそうであるという。なぜなら気まぐれな春の天気は決して一日続くということがないからだと。

「それで、ちょっと待ってください、その人はアイスランドの女性と結婚していると言っていましたか?」

「ハンター氏と直接話しました」ジムはエーレンデュルの問いが聞こえなかったかのように、話しだした。「あなたからの電話を待っていますよ。ハンター氏は陸軍大尉だった当時レイキャヴィクに駐留していたそうで、あなたにぜひ話したい逸話があるらしい。ある横流し行為、この言葉でいいのかな、についてだそうです。そう、あの丘の上にあった基地のデポーでのことです。横流しという言葉、よく知っているでしょう?」と得意そうに言った。

イギリス大使館を訪ねたとき、ジムはたしかアイスランド語に強い関心があると言っていた。ふつうに使われる言葉だけでなく、俗語にも通じていることを自慢したいらしい。

「ええ、よく知ってますね」とエーレンデュルは一応相槌を打った。「話の内容を聞きましたか?」

「それはあなたに直接話したいと言ってました。それで私はアイスランドで失踪した、あるいは死んだ兵隊のことを訊いたのです。それについてもハンター陸軍大尉から直接聞いてください」

電話を切って、エーレンデュルはキッチンへ行った。体がこわばっている。コーヒーメーカーをセットした。まださっきの考えにとらわれていた。霊能者は人がこっち側にいるのか向こう側にいるのか、わかるのだろうか？　彼は霊などということを信じていないにもかかわらず、もしそれが身内の死を悲しむ人を慰めることができるのなら、批判的なことを言うつもりはなかった。人の悲しみを慰めることができるのなら、それでいいと思った。

コーヒーは熱すぎて、彼は舌を焼いてしまった。しかしそれで夜中と今朝、頭の中を占めていたことをようやく追い出すことに成功した。

成功と言えるほどのことではなかったかもしれないが。

エーレンデュルとエリンボルクはコーパヴォーグルの元アメリカ陸軍大尉エドワード・ハンターの家を訪ねた。出てきたのは手編みのアイスランド・セーターを着込んだ、ぼさぼさの白いあごひげの、どう見てもアメリカ人ではなく生粋《きっすい》のアイスランド人のような風体《ふうてい》の男だった。髪の毛は短く刈り込まれ、顔は精悍だったが、目が柔和で、礼儀正しく二人を迎えてエドと呼んでくれと言って握手した。その様子がイギリス大使館のジムを思わせた。妻はいまアメリカに旅行中で、彼の姉を訪問しているという。彼自身はいまではめったに大西洋を渡ることはないと言った。

ハンターに会いにいく車の中で、エリンボルクはベンヤミンのフィアンセ、ソルヴェイグの年の離れた妹バウラから聞いた話をエーレンデュルに伝えていた。ソルヴェイグは失踪したとき緑色のコートを着ていたと。エリンボルクはこの話は興味深いと思ったのだが、エーレンデュルは自分は幽霊など信じないと言って軽く受け流した。エーレンデュルはこの話をこれ以上したくないらしいとエリンボルクは思った。

エドワード・ハンターは広いリビングルームに二人を案内した。部屋を見まわして、彼が軍人だったことを示すものはなにもないようにエーレンデュルは思った。アイスランドの陰鬱《いんうつ》な景色の絵が二枚、壁に飾られていた。それにアイスランドの陶器で作られた像、額縁入りの家族写真。軍隊や世界大戦を思わせるものはなにもなかった。

ハンターはコーヒー、紅茶、クッキーなどを用意して彼らの訪問を待っていた。必要最低限の社交辞令をすませると——三人とも気乗りせずさっさと終わらせた——元軍人はさっそく話をリードし、どんな役に立つことができるのか教えてほしいと言った。彼のアイスランド語はほぼ完璧で、簡潔で要領を得た話しかたをした。まるで昔の軍の規律がいまでも不必要なむだ話を省かせているかのようだった。

「イギリス大使館の書記官のジムによれば、あなたは戦時中アイスランドに駐留していたアメリカ軍の軍人だったとか。軍隊の中の警察部門を担当していたと聞きました。現在ではゴルフ場になっているグラーヴァルホルトにあった基地のことでなにか話があるとうかがったのですが?」

「ああ、私はよくあそこでゴルフをしている。あそこで人骨が見つかったとニュースで見た。

ジムによると、警察は戦時中のイギリス軍かアメリカ軍の兵隊の骨ではないかと疑っているとか」

「あそこでなにか起きたのですか？」エーレンデュルが訊いた。

「盗品の横流し事件だ。基地ではよくあることだった。そんなことをするやつらを裏切り者のブタ野郎と呼んだものだ。はじめは小さなものだったが、しだいにレイキャヴィクの町へ運んでヤミで売った兵隊が何人かいた。しまいにはかなり大規模なものになった。デポーの責任者の兵隊が横流ししはじめた。しまいにはかなり大規模なものになり、物資を横流ししはじめた。泥棒たちは大胆になり、物資を組織に加わっていた。全員有罪となって、レイキャヴィクから送還された。このことはよく覚えている。当時私は日記を書いていたので、ジムからの連絡を受けて、日記を取り出して読み返してみた。盗みに関する記憶がすべてよみがえってきた。また私は、当時からの友人で、直接の上官だったフィルにも電話をし、二人で当時の記憶を確認した」

「盗みのことは、なにがきっかけで発覚したのですか？」エリンボルクが訊いた。

「やつらは欲深くなったのだ。あれほどの規模になると、秘密を保つのがむずかしくなるもので、なにかおかしなことが起きているという噂が流れたのだ」

「事件に関わった兵隊たちはどういう連中でした？」エーレンデュルが訊いた。タバコを取り出してハンターの顔を見ると、かまわないというようにうなずいた。エリンボルクがエーレンデュルを睨《にら》みつけた。

「ほとんどがただの兵卒だった。デポーの責任者がいちばん高い階級だった。そして、少なくとも一人、アイスランド人が関わっていた。丘の向こう側に住んでいた地元の男だった」

「名前を覚えていますか?」

「いや。だが彼はペンキも塗られていない木造の家に家族といっしょに住んでいた。その家でわれわれはたくさんの食糧品を見つけた。もちろんデポーから盗み出されたものだ。日記には、彼には三人子どもがいて、そのうちの一人は障害をもっていたとある。女の子だった。ほかの二人は男の子で、子どもたちの母親は……」

ハンターは黙った。

「母親がどうしたのですか?」エリンボルクがすかさず訊いた。「あなたはいま、なにか言いかけましたよね?」

「彼女の人生はバラ色とはほど遠いものだったにちがいない」と言うと、ハンターはまた黙り込んだ。まるで何十年も前、軍隊の盗難事件を調べているとき、基地の丘の向こう側のアイスランド人の家で、間違いなく暴行を受けていると思われる女に会った瞬間《とき》に、タイムスリップしてしまったかのようだった。それも、最近殴られただけでなく、長期間にわたって精神的にも身体的にも虐待を受けてきたことが見てとれたのだ。

ほかの四人の軍事警察官たちといっしょにその家に入ったとき、彼は女の存在に気づかなかった。床の上のぼろぼろのカゴの中に肢体の不自由な少女がいることにはすぐに気づいた。そのそばに少年たちが硬くなって立ちすくんでいることも目にとまった。子どもたちの目は大きく見開かれ、家の中に勢いよく入ってきた軍人たちを恐ろしそうに見ていた。家の主人の男がいすの上でのけぞった。軍事警察官たちが予告なしにやってきたので、男は明らかに驚いた様子だった。軍人たちは相手の強さを判断する訓練を受けている。相手が危険かどうかすばやく判断するためだ。この男は難なく取り押さえられる、と彼は判断した。

そのとき男の妻の姿が目に入った。早春で部屋の中は薄暗く、目が慣れるまで少し時間がかかった。女は廊下のような引っ込んだところに隠れるようにして立っていた。最初彼はもう一人泥棒が隠れているのだと思った。腰からピストルを抜いて、廊下に歩み寄りながら声をかけ、ピストルを暗闇に向けた。障害のある少女が言葉にならない声を上げた。少年たちが同時に彼に飛びかかり、アイスランド語でなにかを叫んだ。そのとき、薄暗い廊下から女性が現れた。生きているかぎりその瞬間を忘れることができないだろうとハンターは思った。

なぜ彼女が隠れていたのか、すぐにわかった。顔中に殴られた痕があり、唇は切れて大きく垂れ下がっていた。片目は腫れ上がってふさがっていた。恐怖をたたえたもう一方の目で彼を見ると、つぎの瞬間反射的にその目を伏せた。彼の手が飛んでくるのを恐れるように。服の上にもう一枚上っ張りを着ている。ストッキングも靴下もはいていない。素足にぼろぼろの靴を履いていた。汚れたぼさぼさの髪が肩にかかっている。片足を引きずっているようだ。それまでも、そしてそれからも、ハンターはこれほどみじめな姿の人間を見たことがなかった。

その女は懸命に子どもたちをなだめようとしていた。それで彼は女が隠れていたのはそのみじめな姿のためではないとわかった。

恥を隠そうとしていたのだ。

子どもたちは静かになった。年上の少年は母親にぴったりと寄り添っている。ハンターは女の夫に目を向け、ピストルを腰に戻すと彼に近づき、思いきり平手打ちを食らわせた。

「本当のことだ」話し終わると、ハンターは言った。「私は自制心を失った。なにが起きたか自分でもわからなかった。われを忘れた。本来は考えられないことなのだ。われわれ軍人は、おわかりだと思うが、あらゆる状況に対応できるように訓練を受けている。なにが起きても冷静な判断を失わないように訓練を受けているのだ。ご存じのようにあのときは第二次世界大戦の真っ最中だった。自制心を失わないことは軍人にとってもっとも大切なことの一つなのだ。だがこの女性を見たとき、この女性がいままでどんなことに耐えてきたか、明らかにそのときだけのことでなく、この男になぶられてきた彼女の一生を思ったとき、私の怒りが爆発した。自制心が吹き飛ぶようなことだった」

ハンターはしばらく沈黙し、また話しはじめた。

「私は戦争が勃発《ぼっぱつ》する前、故郷のボルチモアで二年間警察官をつとめた経験があった。当時は家庭内暴力という言葉はなかったが、どう呼ぼうと現実はひどいものだった。私はそれを見ていた。まったく唾棄すべきことだった。だからその家の中でなにが起きていたか、すぐにわかった。そのうえ、男は軍隊からものを盗んでいたのだ。彼は、そうだな、たしかアイスランドの法律に従って罰せられたはずだ」とハンターは、その家の女の記憶をふるい落とすように話をいったんここで切った。「そんなに重い罰ではなかっただろう。たぶん数カ月で出てきて、また妻を殴り続けただろうよ」

「重度の家庭内暴力だったということですね？」エーレンデュルが言った。

「ああ。それも最悪の種類の。あの女性を見るのは辛かった」と言ってハンターはいったん口をつぐんだ。「最悪だった。あの家でなにがおこなわれていたか、いまも言ったように私にはすぐにわかった。話しかけてみたが、彼女は英語がまったく通じなかった。アイスランド警察に彼女のことを報告したが、警察にはなにもできないと言われた。この点は、私の見るかぎり、いまでもあまり変わっていないのじゃないか」

「その家族の名前を覚えていますか？」エリンボルクが言った。「日記に書かれていませんでしたか？」

「いや、日記にはなかったが、軍の報告書にはあるはずだ。窃盗事件だったのだから。その男は基地のデポーで働いていた。当然、そこで働いていた者たちの名簿があるはずだ。グラーヴァルホルトで働いていたアイスランド人の名簿が。少し時間が経ってはいるが」

「それで、アメリカ軍の兵隊のほうはどうなりました？　軍事法廷で裁かれたはずですよね？」

「彼らは軍の刑務所に一定期間入れられていたはずだ。デポーからの盗みはよくあることだったが、見つかれば重罪だった。犯罪者は戦争の前線に送り込まれた。ある種の死罪だった」

「全員捕まえたのですね？」

「それはわからない。が、盗みは止んで、デポーはもとどおりに運営された。事件は解決したわけだ」

「ということは、あの骨は事件とは関係ないと見なされるわけですね？」

「それについては、私はなにも言えない」

「当時のアメリカ軍、あるいはイギリス軍でもいいのですが、軍隊から失踪したと報告された人間はいませんでしたか？　覚えていませんか？」

「逃亡兵のことか？」

「いや、原因不明の失踪者のことです。人骨発見と関連して考えています。あれはだれの骨かということ。デポーで働いていたアメリカ兵の一人という可能性はないかと」

「それはわからない。まったくわからない」

二人の警察官はそれからしばらくハンターと話をした。ハンターは機嫌よく話をしてくれた。お気に入りの日記をもとに、昔の話をするのが楽しいらしかった。そのうち三人は第二次世界大戦当時のアイスランドの話を始め、外国軍が駐留したことでアイスランド経済が発展したことなどを話した。しかし、そんな話などしている時間がないとあせりを感じてエーレンデュルは立ち上がり、エリンボルクもそれに続いた。二人は礼を言って玄関に向かい、ハンターも出口まで来て見送った。

「ところで、横流しについてタレコミがあったのですか？」玄関でエーレンデュルが訊いた。

「タレコミ？」

「どうやってわかったのですか？」

「あ、そういう意味か。電話だよ。軍警察の本部に電話をしてきた者がいた。グラーヴァルホルトのデポーで大規模な盗みがあると知らせてきたのだ」

「名前はわかりましたか？」
「残念ながら、わからなかった。最後まで通報者の名前はわからずじまいだった」

シモンは母親のそばに立って、軍人が母親と子どもたちから目を離して後ろを振り向いたかと思うと、驚きと怒りの混じった複雑な表情でつかつかと台所の反対側にいたグリムルに近寄り、勢いよく殴りつけるのを啞然として見ていた。グリムルは床に叩きつけられた。入り口に立っていた三人の軍人は動かなかったが、グリムルを殴った軍人はその上に覆いかぶさるようにして、鋭い声でなにか言ったが、彼らにはわからなかった。シモンはいま目の前で起きていることが信じられなかった。大きく目を瞠ってこの光景を見ているトマス。ミッケリーナは、と見ると、床に転がっているグリムルを見つめている。そしてすぐにその目は母親に向けられた。母親の目には涙が浮かんでいるのがシモンからも見える。

グリムルは予想もしていなかったようだ。最初、外からジープが二台乗りつける音が聞こえた。母親は姿を見られないように廊下の陰に隠れた。腫れ上がった目、切れた唇を見られたくなかったからだ。グリムルは食卓のいすから立ち上がろうともしなかった。デポーの物資の横流しに自分が加わっていることがバレるとは思ってもいなかったのだ。基地からジープが横流し品を運んでくることになっているから、品物が来たら、家の中に隠そうと単純に思っていた。夜になったら、彼らはその一部を町で売りさばくことになっていた。いまでは金も少し手に入ったし、こんなところから引っ越して、町にアパートを買おうとか、機嫌のいいときには自動車を買うことさえ口にした。

軍事警察官たちはグリムルを捕まえ、車に乗せて連れていった。先頭に立ったのはグリムルを殴った軍人だった。まるで全身の力を込めたような殴りかただった。その軍人は立ち去る前になにか母親に話しかけた。軍人としてというよりも、彼女の手を取って握手し元気づけるようにやさしく言葉をかけ、それから彼らはいっせいに立ち去った。

まもなく小さな小屋の中は静まり返った。母親はさっきと同じ場所に立ちすくんでいた。いったいなにが起きたのか、わからない様子だった。それから手を上げて目をこすり、彼女にしか見えない宙を見つめた。彼らはそれまで一度もグリムルが床に倒れるのを見たことがなかった。あれほど無力な状態も見たことがなかった。なにが起きたのか、母親も子どもたちもわからなかった。どうしてこんなことになったのか？　なぜグリムルは軍人たちを叱りつけ、叩きのめさなかったのだろう？　子どもたちは互いを見た。家中がしーんとしている。母親を見た。そのときミッケリーナがおかしな声を上げた。ミッケリーナはマットレスの上に半分起き上がり、クスクスと笑いだしていた。しだいに抑えきれなくなり、クスクス笑いはいつのまにかはっきりした笑い声となって響きはじめた。シモンもにっこりして笑いだし、トマスも同じように声を上げて笑いはじめ、まもなく三人の子どもは大声で笑いだした。その声は家中に響き、外に漏れ、春の空気の中に広がっていった。

それから約二時間後、軍隊のトラックがやってきて、グリムルと補給庫係の兵隊たちが家の中に隠していた食糧品を引き揚げていった。男の子たちはトラックが引き揚げるのを見てから、その後ろを走って、駐屯地のフェンスの中にトラックが入り荷物を降ろすまでの一部始終を見た。

シモンは全体がよくわからなかった。母親はわかったのだろうか、と母親を見たが、わかったのかどうかわからなかった。とにかくグリムルは牢屋に入れられて、それから数カ月は帰ってこないということがわかった。はじめ、小屋ではなんの変化もなかった。グリムルがそこにいないということがよくわからなかった。とにかく、しばらくはいないのだとわかってもピンとこなかった。母親はいままでどおりの暮らしを続け、グリムルの稼いだ汚い金を使って子どもたちと自分の生活を続けることに迷いもなかった。しばらくして、歩いて三十分ほどのところにあるグーヴネスの農場へ乳搾《ちちしぼ》りの仕事に出かけるようになった。

天気がよいとき、男の子たちはミッケリーナを抱いて外に連れ出し、ときにはレイニスヴァテン湖までニジマスを釣りに出かけた。何尾も釣れたときは、母親が魚を焼き、みんなでおいしい食事をした。そのようにして数週間が過ぎた。少しずつ、グリムルの存在が弱まっていった。朝起きるのもずっと気持ちよくなり、日々が心配なく過ぎ、夜はいままでになかった平和で穏やかなときを過ごすことができた。あまりに楽しかったので、子どもたちは夜遅くまで起きていてしゃべったり、遊んだりした。

しかしグリムルの不在の結果がいちばん如実《にょじつ》に表れたのは母親だった。ある日、グリムルが当分帰ってこないということがようやく理解できたとき、彼女は大きなダブルベッドを隅から隅まできれいにした。マットレスを外に引っ張り出して日に当て、棒で叩いて塵《ちり》を払った。掛けぶとんも外に出して同じようにほこりを払い、シーツも枕カバーもすっかり取り換えた。子どもたちも台所の床に置いた大きな盥《たらい》にお湯を入れて頭からつま先まで石鹸できれいに洗い、最後に自分にも同じように手をかけてていねいに洗った。まず髪の毛、そしてまだグリムルの最後の暴力のあとが残っている顔、そして体全体を。ためらいながら、彼女は鏡を取り出して自分を見た。片目を撫で、それから唇を手でさすった。体全体が痩せていた。顔は険しくなり、歯が少し唇から突き出ている。両目は奥に引っ込み、一度殴られて折れた鼻は少し曲がっている。

夜もかなり更けたころ、彼女は三人の子どもたち、ミッケリーナ、シモン、トマスを自分のベッドに連れてきて、四人はいっしょに眠った。その晩から四人はいつも寄り添って同じベッドで眠った。母親を挟んで右側にミッケリーナ、左側にシモンとトマス。子どもたちはみな大喜びだった。

彼女は一度もグリムルを牢屋に訪ねなかった。また子どもたちも彼がいない間、一度も彼の名前を口にしなかった。

グリムルが連れていかれてからまもなく、ある朝デイヴが釣り竿を持って丘を登ってきた。家のそばを通り過ぎ、外に立っていたシモンにうなずいてあいさつすると、ハプラヴァテン湖のほうへ歩いていった。シモンはその後ろについていき、少し離れた茂みの陰に隠れてデイヴを観察した。デイヴは前のときと同じように、一日中そこでのんびりと過ごし、魚が釣れようと釣れまいとかまわない様子だった。それでもしまいに三尾は釣れたようだった。

日が傾いてくると、彼は丘を登ってもと来た道を歩きだし、シモンの家の前まで来ると立ち止まった。手にはひもに通した三尾の魚を持っていた。先に家に戻り、外から見られないようにして台所の窓からうかがっていたシモンは、デイヴの迷っている様子がよくわかった。ようやく決心したらしく、デイヴは家の戸口に近づき、ノックした。

すでにシモンは以前やってきたことがある兵隊が今日も釣りにきていると母親に話していた。母親は外に出て兵隊の後ろ姿をながめ、また家の中に戻ると鏡に向かい、髪を直した。帰りに兵隊が家に寄るという予感があったようだ。そのときは迎える心づもりがあるらしかった。

彼女がドアを開けると、デイヴはほほ笑み、釣ってきた魚を差し出した。中に入るようにうながされ、デイヴはためらいながら台所に入った。突然の展開に戸惑っているようだった。男の子たちとミッケリーナにうなずいてあいさつした。ミッケリーナは体をねじって、台所に入ってきた制服姿の兵隊——頭に逆さまにしたボートのような帽子をかぶった——をもっとよく見ようと伸び上がった。兵隊はまだ帽子をかぶったままだったことに突然気がついたようで、頭から帽子をむしり取った。背は低くも高くもなく、年齢は三十歳は超えているだろう。痩せていて、きれいな手をしていた。その手で逆さまのボートのような帽子をきつく握りしめていた。まるでいま洗ったばかりで、きつくしぼって水を切っているかのようだった。

母親はいすを勧め、兵隊はその身振りを理解していすに腰掛けた。男の子たちはそのそばに座り、母親はコーヒーの用意をした。それは軍隊のデポーから来たほんもののコーヒーで、グリムルが盗んできて、あのとき見つからなかったものだった。デイヴは前のときにシモンの名前を訊いていたが、こんどはトマスの名前を訊いた。トマスの発音は彼にとってむずかしくないらしかった。ミッケリーナという名前は耳慣れなかったらしく、何度もいろいろな発音をしてはみんなを笑わせた。自分の名前はデイヴ・ウェルチといい、アメリカのブルックリンというところから来たと説明した。徴兵に応じて軍隊に入ったと言ったが、だれも彼の言っていることが理解できなかった。

「兵卒《プライベート》ナンダ」とデイヴが言ったが、みんなはただ彼を見つめるだけだった。

コーヒーを飲んだ。うまいと思ったらしい。子どもたちの母親は食卓の向かい側に腰を下ろした。

「アナタノオット、ロウヤニイレラレタ。ヌスミノツミデ」

言葉がわからず、彼女はただ座っていた。

彼は子どもたちを見、それから胸のポケットから一枚の小さな折り畳んだ紙を取り出した。どうしていいかわからないようにその紙を二本の指で挟んで持った。それからそっとその紙を向かい側の母親に差し出した。彼女はそれを受け取り、折ってあったものを開いてそこに書かれた文字を読んだ。困惑して兵隊を見、それからまた紙に目を落とした。その紙をどうしていいかわからないようだった。それからまた紙を折り畳んで、エプロンのポケットにしまい込んだ。

トマスはデイヴにもう一度ミッケリーナの名前を言ってみてとたのみ、みんなはそれを聞いてまた笑った。ミッケリーナの顔が喜びで輝いた。

その夏デイヴ・ウェルチは傾斜地の家によく遊びにきて、子どもたちと母親のよき友となった。二つの湖で釣りをしては、釣り上げた魚を持ってきた。ほかにも家族のために小さなプレゼントを持ってくることもあった。子どもたちとよく遊び、彼らもデイヴになついた。いつも胸にあの小さな手帳を持ち歩き、アイスランド語の言葉を探しては彼らに見せた。彼が苦労してアイスランド語を発音するたびに子どもたちは大喜びした。彼の真剣な顔と、その口から発せられる言葉があまりにもちぐはぐだったからだ。まるで三歳の子どものような発音だった。

だが彼はあっという間に上達して話せるようになり、子どもたちの言っていることもわかるようになった。男の子たちは彼に魚がいちばんよく釣れる場所を教え、彼にくっついて二つの湖まで行っては英語を習い、まもなくアメリカの流行歌まで歌えるようになった。それは基地のスピーカーからときどき聞こえてくる陽気なアメリカの音楽だった。

デイヴはとくにミッケリーナと理解し合えるようになった。短い間にミッケリーナの信頼を得、よい天気のときは彼女を抱きかかえて外に出て体の運動を手伝った。それは母親がいつも娘にさせてきた運動で、両腕両脚を動かし、体を支えて歩かせようとした。加えて、ありとあらゆる動きをさせた。ある日、彼は軍隊から医者を連れてやってきた。ミッケリーナを診てもらうためだった。医者はくわしく彼女を調べ、さまざまな動きをさせた。小さなペンライトで目を調べ、さらに喉ものぞき込んだ。頭を支えて横に傾けさせたり、喉を外から触り、背骨もゆっくりと手で触れていった。持参した木製のパズルを、いろいろな形の穴の開いている木版に当てはめるようにミッケリーナに言い、彼女はしばらくその作業をした。母親は彼女が三歳のときに病気になったと説明し、人の話は理解できるが自分からはほとんどなにも言えないと言った。またすでに読むことはできるし、いまは書くことを教えているということも医者に伝えた。医者は理解したとわからせるために深くうなずいた。その顔にはなにか秘密めいた表情が浮かんでいた。この診察のあと、医者はかなり長時間デイヴと話をした。医者が帰ったあと、デイヴは母親と子どもたちにミッケリーナの知能にはなにも問題がないと医者が言っていると伝えた。それは彼らにはすでにわかっていたことだった。しかしデイヴは続けて、もう少し時間が経ったら、また厳しく訓練したら、ミッケリーナは支えなしで歩けるようになるという医者の言葉を伝えた。

「歩ける！」母親は崩れるように台所のいすに座った。

「そしてきっとふつうに話せるようになると医者は言ってます。いままで医者に診せたことがないんですか？」

「あなたの言っていること、わからないわ」彼女はため息をついた。

「だいじょうぶ。すべてがよくなる」デイヴが言った。

彼女はその言葉が聞こえないようだった。

「あの人は本当にひどい人間なんです」と彼女は突然言い、子どもたちは耳をそばだてた。いままで母親がグリムルのことをこんなふうに話すのを聞いたことがなかった。「恐ろしい、ひ

ど い人間なんです」と彼女は繰り返した。「卑劣な、生きている価値のないみじめな人間です。なぜあんな人間が生きることが許されるのか、わたしにはわからない。なぜあんな人間ができあがるのか、わたしにはどうしてもわからない。なぜ人に向かってあんなふうにふるまえるのか、どうしても理解できない。あんな人間がどうしてできるんだろう？　なぜ怪物になってしまうのか？　まるでケダモノのように、来る年も来る年も子どもを叩きのめし、心を傷つけ、わたしに死ぬほど暴力を振るい、しまいにわたしはいろんな手段を考え出す始末……」

彼女は深いため息をついてミッケリーナのそばに座り込んだ。

「あんな人の犠牲になることを恥じて、わたしは完全に孤独な世界に自分を閉じ込め、だれも入ってこられないようにし、子どもたちさえも遠ざけた。そう、だれも来られない世界に自分を閉じ込めた。そこには決して子どもたちが入ってこられないようにした。そこに自分をおいて、つぎの攻撃、つぎの暴力を身を硬くして待ちかまえる。それはなんの予告もなく始まる。それも決して理解できないほどの憎悪のかたまりでやってくる。わたしはつぎのこぶしに備えることにすべてを集中する。いつ来るのか、どれほどの勢いでやってくるのか、なにがきっかけになるのか、どうやったら避けられるのか？　あの人に従順になろうとすればするほど、あの人はわたしを憎んだ。卑屈《ひくつ》になってひれ伏せばもっとひどく殴られた。少しでも抵抗する様子を見せれば、死ぬほど殴られ蹴られ、叩きのめされた。なにをしてもだめ、なにもあの人の暴力を鎮めることができなかった。しまいに、これが終わりさえするなら、どんなことでもする、ただこれが終わりさえするなら、と思うようになる」

家中が静まり返った。ミッケリーナはベッドで身を硬くし、男の子たちは母親のそばに体を寄せて、母親の一語一語に耳を澄ました。それまで彼女は一度も自分の苦しみを語ったことがなかった。

「だいじょうぶ。すべてがよくなるよ」デイヴが繰り返した。

「ぼくがママを助ける」シモンが真剣に言った。

「わかっているわ、シモン。それはずっと前からわかっている。かわいそうな、わたしのだいじなシモン」

日々が過ぎ、デイヴは自由時間のすべてを家族と過ごすようになり、ますます母親といっしょに家の中で、あるいはレイニスヴァテン湖やハプラヴァテン湖まで散歩して過ごすことが多くなった。男の子たちはデイヴといっしょにいたかったが、彼はもう子どもたちと魚釣りをすることはなくなり、ミッケリーナといっしょに過ごす時間も少なくなった。それでも子どもたちはかまわなかった。彼らは母親がどんどん変わっていくことに気づいていた。それがデイヴと関係があることもわかっていた。そして子どもたちは母親のためにそれを喜んでいた。

グリムルがアメリカ軍の警察官たちに連れていかれてからおよそ半年ほど経ったある秋の天気のいい日のことだった。シモンはデイヴと母親が家のほうに向かって歩いてくるのを見た。ぴったりと寄り添って、シモンの目には二人が手を繋いでいるように見えた。家の近くまで来ると、二人は体を離し、繋いでいた手も離した。人に見られたくないのだと、シモンは思った。

同じ秋、あたりがすっかり暗くなったある日の夕暮れどき、シモンが訊いた。

「ママとデイヴはどうしようと思ってるの？」

トマスとミッケリーナはトランプで遊んでいた。デイヴはその日一日彼らと遊んでいたが、すでに兵舎に戻っていた。その問いは夏中ずっと家の空気の中にあったものだった。子どもたちだけで何度も話をしていたことだった。三人はいろいろ言ったが、そのどれもが、デイヴが新しい父親になって、グリムルを追い出してしまえばいい、グリムルには二度と会いたくないというものだった。

「どうするって？」母親が訊いた。

「あいつが帰ってきたら」とシモンが言った。いつのまにかミッケリーナとトマスはトランプをやめてシモンを見ていた。

「考える時間はじゅうぶんにあるわ。それにあの人はすぐに戻ってくるわけじゃないし」

「でも、ママはどうするつもりなの？」ミッケリーナとトマスは視線を母親に移した。

母親はまずシモンを見、それから少し離れたところにいるミッケリーナとトマスを見た。

「彼が手伝ってくれる」と言った。

「彼って？」シモンが訊いた。

「デイヴ。彼が手伝ってくれるわ」

「デイヴはなにをしようとしているの？」シモンは母親を見つめ、彼女の考えを理解しようとした。母親は真っ正面から息子を見て言った。「デイヴはあの人のような人間をよく知っているの。どうしたらいいかもよく知っているのよ」

「デイヴはなにをしようとしているの？」シモンは問いを繰り返した。

「そんなこと、おまえが心配しなくていいの」母親が言った。

「あいつを二度と見なくてもすむようにしてくれるの？」

「そうよ」

「どうやって？」

「それは知らないわ。わたしたちはなにも知らないほうがいいって彼は言っているの。本当はこんなこと、おまえたちに話さないほうがいいのよ。彼がなにをしようとしているのか、わたしは知らない。あの人と話すつもりかもしれない。怖がらせて、あの人がわたしたちに近づかないようにするのかもしれない。いざというときには軍隊に一人、手伝ってくれる友だちがいると言っているわ」

「でも、デイヴがいなくなったらどうなるの？」シモンが訊いた。

「いなくなるって？」

「ここからいなくなったら。彼はここにずっといる人じゃないでしょう？　兵隊だもの。兵隊はいつもどこかに送り出される。あそこにもいつも新しい兵隊が送り込まれてくるし。だから、デイヴがほかのところに送り出されたらどうするの？　そのとき、ぼくたちはどうなるの？」

母親は息子を見た。

「なにか手だてを考えるわ。なにか解決の道があるはず」と低い声で言った。

19

シグルデュル＝オーリはエーレンデュルに電話して、エルサから聞いたことを伝えた。ベンヤミンのフィアンセのソルヴェイグを妊娠させたのは別の男とわかった、しかしそれがだれかはわからないと。そのあと、こんどはエーレンデュルがアメリカ軍の元陸軍大尉エドワード・ハンターから聞いた話を伝えた。軍のデポーからの盗みの話、それにはあの丘のサマーハウスに住んでいた一家の父親が絡んでいたという話である。ハンターはその男の妻は亭主に暴力を振るわれていたとも言っていた。それはベンヤミンから聞いたとホスクルデュルの言っていたことと一致する。

「この話に出てくる人間たちはみんなとっくに死んでますよ」とシグルデュル＝オーリは疲れきった口調で言った。「なぜわれわれがいまこの事件を追いまわすのか自分にはわかりません。幽霊を追いまわすようなものじゃないですか。どんなに追いかけても、関係者のだれ一人つかまえることができない。これはまさに幽霊話ですよ」

「丘の家にやってくる緑の服の女のことを言っているのか？」エーレンデュルが訊いた。

「ローベルト老人が死ぬ前に緑の服を着た女が現れたと言った。その言葉だけでわれわれはいるかどうかもわからない緑衣の女を追いかけまわしているわけですからね、まったく」

「だが、あんたはあの丘の土の中に手を伸ばしたまま埋められた人間のことを知りたくないのか？　まるで生きながら埋められたような姿で」

「自分はあのほこりだらけの地下室を二日も捜しまわったんですよ。もうそんなことはどうでもいい。はっきり言って、まったく興味がありませんよ」と言うとシグルデュル＝オーリは電話を切った。

ハンターの家を出たところでエーレンデュルはエリンボルクと別れた。レイキャヴィク署の多くの警察官同様、彼女もその日一人の男を裁判所まで護送する仕事に回されたのだ。その男は名の知られた経済界の人間で、大規模な麻薬取引に関与しているとの嫌疑がかけられていた。メディアはこのところ集中的にこの事件を報道し、裁判所には報道陣が大勢詰めかけていた。ほかにもその日の裁判の証人となる人間が数名出廷することになっていた。エリンボルクは急に決まったこのことで少しあわてていた。もしかすると夕方のニュースのテレビに映るかもしれない。そのときは人に見られても恥ずかしくない格好をしていなくては。少なくとも口紅くらいはつけていなくては。

「嫌んなっちゃう、この髪！」と鼻を鳴らし、両手の指を髪に通した。

エーレンデュルは前日からずっと、生き延びるかどうかもわからない状態で集中治療室に横たわったきりのエヴァ＝リンドのことを考えていた。妊娠は七カ月に入っていただろう。妊娠しているとわかってから彼女は努力していた。二回目にドラッグを断ち切る決心をしてからは、すっかりドラッグから離れていた。エーレンデュルも娘をできるかぎり応援した。もちろん本人は、父親のサポートなどほとんど役に立たないと知っていたし、彼の口出しが少ないほど、成功の率が高くなるということも知っていた。父親に対するエヴァ＝リンドの評価は揺れていた。父親に会いにくるのだが、会えばかならずけんかになる。表面的なことに左右され、穏やかに会うことができなかった。

「あんたになにがわかるのよ？」とエヴァ＝リンドは言った。「あんたに子どものことがわかるはずないじゃない。あたしは子どもを産むわ。あんたになんか口出しされたくない」

エーレンデュルは彼女がなにの常用者なのか、わからなかった。ドラッグなのか、アルコールなのか、それともその両方なのか。彼がドアを開けたあの日、エヴァ＝リンド自身なにでもうろうとしていたのかわからなかったにちがいない。座るというより倒れ込むようにソファに身を投げた。革ジャンパーの下の腹は少しふくらみ、目につくようになっていた。ジャンパーの下には薄いシャツしか着ていなかった。外は少なくとも零下十度だというのに。

「たしかおまえと……」

「あんたとあたしはなにもないよ」エヴァ＝リンドは父親の言葉をさえぎった。「あんたとあたしはなんの関係もない。いっさい、なんにも」

「おまえはきちんとすると言ったじゃないか。子どもになにも起きないようにちゃんとすると。悪い影響が出ないように、ドラッグはやらないと。やめるつもりだったじゃないか。だが、おまえはできないんだな。子どもをちゃんと守るなんて、ばかばかしくてできないんだな」

「黙れ！」

「なぜここに来る？」

「知らない」

「良心の痛みのためだろう？　おまえの中で良心が痛むからここに来る。おまえはおれにそれを理解してほしくてここにやってくるんだ。慰めがほしくて。おまえの良心の痛みが少しでも軽くなるようにと」

「ああ、そのとおり。ここには良心がうずくときに来るってわけ。引っ込め！　あんたのような聖人面《づら》したヤツの説教なんか、聞きたくもない！」

「もし女の子だったら、と言って、名前まで決めたじゃないか」

「決めたのはあんたで、あたしじゃない。なんでもあんたが決めるんだ。出ていきたいときに出ていく。あたしたちなんてどうだっていいんだ」

「ウイドルという名前にすると、おまえもいっしょに決めた」

「あんたがなにをしているのか、あたしが知らないとでも思っているのか？　あたしにはなにもかも見えるってこと、まだわからないのか？　あんたは怖いんだ。あたしはおなかに赤ん坊がいる、一人の人間がいるとわかってる。あんた、あたしにそのことをわざわざ言う必要なんかないよ。そんな必要はまったくない。あたし、わかっているんだから」

「そうか。わかった。おまえはときどきそれを忘れているようだから、自分のことにばかりとらわれて、子どもがいるということを忘れているようだから言っているんだ。ドラッグを体に取り込むのはおまえばかりじゃないんだぞ。子どもにもそれが行くんだ。壊されてしまうんだ。おまえよりもずっとずっとひどい影響が出るんだ」

彼はいったん口をつぐんでから、続けた。

「もしかすると、間違いだったかもしれない。中絶しなかったのは」

エヴァ＝リンドは燃えるような目で父親を睨《にら》みつけた。

「あんたにそんなことが言えるのか！」

「エヴァ……」

「あたしはママから聞いてるよ。あんたがほんとはどうしたかったかって」

「なんの話だ？」

「ママが嘘をついたというんだろ？　信じちゃいけないって。でもあたしは本当だって知ってるんだから」

「なにが？　おまえはなんの話をしてるんだ？」

「ママはあんたが否定すると言ってたよ！」

「なにを？」

「あんた、あたしなんかほしくなかったんだ」

「ん？」

「あんた、あたしなんかほしくなかった。ママを妊娠させたとき」

「彼女はなんと言ったんだ？」

「あたしをほしがらなかったって」

「嘘だ」

「あんたは堕ろさせようとしたって」

「彼女は嘘をついている」

「そんなあんたが、産もうとするあたしになにが言える？　なんだよその態度！　いつだってあたしを裁こうとするんだから」

「いまの話は本当じゃない。そんな話は一度もなかった。なぜ彼女がそんなことを言ったのか知らないが、そんな話は一度もしたことがない。おれたちは妊娠について話したことさえなかった」

「ママはきっとあんたはそう言うだろうと言ってた。あたしにあらかじめ警告してくれたよ」

「警告した？　いつ？」

「あたしが妊娠していると知ったとき。あんたはママを中絶させようと病院に送り込んだと聞いたよ。でもそう言ってもあんたは否定するだろうって。あんたがいま言ったこと、ママはきっとあんたがそう言うだろうと言ってた、そのまんまだよ」

エヴァ＝リンドは立ち上がり、出口に向かった。

「彼女は嘘をついている。エヴァ、信じてくれ。なぜ彼女がそんなことを言うのかわからない。おれを憎んでいるのは知っている。だが、こんなことを言うほどだとは思わなかった。おまえとおれの仲を裂こうとしているんだ。おまえにだってそれがわかるだろう？　そんなことを言うなんて、まったく……取り返しがつかないほど恐ろしいことだ。そう彼女に言ってくれ」

「自分で言えばいいじゃないか！　そんな勇気があんたにあるのなら！」

「おまえにこんなことを言うなんて、おまえとの仲を引き裂くためにこんなことまで言うなんて、まったくなんということだ」

「でも、あたしはママのほうを信じるよ」

「エヴァ……」

「黙れ！」

「なぜこれが本当の話じゃないか、教えてやる。なぜおれが決して……」

「あんたの言うことなんて、信じない！」

「エヴァ、おれは……」

「なにも言うな！　あんたの言うことなんて、一つも信じない」

「それじゃなぜここにいる。荷物をまとめて出ていけばいい」

「ああ、出ていってやる。追い出したいんだろ、あたしを」

「出ていけ！」

「クソジジイ！」と言葉を投げつけるとエヴァは外に走り出た。

「エヴァ！」と叫んで、彼は追いかけたが、すでに姿はなかった。

二カ月後人骨の発見現場で電話を受けるまで、彼女からの連絡はいっさいなかった。

車に乗り込みタバコを吸いながら、エーレンデュルはもっとちがうふうに接するべきだったと考えていた。怒りがおさまったとき、自分のプライドなど飲み込んでエヴァ＝リンドを探し出すべきだった。母親が嘘をついていることをよく話してわからせるべきだった。自分は中絶などぜったいに勧めなかったと言葉を尽くしてわからせるべきだった。そんなことはぜったいにしなかったと。あのとき、エヴァ＝リンドの発していたSOSに気づくべきだった。あの子は非常事態に対応するだけの力がないのだ。自分のおかれた状況が把握できず、責任の重さもよくわからなかったにちがいない。自分自身のことが他人事のように感じられていたにちがいないのだ。

エヴァ＝リンドが意識を取り戻したときに話すべきことを考えた。もし、意識を取り戻したならの話である。仕事に戻るべきだと気がついて、彼はポケットから携帯を取り出し、スカルプヘディンへ電話した。

「もう少し辛抱《しんぼう》してくれないかな、こんなにしょっちゅう電話しないでもらいたい。骨まで到達したらこちらから電話するから」考古学者が言った。

まるで捜査を取り仕切っているような、横柄な口のききかただった。

「それで、それはいつなんだ？」

「まだそれは言えないな」と言う声が聞こえた。エーレンデュルは口ひげの中に黄色い出っ歯が見えるような気がした。「そのうちにわかる。とにかく仕事の邪魔をしないでくれ」

「しかし、なにか言えるだろう？　性別は？」

「辛抱強さは……」

エーレンデュルは電話を切った。タバコに火をつけたとき、電話が鳴った。イギリス大使館の書記官のジムだった。エドワード・ハンターはアメリカ大使館を通じて、戦時中アメリカ駐留軍のデポーで働いていたアイスランド人の名簿を見つけ、ジムにファックスで送ってくれたという。ジム自身はイギリス軍が駐留した時代に基地で働いたアイスランド人の名前は一人もわからなかった。名簿には九名の名前が載っていて、ジムはそれを一つひとつ読み上げた。どれも聞き覚えのないものだったが、エーレンデュルは署のファックス番号を教えて、送ってくれるようにたのんだ。自分の目で見たかった。

ヴォーガル地区に車を乗り入れ、前回と同じように、数日前エヴァ＝リンドを探したときに入った建物の近くに車を停めた。そこで待っている間、あのアパートで妻と子どもに暴力を振るった男はどんな理由があってあんなことをするのかと考えてみたが、どうしようもない与太者《よたもの》というありきたりの答えしか思い浮かばなかった。男をどうするべきなのかわからなかった。車の中からその男の様子を探る以外どうしようもなかった。あの幼い女の子の背中にあった夕バコの火の痕が脳裏に焼きついている。あのあと男はそんなことはしていないと言い、女はそのとおりと請け合った。役所としては子どもを二人から取り上げる以上はなにもできなかった。この件はいま検察が預かっている。検挙されるかもしれないが、されないかもしれない。

エーレンデュルは自分になにができるか、考えてみた。できることは少ない。それにどれも最善の解決策とは言えなかった。赤ん坊の背中の火傷を見たあと、男をその場所で見かけていたら、サディスト野郎に飛びかかり思いきり殴っていたかもしれない。だがもう数日経っている。いま男を見つけても、飛びかかって赤ん坊への仕返しに叩きのめすわけにはいかないだろう。この種の男は話が通じない。話をしてもあざ笑うだけだ。鼻先で大声で笑うだろう。

エーレンデュルは車の中でタバコを吸いながら男が現れるのを二時間待ったが、人は一人も通らなかった。

しまいにあきらめて娘の眠っている病院へ向かった。その男のこと、その男を待ったことも、ほかのことごとと同じように頭から追い出してしまいたかった。

20

裁判所での護衛の仕事を終えたエリンボルクにシグルデュル＝オーリから電話があった。ベンヤミンのフィアンセ、ソルヴェイグの妊娠の相手はベンヤミンではなかったと思われること、そしておそらくそれが彼女が言いだした婚約破棄の理由だろうと伝えた。また、ソルヴェイグの父親の自殺は、もう一人の娘バウラが言うように娘の失踪以前ではなく、その後であることがわかったことも言った。

エリンボルクは役所へ行き父親の死亡記録に目を通し、まっすぐグラーヴァルヴォーグルの屋敷へ向かった。嘘をつかれたのが気に食わなかった。とくに金持ちであることを鼻にかけ、人を見下す態度で話をする高級住宅地のご婦人ならなおさらのこと。

エリンボルクがシグルデュル＝オーリから聞いた、妊娠の相手がベンヤミンではなかったというエルサの話をすると、バウラは顔色も変えずに平然としていた。その態度は前回とまったく同じだった。

「これ、いままで聞いたことありましたか？」エリンボルクが訊いた。

「姉がだれとでも寝る尻軽女だったとでも言っているの？　いいえ、知らなかったわ。なぜ、わたしにこんなことを言うのか、それがわからない。何十年も前のことでしょう。失礼ですよ。

姉の尊厳を傷つけないでください。こんなことを言われる筋合いはないわ。その、エルサとかいう人は、こんな話どこからひねり出したのかしら？」

「彼女の母親、つまりベンヤミンの妹から聞いたそうです」

「その人はこの話をベンヤミンから聞いたとでも言ったのかしら？」

「ええ。ベンヤミンは死の床に臥すまでこの話をだれにもしなかったそうです」

「姉の髪の毛の房をベンヤミンの持ち物の中から見つけたの？」

「はい」

「例の骨と突き合わせてみるつもりなの？」

「おそらくそうなるでしょう」

「そう。警察はベンヤミンがソルヴェイグを殺したと思っているわけね。ベンヤミン、あの気の弱いベンヤミンが婚約者を殺したと。まったく、あり得ないことよ。飛躍のしすぎ。そんなこと、考えつくことさえわたしには不思議でならないわ」

　バウラは黙って考えに沈んだ。

「この話、新聞に出るのかしら？」

「わたしに答えられることではありません。人骨発見のニュースはずいぶん報道されてますが」

「わたしの姉が殺されていたかもしれないと新聞に出るなんて」

「そう判明したらの話ですよ。妊娠の相手がだれだったか、知ってますか？」

「ベンヤミンしか考えられないけど」

「ほかの人かもしれないという話は？　ソルヴェイグはこのことをあなたに話しませんでしたか？」

　バウラは首を振った。

「姉はだれとでも寝るような人じゃなかったわ」

　エリンボルクは咳払いした。

「あなたは、お父さんはお姉さんがいなくなる前に自殺したとわたしに言いましたよね？」

　二人の視線が合った。

「もう帰ってください」

　と言って、バウラは立ち上がった。

「お父さんのことに触れたのはわたしではありませんでした。ここに来る前に役所で死亡記録を見てきました。死亡記録は嘘をつきません。人とはちがって」

「ほかにもう話すことはないわ」とバウラは言ったが、前のように自信たっぷりではなかった。

「あなたがお父さんのことに触れたのは、本当は彼の話をしたかったからじゃありませんか？」

「冗談じゃないわ！　あなた、こんどは心理学者のふりでもしようというの？」

「お父さんが亡くなったのは、ソルヴェイグがいなくなって六カ月経ってからのことでした。死亡記録には自殺とは書かれていなかった。死因はなにも書かれてなかったのですよ。自宅にて急死とありました」

　バウラは黙って背中を向けた。

「わたしに本当のことを話してくれませんか？」と言って、エリンボルクも立ち上がった。「お姉さんの失踪とお父さんの自殺とはどんな関係があるのですか？　お姉さんの話をしていたとき、なぜあなたは急にお父さんの話をしたのですか？　ソルヴェイグのおなかの子の父親はだれです？　実の父親なんですか？」

バウラはなんの反応も見せなかった。二人は贅沢なサロンに立ち尽くしていた。広い部屋の中は凍りついたように静かだった。エリンボルクは美しい飾り物や、高価そうな家具、黒いグランドピアノ、目立つところに置かれた保守党党首と並んだバウラの写真などをゆっくりとながめた。この部屋にあるものはなにもかも死んでいる、とエリンボルクは思った。

「どの家族にも秘密があるんじゃないかしら」エリンボルクに背中を向けたままバウラが言った。

「そうかもしれません」エリンボルクが言った。

「父ではありません」バウラが食いしばった歯の間からうなるように言った。「父の死について、なぜあなたに嘘をついてしまったのかわからないわ。なぜか口から出てしまった。心理学者を気取るのなら、きっとわたしが心の奥で本当のことを話したがっているからだと言いたいでしょうね。長い間黙っていたから、あなたがソルヴェイグの話を始めたとき、瓶の栓が外れてしまったのだと。どうかしら。わからないわ」

「それじゃ、だれなんです、妊娠の相手は？」

「父の甥です。叔父はアイスランドの北の地で広大な土地を持っているの。姉は夏よくそこで過ごしていたわ。そのときに起きたことなのよ」

「それはどうしてわかったんです？」

「戻ってきたとき、姉はすっかり変わっていたと母が……。母はすぐに気がついた。時間が経つにつれて、それはますますはっきりしたと言ってました」

「ソルヴェイグはお母さんに話したのでしょうか？」

「ええ。父はその話を聞いてすぐに甥に、つまりわたしのいとこに会いにいった。わたしはそれ以上は知らないわ。でもいとこはそのあとすぐに外国へ出されてしまった。きっとなにがあったのか、暴かれたのでしょう。祖父の農地は広大で裕福でした。父は二人兄弟で、父だけが南に出てきて、会社を立ち上げ成功したのよ」

「それで、あなたのいとこのその男は？」

「あまり知らないけど、ソルヴェイグは彼に強姦されたと両親に言ったらしいわ。親たちはどうしていいかわからなかった。警察に彼を突き出すこともできなかった。世間体が悪いと。何年か経っていとこは外国から戻ってきてレイキャヴィクに落ち着いたとか。家族も作って。でも数年前に死んだと聞いたわ」

「それで、ソルヴェイグと子どもは？」

「両親は中絶をさせようとしたらしいけど、ソルヴェイグが嫌だと言ったらしいの。中絶はしたくないと。そしてある日姿を消してしまった」

バウラはようやくエリンボルクを振り返って言った。

「姉があの年、北部の親戚の家を訪ねたせいでわたしたち一家は大変な目に遭ったわ。家族がすっかり壊れてしまったと言ってもいいくらいよ。このことがわたしの人生を大きく変えてしまったのよ。人に言えない秘密ができてしまったこと。家族の誇りが打ち壊されてしまったこと。なにも言ってはいけなかった。この話は決してしてはならなかった。母親に禁じられたの。あとで母がベンヤミンと話したことは知っているわ。状況を彼に説明した。ソルヴェイグの失踪は個人的なこととしたの。彼女自身の選択、彼女自身が勝手にやったということになったの。そう、一時的な錯乱が原因で。残されたわたしたちは関係ない。わたしたちは汚点一つない、立派な家族のまま。姉一人が頭がおかしくなって、水に沈んでしまったということですべてが落ち着いたのよ」

エリンボルクはバウラを見た。この人の人生は嘘の上に築かれたものなのだと思ったとたん、急にかわいそうになった。

「姉が決めたことなの」とバウラは続けた。「わたしたちと関係ないの。彼女の個人的な決断なのよ」

エリンボルクはうなずいた。

「姉はあの丘の斜面じゃなくて海の底にいるわ。六十年以上もの恐ろしい時間、そこに横たわっているはずよ」バウラの声が静かなサロンに響いた。

エーレンデュルはエヴァ＝リンドの担当医と話をしてから、彼女の横たわる集中治療室へ行った。彼女の意識が戻るかどうかは待つしかない。エーレンデュルは娘のベッドのそばに腰を下ろし、今日はなんの話をしようかと考えたが、すぐにはなにも思い浮かばなかった。

時間が過ぎていった。集中治療室は静かだった。たまに医者か看護師が床に張られたリノリウムの上を歩くときに発する音が聞こえてきたが、それ以外はまったくなにも聞こえなかった。靴底がリノリウムの上を歩くときに発する独特のこすれる音。

エーレンデュルは娘をながめると、いつのまにか低い声で話しだしていた。それは彼が長いこと頭の中で考えてきた、おそらくは生きている間には決して理解することができないあるできごとのことだった。

まず、田舎から両親といっしょにレイキャヴィクに移り住んできた一人の男の子の話をした。その子はずっと田舎に戻りたかった。小さかったので、なぜ都会に引っ越したのかわからなかった。当時のレイキャヴィクは都会といっても、ちょっとした商店街のある港町にすぎなかった。引っ越しの理由が理解できたのは、ずっと経ってからのことだった。

新しい環境で、彼ははじめから違和感を感じ、慣れることができなかった。田舎の単調な日常、動物を飼い、よその人とあまり会わない暮らしに戻りたかった。夏の暑さと冬の寒さ、そして遠い昔からその土地に住んでいた祖先の話に囲まれて暮らしたかった。村人はたいてい小さな土地を耕す農家で、何代も貧しい暮らしをしてきた。その人々が、彼が小さいときから聞いてきた昔話の英雄で、彼自身が育った暮らしの本当の姿だった。長いこと伝えられてきた日日の暮らしの物語、赤貧の話や不幸の話は彼にとっては大きな冒険譚《ぼうけんたん》と言ってよかった。そんな話はたいてい大きなほら吹き話で、語る人は笑いをこらえるあまり咳が止まらなくなり、聞く人たちもそれを見て笑いだし、話す人も聞く人も咳が止まらなくなるのだった。どの物語も彼の知っている人たちの話か親戚の人たちの話だった。父親の兄弟、母方のおばたちの話、父方の祖母、あるいは曾祖母の話、父方の祖父の話、曾祖父の話、そしてそれよりずっとさかのぼった祖先の話だった。彼は物語を通して祖先をよく知っていた。ずっと前に亡くなって、当時はまだあった村の教会の裏の墓地に埋められた祖先のことまで知っていた。赤ん坊が生まれる時期になると自分で舟を漕いで大河をやってきた産婆の話、ひどい飢饉《ききん》を信じられないほどの忍耐で生き延びて村を救った農家の話、家畜小屋まで行く途中で寒さのため凍死してしまった小僧の話、酔っぱらった牧師の話、お化けや幽霊の話、彼自身の暮らしの一部でもある物語の数々。

両親が町へ移り住んだとき、彼の頭の中にはこれらの物語がぎっしり詰まっていた。一家はレイキャヴィクの町外れにイギリス軍が置いていった小さな風呂小屋を改造して住んだ。余裕がなくてそれ以上のところには住めなかった。父親は心臓を病んでいて、町に移ってからまもなく死んだ。母親は風呂小屋を改造した家を売って、港の近くの建物の地下に引っ越し、魚工場で働いた。彼自身は学校を終えてもどうしたらいいのかわからなかった。上の学校に行く余裕はなかった。そんな関心もなかった。建築現場で日雇いとして働いた。船乗りとなって海に出たこともあった。そんなとき警察官募集の公告を見た。

物語を聞くこともなくなり、以前に聞いた話もしだいに記憶から薄れていった。

親類の者たちはみんな田舎の村で死んだり、いなくなったり、埋められたりした。彼自身は知らない土地に流れ着いた感じだった。田舎に戻りたくても、そこにはもう身を寄せるところもなかった。自分は都会人ではないと知っていたが、それではどこなら住めるのかとなると、まったくわからなかった。しかしそれでも、ここではないところに住みたいという思いは決して消えることがなかった。レイキャヴィクは嫌いで、なじめなかった。母親が死んだとき、過去との繋がりがこれでまったくなくなってしまったと感じた。

外食をすることが多く、あるときグロイムバイルで一人の女に出会った。それまでも女性とつきあったことはあったが、どれも長くは続かなかった。だがその女性はちがった。もっとしっかりしていた。それに責任感も強いようだった。よくわからないうちになにもかもが一気に起きた。彼女は彼を強く求め、彼はよく考えもせずに、求められるままに応じた。結婚し、気がついたときは一児の父親になっていた。アパートを借りた。彼女は大きな未来の夢を語った。子どもをたくさん産み、ちゃんとした分譲アパートを買う。その声は希望とあこがれと情熱に溢《あふ》れ、これで自分の人生は確実になり、なんの心配も不安もないことが保証されていると信じているようだった。そういう彼女を見て、自分の知らない人だと彼は思った。

もう一人子どもができたが、彼女の目には彼がますます遠く離れていくように映った。二番目の子は男の子だったが、彼はさほど喜ぶ様子を見せなかった。それどころか、別れたい、遠くへ行きたいと言いだした。彼女はそれをすでに予感していたので、ほかに女ができたのだろうと責めた。だが、彼は驚いたように彼女を見つめ、なにを言っているのかわからないと言った。そんなことは考えたこともないと言った。だが、だれかほかの女ができたにちがいない、と彼女は責めた。そうではないと言って、彼は自分の感じるところ、考えるところを話そうとしたが、彼女は耳を貸さなかった。子どもが二人いる。彼との間にできた子どもたちだ。本当に出ていけるはずがない。自分たちをおいて、子どもたちをおいて。

彼の子どもたち、それがエヴァ＝リンドとシンドリ＝スナイルだ。気取ったダブルネームは、彼にはとても受けいれられない名前だったが、彼女が選んだものだった。自分の子どもたち、自分の肉親だとはまったく感じられなかった。責任は感じたが、自分が父親だとも感じられなかった。母親とは関係なく、あるいは母親といっしょに暮らしていようといまいと、子どもたちに対しては負わなければならない責務があると思った。子どもたちのことは引き受ける、穏便に協議離婚しようと彼は言った。彼女はそんなことは考えることもできないと言い、エヴァ＝リンドを抱き上げて自分の胸に強く抱きしめた。自分を引き止めるために子どもたちを利用しているように感じて、彼はこの女性《ひと》とはぜったいにいっしょに生きていくことはできないとあらためて思った。最初からすべてが間違いだったのだ。もっと前に別れるべきだったのだ。以前どう考えたかはわからないが、とにかくもうこれでおしまいだと。

一週間に数日、あるいはひと月に一定期間子どもたちが自分のところで暮らすように提案したが、彼女は断固として拒絶した。それどころか悪意剝き出しで、出ていくのなら二度と子どもたちに会わせないと言い張った。そうなるように決着をつけると。

そんなわけで、彼は出ていった。女の子の人生から姿を消した。女の子は二歳。おむつをつけ、口におしゃぶりをくわえ、出ていく父親を目で追った。白いおしゃぶりで、嚙むとゴムの音が小さくキュッキュッと鳴った。

「おれたちは間違いをした」エーレンデュルが言った。

あのおしゃぶりの音。

彼は頭を垂れた。外の廊下を看護師が歩いていく気配がした。

「あの男がどうなったのか、おれは知らない」とエーレンデュルはほとんど聞こえないような声で言い、娘を見た。いままで見たこともないような、安心した穏やかな顔だ。顔全体がきれいに見える。エーレンデュルは命を繫いでいる医療機器に目を移し、それからまたうなだれた。

そのまま長い時間が過ぎた。ようやく立ち上がると、彼は娘の額にキスをした。

「あの男は姿を消した。もしかするとこのまま二度と帰らないのではないかと思う。おまえのせいではない。おまえが生まれる前に起きたことだ。あの男は自分自身を探しているのだと思う。だが、なぜそうするのか、もっと言えば、なにを探しているのか、彼は知らないのだと思う。だから決して探しものは見つからないだろう」

エーレンデュルはエヴァ＝リンドを見下ろした。

「おまえが手伝ってくれなければ」

ベッドサイドテーブルの上の小さなランプの弱い光にエヴァ＝リンドの顔が冷たいマスクのように浮かび上がっている。

「おまえがその男を探しているとおれは知っている。もしその男を見つけることができるとすれば、おまえをおいてほかにはいないということも知っている」

振り返って部屋のドアに向かったとき、そこにかつて彼の妻だった人が立っているのが目に入った。いつからそこにいたのか、話をどれほど聞かれたのかわからなかった。ジャージの上下の上にこのあいだ見かけたときと同じ茶色のコートをはおっている。が、足元はなぜかハイヒールだった。全体にちぐはぐな格好に見えた。彼女と顔を突き合わせるのは二十年ぶりのことで、年を取り、顔の線がぼやけているのがわかる。頰がふくらみ、あごは二重になっている。

「エヴァ＝リンドに中絶のことであんな嘘をつくとはあんまりだ」怒りが爆発した。

「あたしに近づかないで」ハルドーラが言った。声も年を取っている。しゃがれている。タバコの吸いすぎ。それも長い間の。

「子どもたちに、ほかにどんな嘘をついたんだ？」

「出ていって」と言って、エーレンデュルが通れるように、ハルドーラは後ろに下がった。

「ハルドーラ……」

「出ていって。あたしに近づかないで」と彼女は繰り返した。

「二人とも望まれて生まれた子どもたちだ」

「後悔してるじゃない」ハルドーラが反撃した。

エーレンデュルは言葉の意味がわからなかった。

「この世の中にあの子たちの居場所があるとでも思ってるの、あんた？」

「なにが起きた？　いつからおまえはそんなふうになったんだ？」

「さあ、出ていって。あんたはそれがお得意じゃないか。さあ行って、行けってば！　あたしとこの子になんかかまわずに！」

エーレンデュルは立ちすくんだ。

「ハルドーラ……」

「行け！　失せろ！　いますぐに消えてしまえ！　見たくもない。二度と来るな！」

エーレンデュルは彼女のそばを通り抜けて廊下に出た。すぐにドアがぴしゃりと閉められた。

そう言うと彼はCDを取り出し、ベルクソラが責任がどうのと言っている間、頭の中で鳴り響いていた曲を探した。マリアンヌ・フェイスフルが主婦ルーシー・ジョルダンのことを歌った歌だ。ルーシーは三十七歳、いつの日かオープンカーでパリの街を風に髪をなびかせて走ることを夢見ている主婦だ。

「これについて、ぼくたちはずいぶん長いこと語り合ったね」シグルデュル＝オーリが言った。

「なんの話？」ベルクソラが目を丸くした。

「旅行だよ、ぼくたちの」

「フランスへの旅のこと？」

「うん」

「シグルデュル＝オーリ……」

「パリへ行こう。スポーツカーを借りて思いっきりぶっ飛ばすんだ」

ひどい吹雪に遭い、雪で目が開けられなかった。吹き付ける風の中、目を閉じて、寒さに震えていた。強風に逆らって歩こうとしたが、一歩も進まず、風に背を向けてうずくまっているうちに、吹き付ける雪が彼のまわりに壁を作り、見る見るうちに雪の中に閉じ込められてしまった。自分は死ぬのだと覚悟した。なにもなすすべがない。

電話が鳴り、呼び出し音が嵐の中に鳴り響いた。そのうち嵐はおさまり、電話の音だけが響いていた。目が覚めた。自宅の肘掛けいすで眠っていた。机の上の電話が容赦なく鳴り続けていた。

エーレンデュルは固まってしまった体に鞭《むち》打って立ち上がり、机に近寄った。そのとき呼び出し音が止んだ。そのままもう一度電話が鳴るのを待ったが、相手はかけ直してこなかった。電話は古い型で相手の番号を表示するディスプレイがなく、だれが電話をかけてきたのかわからない。掃除機のセールスマンだろう。どうせトースターをおまけにつけるとか言って、掃除機を売り込もうと電話してきたに決まっている。エーレンデュルは心の中で、吹雪から救ってくれたこのセールスマンに感謝した。

キッチンへ行った。時計は夜の八時を示している。カーテンを閉めて明るくなった春の夜を閉め出そうとしたが、そこここのほころびから光が漏れて中に入ってきて、部屋の中がぼんやりと明るく照らし出されていた。春と夏はエーレンデュルの好きな季節ではなかった。明るすぎる。気分が軽くなりすぎる。彼は重くて暗い冬が好きだった。家に食べ物はなにもなかった。キッチンのテーブルに向かい、ひじをつき、あごを手のひらに乗せた。

まださっきの夢の影響が残っている。六時ごろ病院を出て家に戻り、そのままいすで眠りに落ちて、八時まで眠ったことになる。夢の中身ははっきりと覚えている。自分が嵐に背中を向け、死を覚悟したことも。いままで同じ夢をいろんな形で見てきた。夢ではいつも、背骨にまでしみるような冷たい風が吹いている。電話が鳴らなかったら、夢がどのように進んだか、彼はよく知っていた。

電話がまた鳴りだした。出るべきかどうか迷った。やっと出ることに決め、居間の机の前まで戻り、受話器を手に取った。

「エーレンデュルですか？」

「そうだ」と答えて、咳払いした。相手がだれかはすぐにわかった。

「こちらはイギリス大使館のジムです。ご自宅まで電話して申し訳ない」

「いまさっきの電話もあなたですか？」

「いや、私はいまが初めてです。用事というのは、エドワード・ハンターからいますぐあなたと連絡をとってほしいとたのまれたので」

「なにか、新しい事実がわかったのですか？」

「彼があなたのためにいろいろと調べていることは知ってますね。私もどこまでわかったのか、知りたかった。彼はアメリカ本国へ電話をかけたり、当時の日記を読んでさまざまな人に連絡したりした。それで、デポーでの盗みについてだれがタレコんだかわかったらしい」

「だれなんです？」

「それは、彼は私には話してくれなかった。だが、あなたに連絡をしてくれとたのまれた。会いにきてくれと言ってますよ」

「今晩ですか？」

「ええ、あ、いや、明日の朝でいいでしょう。今晩はもう休むと言ってました。朝が早い人らしい」

「タレコんだのはアイスランド人だったんですか？」

「彼から直接聞いてください。遅くに電話をかけて申し訳なかった」

電話はそこで終わった。

その場を離れる前にまた電話が鳴った。丘の傾斜地にいるスカルプヘディンだった。

「明日、人骨全体を掘り出し、地面に並べることになる」スカルプヘディンはなんの説明もなくいきなり言った。

「遅まきながら、だね。少し前に電話したのはあんたか？」

「ああ、そうだ。帰ってきたところだったのか？」

「ああ」とエーレンデュルは嘘をついた。「なにか面白いものが見つかったのか？」

「いや、なにも。ただあんたに話したいことが……。あっ、こんばんは。ええっと……、手伝いましょうか。さあ、これでいい……。ああ、どこまで話したっけ？」

「あした体全体の骨を取り出すとか」

「そうだ。夕方になるだろうと思う。いままでのところ、なぜ人骨が地中に埋められていたのかを示唆《しさ》するようなものはなにも見つかっていない。もしかすると、体全体の骨を動かせば、その下になにかあるかもしれん」

「それじゃ、明日」

「ああ、それじゃ」

エーレンデュルは受話器を置いた。まだ眠気が残っている。エヴァ＝リンドのことを考えた。自分の話したことは少しでも彼女に届いているのだろうか。それからハルドーラのことを思った。これほどの時間が経ったあとでもまだ強烈な憎悪を抱いていることを。もしあのとき自分が出ていかなかったらどうなっていただろうか、と思った。いままで何百万回考えたかしれないことだ。この問いには一度も答えが得られたことがない。

しばらく薄暗がりを凝視していた。夕日がカーテンの隙間から漏れ入り、暗がりの中に一筋の傷のような光となって居間に差し込んでいる。カーテンを見つめた。厚いベルベットで、床までたっぷりとある。厚い緑色の布地は春の明るさをさえぎるはずだった。

こんばんは。

ええっと……、手伝いましょうか?

エーレンデュルはカーテンの濃い緑色のひだを見つめた。

いびつ。

緑色。

「スカルプヘディンはなんと言ってた……?」エーレンデュルははっとして、電話に飛びついた。スカルプヘディンの携帯番号が思い出せず、番号案内に電話してやっと手に入れ、電話した。

「スカルプヘディン?　スカルプヘディンか?」受話器に叫んだ。

「は?　またあんたか」

「さっきの電話の途中で、あんたがあいさつしたのはだれだ?　あんたが手を貸した人だ。だれなんだ?」

「なんのことだ?」

「だれと話したんだ? なぜそんなに興奮しているんだ?」

「その丘に住んでいる人か?」

「私がさっきあいさつしていたのはだれかと訊いているのかね?」

「これはテレビ電話じゃないんだ。こっちからはあんたがだれと言葉を交わしたのか、見えないんだ。あんたのそばに、だれかそこにいるのか?」

「私のそばじゃないが、少し離れたところにいる。待て。いま彼女は茂みのそばに立っている」

「茂み? スグリの茂みのことか? スグリの茂みのそばに女性が立っているのか?」

「ああ、そうだ」

「どういう外見をしている?」

「外見は……。いや、待て。彼女を知っているのか? あの人はだれなんだ? なんだか変だぞ、あんたの声が」

「どんな外見なんだ?」エーレンデュルは繰り返し、自分を落ち着かせようとした。

「そう興奮するな」

「何歳ぐらいだ?」

「なぜそれを訊く?」

「どうでもいい! とにかくおれの問いに答えてくれ!」

「七十代だろうな。うん、八十近い。よくわからないが」

「なにを着ている？」

「なにを着ているかって？　長い緑色のコートだ。くるぶしまでのロングコートだよ。そうだな、私とおよそ同じくらいの背丈かな。そして片足を引きずっている」

「片足を引きずっている？」

「ああ、足が悪いんだろう。だが、なにかもっとある……。なにか、どこか、どう言ったらいいのか……」

「なんだ？　なんなんだ？　なにが言いたい？」

「どう言ったらいいのかわからないが、とにかく……傾いているというか、いびつに見えるんだ」

エーレンデュルは受話器を投げ出し、春の宵《よい》に飛び出した。自分が行くまでその女性を決して離すんじゃないとスカルプヘディンに言うのを忘れてしまった。


グリムルが家に戻ってきたのは、最後にデイヴが遊びにきてから数日後のことだった。すでに季節は秋で、厳しい北風が吹き、地面は灰色の雪で覆われていた。丘は最近大きく発展したレイキャヴィクの町よりもかなり高いところに位置しているので、冬が早く訪れる。シモンとトマスはスクールバスで学校まで往復していた。母親はグーヴネスの農場まで毎日歩いて出勤していた。仕事は搾乳《さくにゅう》だったが、ときどきほかの仕事もまかされていた。子どもたちよりも早く家を出たが、帰りはかならず子どもたちよりも早く家に戻っていた。ミッケリーナだけが家にいて、一人残されて寂しがっていた。母親が仕事から帰ると彼女は大喜びしたが、それよりも弟たちが帰ってきてカバンを放り出して彼女のもとに走り寄るともっと喜んだ。

デイヴは頻繁《ひんぱん》に遊びにきた。母親とデイヴのコミュニケーションはかなりスムーズになっていた。二人は長い時間台所のテーブルで話をし、子どもたちには関わらなかった。ときに二人だけになりたいときは、寝室に入ってドアを閉めた。

シモンはときどきデイヴが母親の頬を撫でたり、顔にかかった髪の毛をそっとかき上げてやったりしているのを見た。また、手の甲をやさしく撫でるのも。二人はレイニスヴァテン湖のほとりを長いこと散策したり、ときにはモスフェトルの谷間やヘルグフォスの滝まで出かけることもあった。そういうときはランチを持っての一日がかりの遠足になった。子どもたちを連れていくこともあり、デイヴはミッケリーナを軽々と背負った。そのような遠足をデイヴはピクニックと呼んだ。シモンもトマスもその響きがおかしく、何度も繰り返しピクニック、ピクニック、ピクニックと声を上げてはニワトリの真似をしてあたりを駆けまわった。

デイヴと母親がピクニックの最中、あるいは台所で真剣な話を交わすこともあった。そしてあるときシモンが寝室のドアを開けると、ベッドの端に腰を下ろした二人は手を握り合っていた。二人はドア口に立っていたシモンを見ると、ほほ笑みかけた。シモンは二人がなにを話していたのかはわからなかったが、楽しいことではないにちがいないと思った。シモンは母が悲しいときに浮かべる表情を知っていた。

そして、ある寒い秋の日、すべてが終わった。

ある朝早く、母親がグーヴネスに出かけ、シモンとトマスがスクールバスへ向かって歩いていたとき、グリムルが帰ってきた。その日はとくに寒い日で、二人の子どもが坂道を上がってきたグリムルを見かけたとき、彼は北風を避けて薄いジャケットを体にきつく巻き付けるようにして歩いていた。子どもたちのほうを見向きもしなかった。秋の早朝はまだ暗く、よく見えなかったが、シモンはグリムルの顔がいつにもまして冷たく残酷に見えた。子どもたちは彼がもうじき家に戻ってくる、その日は明日かもしれないと話していたからだ。

シモンとトマスは立ち止まり、グリムルが家に向かう姿を目で追った。それから見つめ合った。二人の思いは同じだった。ミッケリーナが一人で家にいる。彼女は今朝母親と弟二人が起きたときに目を覚ましたが、ふたたび眠りについた。いま、彼女は一人でグリムルを迎えることになる。シモンは母親が家にいないことがわかったときのグリムルの様子を想像した。息子たちもいない、いつも嫌悪していたミッケリーナだけが家にいるとわかったときのグリムルの反応を。

スクールバスがやってきて、男の子たちに向かって二度クラクションを鳴らした。運転手は坂道に立っている二人の男の子たちの姿が見えたが、二度のクラクションにも反応しないのを見て、それ以上待たず、行ってしまった。男の子たちは凍りついたようにその場に立っていたが、やがてのろのろと家に戻りはじめた。

二人ともミッケリーナを一人にしておくことができなかった。

シモンは走って母親を迎えにいこうか、それとも母を迎えにトマスを走らせようかと思ったが、どちらもやめた。今日が最後の自由な日だ。母の一日を短くしたくなかった。グリムルが家に入りドアを閉めるのが見えたとき、二人の足が速くなった。家の中に入ったら、どんな光景が待っているのか、想像もつかなかった。ただわかっているのは、ミッケリーナが大きなダブルベッドに寝ているということだ。それは、なにがあろうと決して許されないことだった。

二人はドアをそっと開けて、手をつないで中に忍び入った。シモンが先、トマスはその後ろから。台所に行くと、グリムルが流しのそばに立っているのが見えた。彼らに背を向けたままだ。手で洟《はな》をかみ、痰《たん》を吐き出している。テーブルの上の明かりがついていた。その光で彼の顔の輪郭《りんかく》が見えた。

「おまえらの母親はどこだ?」背中を向けたまま、グリムルが訊いた。シモンは、彼はやはりさっき自分たちを見ていたんだ、いまも家の中に入ってきたことがわかっているんだと思った。

「仕事に出かけてる」シモンが言った。

「仕事だと?　どこで?　どこで働いているんだ?」グリムルが言った。

「グーヴネスの搾乳場で」シモンが答えた。

「おれが今日帰ってくると、あの女、知らなかったのか?」グリムルがこっちを向いて明かりの中に一歩進み出た。春から一度も会っていない。薄暗い明かりに浮かび上がった彼の顔を見たとき、子どもたちは目を大きく見開いた。顔が変わっていた。片方の頰に引《ひ》き攣《つ》った火傷の痕が目の上まで走っていた。片目は半分しか開かない。目が開いたままままぶたが焼き付いてしまったからだ。

グリムルがにやりと笑った。

「どうだ、かっこいいだろう？」

兄弟は変貌した顔から目が離せなかった。

「あいつら、コーヒーを煮立たせて、おれの目の上に垂らしやがった」

彼は息子たちに近寄った。

「だまらせるためではない。あいつら、どこかから聞いて、なんでも知ってやがった。噂と煮立ったコーヒーをおれの顔に垂らしたこたあ関係ねえ。おれの顔をこんなふうにしたのはなんでもないことなのよ、あいつらにとって」

息子たちは父親の言っていることがわからなかった。

「母親を迎えにいけ」と、シモンの後ろに隠れていたトマスに向かって言った。「牛の乳搾《ちちしぼ》りをしているおまえのおふくろ牛を引っ張ってこい」

シモンは目の隅で寝室への廊下に人の動く気配を感じたが、そっちを見る勇気はなかった。ミッケリーナが起きたのだ。彼女はいまでは片足で立てるようになっていたが、台所に出てくることができないでいるのだ。

「行け！」グリムルが叫んだ。「さっさと行くんだ！」

トマスが飛び上がった。シモンは弟が搾乳場を見つけられるかどうか不安になった。夏、トマスは母親について搾乳場まで行ったことが二度ほどあるが、いまは外は寒くて暗い。それにトマスはまだ子どもだ。

「ぼくが行く」シモンが言った。

「てめえはどこにもやりはしねえ」グリムルが口調を変えた。そしてトマスに向かって「さあ、行け！」と怒鳴った。トマスは後ずさりし、ドアを開け、外に出ると静かに閉めた。

「さあ、シモン。こっちに来てパパの隣に座ってくれ」グリムルがなにごともなかったかのような猫撫で声で言った。

シモンはそっと前に出て食卓のいすに腰掛けた。ふたたび廊下のほうで動きがあった。ミッケリーナが出てきませんようにと祈った。廊下に少しくぼんだところがある。ミッケリーナがそこに隠れますように。グリムルに見つかりませんように。

「親父がいなくて寂しかったか？」と言って、グリムルは少年の真向かいに腰を下ろした。シモンは火傷から目を離すことができなかった。父親の言葉にうなずいた。

「おれのいない夏の間、なにか変わったことはなかったか？」グリムルが訊いた。シモンはなにも言わずにひたすらその顔を見続けた。どこから、どんな嘘をついたらいいのだろう？ デイヴの話をすることはできない。彼がやってきて、母親と秘密のうちに会っているなんていうことは話せない。散歩のことも、ピクニックのことも。家族みんなが大きなベッドでいっしょに眠っていることも。しかも毎晩。グリムルがいなくなってから、母親がどんなに変わったか、それはすべてデイヴのおかげだということも。デイヴが母親に生きる気力をよみがえらせたのだ。母親が朝、きれいに身づくろいすることも話せない。母の新しい姿。デイヴといっしょになってから彼女が日ごとにきれいになっていったことも。

「そうか、なにも変わりがなかったのか？　夏中、なにも起きなかったのか？」

「あの……夏中、いいお天気だった……」とシモンはか細い声で言った。火傷の痕からどうしても目が離せなかった。

「いい天気か、シモン。一夏中いい天気だったってか？　おまえはここの丘で遊んだり、向こう側の兵舎のあるところで遊んだりしたんだな？　基地にだれか、知り合いができたか？」

「ううん」シモンの返事は少し早すぎた。「だれも」

グリムルはまたにやりとした。

「そうか。おまえはこの夏、嘘をつくのを習ったってわけだ。大したもんだ。嘘を上手につくのを短い間に身につけるとはな、シモン」

シモンの下唇が震えだした。どうしても抑えることができない、彼の意志とは関係なく始まった震えだった。

「一人だけ。でも、その人のことはあまり知らない」

「一人知ってるって？　やっぱりな。嘘はつくもんじゃないぞ、シモン。おまえのように嘘をつくと、抜き差しならない羽目に陥る。おまえだけでなく、まわりの者まで巻き込んでしまうぞ」

「はい」と答え、シモンは早く話が終わればいいと思った。ミッケリーナが出てきて邪魔をしてくれればいいのにと。いっそのこと、グリムルにミッケリーナが廊下に隠れている、いつも彼のベッドで寝ていると言いつけてやろうか。

「それで、おまえが兵舎で知っているというのはだれなんだ?」グリムルが訊く。シモンは泥沼に深くはまってしまったと感じた。

「一人だけだよ」

「一人だけか」とグリムルは言い、頬を撫でて、人差し指で火傷の痕を掻いた。「それで、その一人というのはだれなんだ? 一人だけとはな」

「知らない。その人はときどき湖に釣りに来てた。ときどき釣ったニジマスをぼくたちにくれた」

「おまえたちにやさしいのか?」

「さあ、知らない」とシモンは答えた。デイヴはいままで彼が会った中でだれよりも親切な人だった。

グリムルに比べたら、デイヴは天からの贈り物だった。ママを救うために神さまが送ってくれた人だ。デイヴはどこにいるんだろう? デイヴがいまここに来てくれたら。シモンは寒い中、母親を迎えにいったトマスのことを考えた。そしてグリムルが帰ってきたことをまだ知らない母親のことも。そして、廊下で息をひそめているミッケリーナのことも。

「その男、しょっちゅう来たのか?」

「ううん、たまにだけ」

「その男は、おれが送り込まれる前からここに来てたのか？　送り込まれるっていうのは牢屋に入れられることだ、可愛いシモン。牢屋に入れられるのは、悪いことをした人間ばかりじゃないんだ。知ってたか？　なにもしなくても牢屋に送り込まれるんだ。やつら、そんなに深く考えておれを送り込んだわけじゃない。見せしめとかなんとかずいぶん言ってたな。アイスランド人は外国の軍隊からものを盗んではだめだとさ。とんでもないことだと。そんなわけでやつらはおれを急に捕まえることにしたってわけさ。そして重く罰した。そうすれば、見せしめになるからな。これを見て、ほかのやつらが盗みを働かないようにというわけだ。わかるか？　ほかの者たちみんながおれの間違いから学ぶんだとさ。だが、盗みはだれもがしていることだ。おれだけじゃねえ。みんながやっていて、みんながそれでふところを温かくしてるんだ。さ、シモンよ、その男、おれが送り込まれる前から来てたのか？」

「だれのこと？」

「その兵隊だよ。おれが送り込まれる前から来てたのか、そいつ」

「その前からときどき魚釣りに来てた」

「そして、釣った魚を母ちゃんにやってたのか？」

「うん」

「ニジマスはよく釣れたか？」

「ときどき。でも、釣りはそんなに上手じゃなかった。湖のほとりでのんびりしてタバコを吸ってた。父さんのほうが釣り上手だよ。網で獲るのも上手だし。網は父さんが断然上手だ」

「母ちゃんに魚をやると、その男、ゆっくりしていったのか？　うちの中に入って、コーヒーを飲んでいったのか？　こんなふうに食卓についてたか？」

「ううん」とシモンは答えたが、もしかするとすぐに嘘だとわかるような嘘をついてしまったのかもしれないと思った。どうすればいいのか。怖かったし、なにがなんだかわからなかった。唇がわなわなと震えた。指で唇を押さえて、グリムルが望むような答えをしようと思ったが、同時に、言ってはいけないことを言ってしまって、自分の答えで母親がひどい目に遭わされないようにと心配した。シモンはこんなグリムルをそれまで見たことがなかった。こんなに彼から話しかけられたこともなかった。自分を守ることもできず、ただその場にいるだけだった。どうしていいかわからなかった。グリムルに言ってはいけないことはなんだろう。とにかく、母親を守らなければならないということだけははっきりわかっていた。

「ここまで入ってきたことはなかったのか？」とグリムルが言った。その声に別の響きがあった。もはや取りつくろったやさしさはなく、押し殺した、怖い口調だった。

「めったになかったと思う」

「そういうとき、その男はなにをしてた？」

「べつになにも」

「なあるほど。おまえはまた嘘をつきはじめたな。おれに向かって嘘をつくのか？　何カ月も臭い飯を食って帰ってきたおれに、正面から嘘をつくのか？　もっと嘘をつくつもりか？」

言葉が鞭《むち》のようにシモンの顔に叩きつけられる。

「牢屋ではなにをしてたの?」とシモンはためらいながら訊いた。デイヴと母親のことから話題を逸《そ》らすことができればという淡い期待をもって。デイヴはなぜ来ないんだ? デイヴとママはグリムルが牢屋から出てくることを知らなかったのか? ママの頬を撫でたり、髪の毛をかき上げたりする秘密の時間に、そんな話はしなかったのか?

「牢屋でか?」とグリムルが言った。「いろんな話をな。ずいぶん聞いたさ。声はふたたび猫なで声になった。「いろんな話を聞いたよ。いろんな話をな。ずいぶん聞いたさ。訪問者がいない者はとくにな。我が家の噂は牢屋で聞いたよ。そうだ。いつも新顔が入ってくるし、そのうち看守とも親しくなってな。看守たちもいろいろ話してくれた。聞いた話について考える時間はたっぷりあったからな」

廊下からかすかに床が鳴る音がして、グリムルは黙ったが、またなにごともなかったように話しはじめた。

「おまえはまだこんなに若い。いや、待てよ。おまえ、何歳になった?」

「十四歳。もうじき十五歳になる」

「もうじき大人だな。だからたぶんおれの話がわかるだろう。刑務所では、アイスランドの女という女が外国の兵隊たちの前に体を投げ出すって話を聞いた。制服を着ている男を見たら我慢できないとばかりにな。外国の兵隊たちはスマートで、レディーファーストと言ってドアを開け、ダンスに誘い、酔っぱらうこともなく、タバコやコーヒーや故郷から送ってくるいろんなプレゼントを持ってやってくる。女たちはみんなやつらの国に行きたがる。いいかシモン、おれたちアイスランドの男はみんなうだつのあがらない田舎者ってわけだ。女たちの嫌う田舎っぺさ。いいか、シモン。だからおれは釣りにきたというその兵隊について知りたいのさ。おまえの答えは嘘っぱちだ」

シモンはグリムルを見た。体中から力が抜けていった。

「この丘にやってきたというその兵隊については、牢屋でさんざん聞かされた。それなのにおまえはなにも知らないという。いいか、おまえは嘘をついている。それもへたくそな嘘だ。夏中毎日その兵隊が来て、おれの女房と散歩に出かけていたというのに、おまえはなにも知らないってか?」

シモンはなにも言わなかった。

「おまえはなにも知らないってか?」グリムルが繰り返した。

「ときどき外を歩いてたよ」シモンは目に涙を浮かべて言った。

「やっぱりな。おまえがいい子だということは知っている。おまえも後ろについていったんじゃないか?」

話を終わらせるつもりなどないのだ。グリムルは焼けただれて半分しか開かない目でシモンを睨《にら》みつけた。シモンはこれ以上踏ん張ることはできないと思った。

「ときどきみんなで湖まで行った。その人は食べ物を持ってきた。ときどき父さんが持ってきたような、鍵で開ける缶詰なんか」

「それで、その男、母ちゃんにキスしたのか、湖で」

「ううん」とシモンは首を振った。これは嘘をつかなくていいとほっとしながら。デイヴと母親がキスをするのは一度も見たことがなかった。

「それじゃなにをした？　手をつないだか？　おまえはなにをしてた？　なぜ母ちゃんがその男と湖まで散歩に出かけるのを止めなかった？　おれがそんなことを嫌うとは思わなかったのか？　思いもしなかったのか？」

「うん」

「やつらが散歩とやらをやっている間、おれのことを思った者は一人もいなかったというわけか？」

「うん」

グリムルは明かりの下に顔を突き出した。目を潰《つぶ》している赤い火傷がさらにはっきり見えた。

「人の家族を盗んでおいて平気でいるその男の名前を言ってもらおうか？」

シモンは答えなかった。

「人の女房を盗っておいて、なんの問題もないとけろっとしている男の名前はなんだ？」

シモンは依然として黙っている。

「コーヒーを垂らした男だ、シモン。おれの顔をこんなふうにしたやつだ。その男の名前を知ってるか？」

「ううん」とシモンはやっとの思いで小さな声で答えた。

「やつはおれをこんな目に遭わせたのに、牢屋行きにはならなかったんだぞ。どう思う？　あいつらは特別扱いなんだ、あの兵隊らは。おまえもやつらを特別扱いしていいと思うか？」

「ううん」とシモンはまた首を横に振った。

「夏からおまえの母ちゃんは肥ったか？」とグリムルは急に思いついたように言った。「あいつが牛舎の牛だからということじゃない。兵隊とこの夏散歩したためさ。あいつ、肥ったか？」

「ううん」

「いや、肥っただろう。ま、いずれわかることだがな。さてと、おれにコーヒーをかけたやつ、なんという名前か知ってるか？」

「ううん」

「あいつはなんだか知らんが、変なことを思いついたらしい。おれがおまえの母ちゃんにやさしくないとか言ってたな。ひどい目に遭わせたと責められたよ。おまえ、知ってるだろう。おれがあの女にものごとの正しさを教えなければならなかったことを。その男、そのことを知ってやがった。だが、わかりはしねえんだ。おまえの母ちゃんのような女には、だれがものごとを決めるのか、ご主人さまはだれなのか、どのようにふるまったらいいのかをていねいに教えてやらなければならないということが。そういう女にはときどき仕置きというものが必要だということが。その男、おれに話をしたとき、ものすごい剣幕だった。おれはデポーで仕事をしてたから、英語が少しわかる。だから、あいつが怒鳴ったことのほとんどがわかった。あいつ、おまえの母ちゃんのことで猛烈に怒っていやがった」

シモンは火傷から目を離すことができなかった。

「その男の名前はな、シモン、デイヴというんだ。さて、ここでおまえに訊くが、嘘はつくなよ。母ちゃんに親切だったというその兵隊、早くも春から、そして夏中、いや、秋になってもついこないだまでここに来ていたというその兵隊は、ひょっとしてデイヴという名前ではなかったかい?」

シモンは考えた。視線を火傷から外せなかった。

「やつらはあいつを始末するとよ」グリムルが言った。

「始末する?」とシモンは訊き返した。意味がわからなかったが、いいことではないらしいと思った。

「ネズミは廊下にいるのか?」とグリムルは言い、ドアのほうをあごでしゃくって示した。

「え?」シモンはなんの話かわからなかった。

「バカのことだ。おれたちの話に聞き耳を立てていると思うか?」

「ミッケリーナのこと? わからない」シモンは本当のことを言った。

「その男の名前はデイヴか、シモン?」

「そうだったかもしれない」シモンは用心深く言った。

「そうだったかも? たしかじゃないのか? おまえ、その男をなんと呼んでたんだ? その男と話をしたり、その男がおまえの頭を撫でたりしたときに、なんと呼んでいた?」

「撫でられたことなんか……」

「それで、その男の名前は?」

「デイヴ」シモンは言った。

「デイヴ！　そうかい。ありがとよ、シモン」

グリムルはふたたびいすに背中を戻した。その声が低くなった。

「その男、おまえの母ちゃんと寝てるともっぱらの噂だ」

その瞬間、ドアが開き、母親が入ってきた。トマスが後ろに続いている。吹き込んできた冷たい風がシモンの背中を流れていた汗を凍らせた。

22

スカルプへディンと電話で話した十五分後、エーレンデュルは丘の斜面の家に着いた。

携帯電話を家に忘れてきた。持っていたら、スカルプへディンに電話をかけて、自分が行くまでその女を引き止めておくようにとたのんだはずだった。その女こそ、ローベルト老人が話した緑色の服を着たいびつな女にちがいなかった。

ミクラブルイトが空いていたため、彼はアルトゥンスブレッカを東方へフルスピードで車を走らせ、最後の丘のところまで来て右に曲がり、小さな道に入った。建設中の家の基礎で掘り起こし作業がおこなわれている建設中の家のすぐそばに車を停めた。スカルプへディンは帰り支度をしてちょうど車を出すところだったが、やってきたエーレンデュルを見てそのまま車を降りずにいた。エーレンデュルが近づくと、考古学者は車窓を下げた。

「なんだ、あんたか？　なぜ受話器を叩きつけたんだ？　なにか起きたのか？　なにかとんでもないことが起きたっていう顔だな」

「女はまだここにいるか？」

「女？」

エーレンデュルは離れた茂みのほうに目をやった。わずかだが動きがあるような気がした。

「あそこにいるのがさっきの女か?」と訊いて、目を細めて女のほうを見た。夕暮れでかすんでよく見えなかった。「緑色の服を着ている女だ。まだいるのか?」

「ああ、彼女なら、向こうにいる。いったいなにが起きたんだ?」

「話はあとで」と言って、エーレンデュルは茂みの方角へ歩きだした。近づくほどにスグリの茂みがはっきり見えてきて、緑色のものも人の形になってきた。女が姿を消すのではないかと心配になって彼は足を速めた。彼女は葉っぱが落ちて枝が裸になったスグリの茂みのそばに立っていた。その目は北の空をあおぎ、エシャ山のほうを見ていた。深く思いに沈んでいる様子だった。

「こんばんは」話ができる距離まで来て、エーレンデュルは声をかけた。

「こんばんは」と女は答えた。

「いい夕暮れですね」と、エーレンデュルは適当な言葉が見つからず、当たり障りのないあいさつをした。

「ここはいつも春がいちばんよかった」と女は言った。話すために懸命に努力しているのがわかる。頭が前後に大きく揺れ、一語一語をはっきり話そうと力を振りしぼっている。言葉が自然には出てこない。片方の手は袖に隠れて見えなかった。緑色のロングコートの下から左に曲がった足の先が見える。まるで背中が途中でねじれているかのようだ。八十歳近いだろうか。元気そうだ。ふさふさとした灰色の髪の毛が肩まで垂れている。顔はやさしそうだが、悲しげだ。エーレンデュルは、頭が前後に揺れるのは話をするときだけではないことに気づいた。細かな動きは制御不可能な様子で、頭が一定間隔でびくりびくりと動く。止めることができないようだ。

「あなたはこの丘の住人ですか?」

「町はここまで広がった」と彼女はエーレンデュルの問いには答えず、話を続けた。「まさかこうなるとは思いもしなかったわ」

「ああ、そうですね。町はいまあらゆる方向に広がってます」エーレンデュルが言った。

「発見された骨の捜査をしているのはあなたですね?」女は突然言った。

「そうです」

「テレビのニュースで見ましたよ。わたしはときどきここに来るのです。とくに、今日のような春の夕べに。一日が静まり返ったときに、美しい春の宵《よい》がよく見えますからね」

「ここの丘は美しいですね」エーレンデュルが相槌を打った。「あなたはこの近くに住んでいるのですか?」

「じつを言うと、わたしはあなたに会いにいくところでした」と女はまたもやエーレンデュルの問いを無視したまま言った。「明日、連絡するつもりでした。でも、あなたがわたしを見つけてくれて、よかった。時が熟したのです」

「時が熟した?」

「ええ。すべてが明らかになる時が」

「すべてとは?」

「わたしたちはこの茂みのそばの家に住んでいたのよ。その家はずっと前に取り壊されてなくなりましたけど。そのへんの事情はよくわからない。老朽化したのでしょう。このスグリの木を植えたのは母です。秋になるとジャムを作りました。でも、ジャムを作るためだけに植えたわけではなかった。母は家で北風がさえぎられるこの先の南側の小さなスペースに、ハーブや美しい花々を植えて庭を造りたかったのです。でも、あの男は母にそれを禁じた。ほかのたくさんのことと同じように」

女はエーレンデュルを見た。話しはじめたときふたたび頭ががくんと揺れた。

「太陽が出ると、みんながわたしをかついで家の外に出してくれた」と言って彼女は笑った。「二人の弟たちです。わたしはお天気のいい日にお日さまに当たることがなにより好きだった。家の外に出て暖かい日光に触れると、うれしくて歓声を上げずにはいられなかった。そして遊んだわ。わたしは体が動かせなかったので、弟たちはわたしといっしょに遊べる新しい遊びをつぎつぎに考えついたものよ。あのころ、わたしの障害は重度のものでした。でも、弟たちはいつもそんなわたしといっしょに遊んでくれた。それは母から受け継いだものでした。弟たちにははじめからそれが備わっていました」

「それとは？」

「思いやりの心です」

「じつは、一人の老人が教えてくれたのです。ときどきこのスグリの茂みにやってくる緑の服を着た女性がいると。老人の話に出てくる女性の姿があなたにぴったり合うのです。われわれはその人がこの近所のサマーハウスの住人のだれかではないかと思ったのですが」

「そうですか。それじゃあなたがたは取り壊された家のこと、知っているんですね？」

「ええ。ぜんぶではありませんが、その家に住んでいたという家族のことも。戦争中、ここに三人の子どものいる夫婦が住んでいた。その家の男は家族に暴力を振るったらしい。あなたは弟が二人と母親がいたと言った。あなたに二人の弟がいたのなら、三人の子どもということになり、われわれの入手している情報と合致します」

「その人、緑色の服を着た女、と言ったのですか？」と訊いて、女はほほ笑んだ。

「ええ、緑色の女と」

「緑色はわたしの好きな色なんです。昔からそうだった。それ以外の色は着たことがないと言っていいくらい」

「緑色が好きな人は土に近いと、つまり実直な人だと昔から言われてますね」

「そうかもしれません」と言って、彼女は笑った。「わたしはとても実直ですよ」

「その家族のこと、心当たりがありますか？」

「わたしたち一家は丘の斜面にあったその家に住んでいたのです」

「暴行については？」

女はエーレンデュルに目を向けた。

「はい、暴行もありました」

「それは……」

「あなたの名前は?」女が急に訊いた。

「エーレンデュルです」

「家族はいますか、エーレンデュル?」

「いえ、いや、ええ。家族のようなものはありますが……」

「はっきり言えないの? 家族の世話をしてますか?」

「それは……」エーレンデュルは続けるのをためらった。こんなことを訊かれると予期していなかったので、なんと言っていいかわからなかった。家族の世話をしているか? いいや、というていしているとは言えない。

「離婚したのかもしれないわね」と言って、女はエーレンデュルのくたびれた服を見た。

「ええ、そのとおりです。いま訊きたいのは、いや、訊きかけていたのは、暴行はあったかということでしたが」

「魂を殺す行為に暴行という表現は軽すぎるわ。実際がどうなのかを知らない人が使う差し障りのない言葉よ、暴行なんて。日々絶えず恐怖にさらされて生きるということがどういうことか、わかりますか?」

エーレンデュルは黙った。

「毎日剝き出しの憎しみをぶつけられる。どのように反応しようが決して弱まることのない憎しみ。決してそれを変えることができないから、しまいには自分の意志というものがなくなり、とにかくつぎの殴打が前の殴打よりも強くありませんようにと願うしか、望みというものがなくなる。そんな暮らしが想像できますか？」

エーレンデュルは言葉もなかった。

「そのうちに暴力は徹底したサディズムになる。なぜならそういう男がこの世でもっているたった一つの力は、妻に振るう暴力だから。彼の力は絶対的なもの。なぜなら、彼は彼女にはなにもできないと知っているから。まったく無力で、すべてが彼の手中にあるから。なぜなら彼は、彼女を憎むだけでなく、怒りと憎しみで彼女を虐待するだけでなく、彼女の子どもたちにも憎しみを向けるから。そして彼の暴力から逃げようとしたら、子どもたちに暴力を振るうと彼女にはっきりとわからせるから。体がどんなに傷つこうが、どんな苦しみがあろうが、ひどい殴打、骨折、青あざ、目の潰《つぶ》れ、唇の裂けがあろうが、それは魂への暴行に比べたらなんでもない。決して止むことのない、日々の、絶え間ない恐怖。それでもまだ最初のころは、まだ生きる力が彼女の中にあったころは、彼女は助けを求めたり、実際に逃げたりもした。でもそのたびに彼は探し出し、彼女の耳に娘を殺して山に埋めるぞとささやいた。脅しではない、彼なら本当にそんなことをやると彼女にはわかっているから、うなずいてあきらめた。あきらめて、生きるも死ぬも、すべてを絶対的な力をもつ彼にゆだねたのです」

女はエーレンデュルを見上げた。彼の西側にスナイフェルスヨークトルが遠くに見えた。

「そして彼女の人生は彼の人生の影になってしまった」と女は続けた。「彼女は抵抗しなくなった。それといっしょに生きる力もなくなった。彼女の命は彼の命に吸い取られてしまい、もはや生きてはいなかった。死んでしまったんです。暗闇にひそむ亡霊のように、自由を求めて出口のない暗がりを這いずりまわっていた。自由。それは暴力のない、魂の蹂躙《じゅうりん》のない、彼の存在からの自由。そうなんです、彼女はそのころはもう彼の憎しみの中にしか生きていなかったのです。とうとう彼が勝利したことになる。なぜなら彼女は死んでしまったのだから。生きながら死んでしまったのだから」

女は話を止めて、片手で葉っぱの落ちた枝を撫でた。

「それはあの春まで続いた。あの戦争中の春まで」

エーレンデュルは話に聴き入った。

「魂の殺人を断罪する裁判所がありますか?」と彼女は続けた。「教えてくれますか? 魂の殺人をしたとがで、人を裁判にかけ、有罪にすることができますか?」

「さあ、私は知らない」エーレンデュルは女の言わんとするところがよくわからないまま答えた。

「もう骨まで掘り下げたのですか?」と女はまた関係のないことを訊いた。

「それは明日、考古学者たちがやります。ひょっとして、あの骨の主がだれだか、知ってますか?」

「彼女はこのスグリとまったく同じだったとわかったんです」と女は悲しそうに言った。

「彼女とは、いったいだれのことです?」

「スグリとまったく同じなの。なんの手入れもいらない。考えられないほど強いんです。どんな天候にも耐え、どんな厳冬でも夏になればかならず美しい緑によみがえる。結んだ実はいつも真っ赤で汁がたっぷりで、なんの苦労もなかったかのよう。まるで冬などなかったかのように」

「失礼。あなたの名前は?」エーレンデュルが訊いた。

「一人の兵隊が彼女を生き返らせたのよ」

女は口をつぐみ、スグリの灌木《かんぼく》をじっと見つめた。まるで別の時代、別の場所にいるかのように。

「あなたはだれなんです?」エーレンデュルが訊いた。

「母は緑色が好きだった。緑は希望の色だと言ってました」

彼女はまた現実に戻ったようだ。

「わたしはミッケリーナといいます」それから一瞬迷ったようだったが、言葉を続けた。「あの男はばけものだった。いつも憎しみと怒りが煮えたぎっていた」

23

夜も十時近くになり、丘の空気もひんやりしてきた。エーレンデュルは車の中に移るほうがいいのではないかとミッケリーナに訊いた。または、明日また会ってこの続きを聞くことにしようかと。すでにかなり遅くなっていた。

「もう少し、車の中で話しましょうか」と言って、ミッケリーナは歩きだした。ゆっくりした足取りで、曲がった足が前に出るときは体全体が沈み込んだ。エーレンデュルは先に立って車に向かい、ドアを開けて彼女に手を貸した。それからボンネットの前をぐるりとまわって運転席のほうに行った。ここまでミッケリーナはどうやって来たのだろうか、と思った。あたりに車はない。

「ここまでタクシーで来たんですか?」運転席に座ってから訊き、エンジンをかけた。車の中はまだ暖かかったので、温度がすぐに上がった。

「シモンが送ってくれたんですよ。まもなく迎えにくると思いますけど」

「われわれはこの丘に住んでいた家族について、情報を集めてきました。どうもあなたの家族のようですね。聞いた話の中には、それもたいてい年取った人たちの話なんですが、かなり異様なものもあるのです。たとえばガスタンクの話とか」

「ああ、あの男はそれで母をいつもあざ笑ってましたけど、わたしは彼が言うように母が地球滅亡の日の刹那《せつな》的な乱交パーティーの中で作られたのではないと思ってます。それを言うのなら、あの男だってそうやって生まれた子どもだった可能性がある。わたしが思うに、彼はまだ子どものときにだれかにそういったことを言われたことがあるにちがいない、もしかするとそれでいじめられたのかもしれない。それを母に向けたんじゃないかと思うのです」

「ということは、お父さんこそガスタンクの中で作られた子どもだとあなたは言うのですね？」

「あの人はわたしの父親ではないの。わたしの父は死にました。船乗りで、母は父を愛していました。小さいとき、それだけがわたしの慰めだった。そう、あの男がわたしの父親ではないということ。あの男はわたしをとくに憎んだわ。ウスノロと呼んで。外見からそう呼んだのよ。わたしは三歳のときに病気で体が麻痺《まひ》してしまって、話すことができなくなったの。だからあの男はわたしに知的障害があると思ったのよ。バカと呼ばれていたわ。でも、本当は知能にはなんの影響もなかったの。はじめからそうだった。でも、いまの子どもたちとはちがって、なんの支援も受けられなかった。それにわたしはあの男が怖かったから、一言も口をきかなかったの。トラウマを経験した子どもはあまり口をきかない、ときには話すこともできなくなるということはいまではよく知られていることよね。わたしもそういう子だったと思うの。わたしが歩けるようになり、話せるようになったのはずいぶん経ってからですもの。勉強もしたわ。大学も終えたのよ、心理学を勉強して」

ミッケリーナはしばらく黙ってからふたたび話しはじめた。

「あの男の両親のことをずいぶん調べたけど、よくわからなかった。探したんですよ。いったいなにがあったのか、なぜあの男があんなふうになったのかを理解するために。あの男の子ども時代を知りたくて。彼はあちこちの農家で下働きとして働いていた。母と出会ったころは、キョーシンあたりの農場で働いていた。わたしがいちばん興味をもったのは、彼がミーラシースラのメールルという小さな農場で働いていたころのこと。いまではもう存在しないその農家には子どもが三人いた。その農家メールル家は自治体から生活費を支払ってもらってよその子どもを預かっていた。当時の我が国の貧困者救済の制度だったのね。その夫婦は公の支援で預かる子どもたちを虐待《ぎゃくたい》することで知られていた。付近の農家ではみんなが知っていることだった。あるとき彼らが預かっていた子どもの一人が食べ物も与えられずに働かされ、餓死したということで夫婦は裁判にかけられたの。その子どもはその家の庭で、当時から見てもとんでもなくひどいやりかたで解剖された。八歳の男の子だった。戸板をはがして、役人たちがその上にその子を乗せて体を切り開いたのです。そして切り取った腸を近くの小川で洗ったら、なにも入っていなかった。ひどい扱いを受けていたとわかったけれども、それが直接の原因で死んだのかどうかはわからなかった。まだ子どもだったあの男は、これをぜんぶ目の前で見たのです。もしかすると二人は友だちだったのかもしれない。同じ時期にメールル家の養子だったから。裁判の記録に、彼もまた栄養失調で、背中と脚にひどい傷があると記されていました」

ミッケリーナは沈黙した。

「彼の暴力、彼がわたしたちにしたことの釈明を求めているんじゃないの。彼のしたことは釈明や弁明ができないことですから。でもわたしはなぜあの男があんなふうになったのか、彼という人を知りたかった」

ミッケリーナはふたたび黙り込んだ。

「それで、お母さんは?」エーレンデュルがそっと訊いた。ミッケリーナが重要なことをすべて話すつもりだということはわかった。それも、彼女なりのやりかたで。急がせたくはなかった。必要なだけの時間がかかることは承知だった。

「母は不運だったの」とミッケリーナは即座に答えた。最終的にこれしか納得できる答えがないというように。「あの男に出会ってしまったのが母の不幸でした。そういうこと。母も身寄りがありませんでしたが、レイキャヴィクでよその人の世話を受けて育ち、あの男と出会ったころは裕福な商人の家の使用人だった。母の親たちのことも、じつは調べてもわからなかった。もし出生届けが出されていたとしても、いつのまにかなくなってしまったのでしょう。書類がなにもありませんでしたから」

そう言って、ミッケリーナはエーレンデュルを見た。

「でも母は手遅れになる前に本当の愛を知ったんです。彼はまさにちょうどいいときに母の人生に現れたのだと思うわ」

「だれのことです?　だれがお母さんの人生に現れたんです?」

「そしてシモンがいた。わたしの弟。でもわたしたちは、彼が日々どう感じて生きていたのか、理解していなかった。どんなプレッシャーを感じて生きていたのか。たしかにわたしは義父の仕打ちに苦しんだし、母への仕打ちに胸を痛めてはいましたが、それでもわたしはシモンよりも強かったのね。かわいそうな、かわいそうなシモン。そしてトマス。トマスの中にはあまりにもたくさん父親から受け継いだものがあった。あまりにもたくさんの憎しみが」

「話の筋が見えなくなってしまいました。だれがお母さんの人生に現れたのですか？」

「ニューヨーク出身のアメリカ人でした。ブルックリンから来た」

エーレンデュルはうなずいた。

「母には愛情が必要だった。愛情と言っても尊敬と言ってもいい。彼女が生きていること、彼女が人間であることを認めるものが。デイヴは母に自分を大切にすることを思い出させてくれた。母をふたたび人間にしてくれたんです。わたしたちきょうだいは、デイヴがなぜあんなに長い時間を母と過ごしたのだろうかとよく話をしたものよ。母の中になにを見たのだろうかと。母を見る人といえばもう義父しかいなくなっていた、母がもはや義父の暴力の対象でしかなくなっていたときに。でも、デイヴはなぜ助けようと思ったか、その理由を母に話してくれました。彼はよくレイニスヴァテン湖に魚釣りに来ていたのですが、あるとき釣った魚を持って我が家にやってきた。そして初めて母に会ったのですが、見た瞬間にすべてわかったというのです。たくさんの暴行のしるしに気づいたと。母のまなざし、母の態度にそれが表れていたと。顔にも動きにも。その一瞬で母の生活がはっきりわかったというのです」

ミッケリーナはここで話を休み、少し離れたところにあるスグリの茂みをながめた。

「デイヴにはすべてがわかったの。なぜなら、彼も、わたしやシモンやトマスと同じように、そういう環境で育った子だったから。父親は訴えられなかったし、裁かれもしなかったし、罰せられもしなかったけど、母親に死ぬまで暴力を振るった。デイヴは母親が死ぬときそばにいた。一家はひどく貧乏で、母親は結核を患って死んだのですが、父親は母親が死んだときも、その寸前まで殴っていた。デイヴは十代でしたが、父親を止めることができなかった。でも母親が死んだその日のうちに家出して、二度と戻らなかった。数年後、兵隊に志願し、それでレイキャヴィクに送り込まれ、この丘の向こう側にあったアメリカ軍の基地に配属された。そしてある日うちの家のドアをノックしたら、自分の母親そっくりの女が出てきたというわけなの。それがわたしたちの母親でした」

二人ともしばらく沈黙した。

「そのときには、彼はことに対処できるほど大人になっていた」ミッケリーナが言った。

一台の車がゆっくりと通り過ぎ、近くに停まった。男が一人車を降りて、スグリの木のほうをうかがっている。

「シモンだわ。わたしを迎えにきてくれたのよ」ミッケリーナが言った。「ずいぶん遅くなったから、続きは明日でもいいかしら。よかったらわたしの家に来てくださいな」

彼女は車のドアを開けて、男に声をかけた。男が振り向いた。

「あそこに埋められていたのがだれか、知っていますか?」エーレンデュルが訊いた。

「明日ね。明日続きを話しましょう。急ぐ理由はなにもないわ」そう言って、彼女は繰り返した。「そう、急がなければならない理由はなにもない」

男は車に近づき、手を伸ばしてエーレンデュルの車を降りるミッケリーナを支えた。エーレンデュルは座席で首を伸ばしてその男を見ようとしたが、かなわず、ドアを開けて車を降りた。

「いや、しかし、これはシモンではあり得ない」とエーレンデュルは、ミッケリーナを支えている男を見て驚きの声を上げ、ミッケリーナに言った。「まだ三十五歳ほどじゃないですか」

「え?」ミッケリーナが訊き返した。

「これはあなたの弟のシモンではないですよね」と訊いて、エーレンデュルは男に目を戻した。

「ああ、そのこと」とミッケリーナはエーレンデュルの驚きの理由がわかってうなずいた。

「あのシモンではないのです」と言って、かすかにほほ笑んだ。「これはわたしの息子です。弟のシモンの名前をとって、わたしがつけたのです」

24

翌朝、エーレンデュルはエリンボルクとシグルデュル＝オーリに署の自室で会い、ミッケリーナから聞いたことを話し、今日中に続きを聞きに彼女の家を訪ねるつもりだと伝えた。彼は骨の主がだれであるか、だれがそこに骨を埋めたのか、そしてなによりその理由をミッケリーナから聞くことができると確信していた。人骨全体はその日の夕方には掘り出されることになっていた。

「なぜ昨夜話をぜんぶ聞き出さなかったんですか？」シグルデュル＝オーリが訊いた。前の晩ベルクソラと久しぶりにゆっくりした夜を過ごしたため、その朝彼は機嫌がよかった。前夜、彼らは将来を語り合った。子どものことも含め、これからどのように暮らしたいか、それにパリ旅行、スポーツカーを借りることまで話し合った。「そうすれば、こんなことからすぐにでも手が引けたのに。この骨の件、ぼくはもううんざりですよ。ベンヤミンの地下室も、この捜査そのものも、もうたくさんだ」

「彼女に会いにいくとき、わたしもいっしょに行きたいです」エリンボルクが言った。「その人、ハンターが男を捕まえにいったときに見かけたという障害のある女の子でしょうか？」

「その可能性はおおいにある。彼女は父親のちがう二人の弟の名前を言った。シモンとトマスだ。それもまた、ハンターがその家で二人の男の子を見かけたという話と一致する。彼らを助けたのはアメリカ兵で、デイヴという名前だった。苗字は知らないが、ハンターに訊いてみよう。この女性には慎重に接する必要があるという気がする。彼女はわれわれに必要な情報を教えてくれるだろう。急がす必要はないと思う」と言って、エーレンデュルはシグルデュル＝オーリを見た。

「地下室のものにはぜんぶ目を通したか？」

「ええ。昨日ぜんぶ終わりましたよ。なにも見つけることはできませんでしたが」

「あの骨の主は、ベンヤミンのフィアンセでないことは確実なんだな？」

「はい。いや、少なくともぼくはそう思います。入水自殺したというのは本当でしょう」

「彼女が強姦されたということを示す証拠はないものかな」エーレンデュルは考えを声に出して言った。

「その証拠は海の底にあるんでしょう」シグルデュル＝オーリが言った。

「そうか。彼女についてはこれでおしまいだな」

「本当の愛は陸にだけあると思いますよ」と言い、シグルデュル＝オーリはにやりと笑った。

「わかったようなことを言うな」エーレンデュルが舌打ちした。


ハンターはエーレンデュルとエリンボルクの訪問を受け、居間に通した。食卓の上には書類がところ狭しと広げられていた。戦時中のレイキャヴィクのアメリカ軍基地のデポーに関するもの、ファックスやコピー、本なども無造作に床に置かれていた。本格的に調査しているようだとエーレンデュルは思った。ハンターはテーブルの上の書類の山に手をかけた。

「この中のどこかにデポーで働いていたアイスランド人の名簿があるはずだ。アメリカ大使館が見つけてくれた」ハンターが言った。

「あなたの話していた丘の斜面の家に昔住んでいたという人を見つけました。障害のある女の子がいたということでしたが、おそらくその人ではないかと思われます」

「それはよかった」とハンターは生返事をした。書類を探している。「あった。これだよ」

手書きの名簿をエーレンデュルに渡した。当時デポーで働いていたという九人のアイスランド人の名前があった。エーレンデュルはそれらの名前に覚えがあった。ジムが電話で読み上げてくれた名前だからだ。たしかこのリストを送ってくれるようジムにたのんだはず。そこまで考えたとき、エーレンデュルはミッケリーナに義父の名前を訊くのを忘れたことに気づいた。

「だれがタレコミをしたのかもわかったよ。当時の同僚の一人がミネアポリスに住んでいて、いまでもときどき連絡を取り合っている。彼に電話をして訊いてみた。この一件をよく覚えていたよ。彼もまた数人に電話をかけて確認してくれた」

「それで、名前は？」

「デイヴという男だ。ブルックリン出身のデイヴ・ウェルチ。兵卒だった」

ミッケリーナの言った名前と同じだ、とエーレンデュルは思った。

「まだ生きていますか？」

「わからない。友人は国防省を通じて調べてもらったらしいが、消息不明だ。前線に送り込まれた可能性もある」

エリンボルクはデポーで働いていたアイスランド人たちの消息を調べる仕事をシグルデュル＝オーリに手伝わせることにした。エーレンデュル自身はエヴァ＝リンドを見舞いに病院へ行くため、ミッケリーナに会いにいくのは午後にしようとエリンボルクに言って出かけた。

病院に来ると、集中治療室の廊下を渡ってエヴァ＝リンドの横たわっている部屋へ行き、ドアの隙間からそっとそれまでと変わらず目を閉じたまま意識のない様子の娘を見た。ハルドーラがいないのを見てほっとした。そのまま廊下の奥のほうまで見渡した。前回間違ってそっちの方向へ行ったために、小さな女と吹雪の中にいる男の子について不思議な会話を交わすはめになったのだった。エーレンデュルはゆっくりと廊下を歩いていちばん奥の部屋の前まで行き、中をのぞいたがだれもいなかった。毛皮を着た女もいなかったし、ベッドの上で生死の境をさまよっていた男もいなかった。霊能者だという女もいない。エーレンデュルはひょっとして自分は夢を見たのだろうかと思った。一瞬そこに立ち止まったが、そのまま引き返して、娘の部屋に入り、静かにドアを閉めた。できればロックしたいところだったが、ドアに錠はついていなかった。エヴァ＝リンドのベッドのそばに座った。そのまま静かに吹雪の中の少年のことを考えた。

長い時間が経った。エーレンデュルはやっと決心し、ため息をついた。

「あの子は八歳だった。おれより二つ年下だった」

霊能者の言った言葉を考えた。その子の心は安らかです。彼は何が起きたかを理解し、安らかな心になっています。あのときのことはだれのせいでもないのです。あの女性はなにもない宙からこんなに単純な言葉をつかまえて伝えてくれたのだが、エーレンデュルにとってはなんのなぐさめにもならなかった。彼はあれからずっとあのまま吹雪の中に立っているのだ。それどころか時の流れとともに吹雪はもっと激しいものになっていた。

「おれは手を離してしまったんだ」とエーレンデュルはエヴァ＝リンドに言った。

吹雪の音が大きく耳に響いた。

「おれたちは互いの姿さえ見えなかった。二人でしっかり手をつないでいた。すぐ近くにいたのに、吹雪のせいであの子の姿がまったく見えなかった。そして手が離れてしまったんだ」

しばらく沈黙した。

「だから、おまえは消えてしまってはだめだ。だからこそ、おまえはこれを乗り越えて、戻ってきて、元気になってくれ。おまえの人生がバラの花の上で踊るような楽しいものではないことは知っている。おまえが人生を粗末に扱っていることも知っている。まるで自分などなんの価値もないというように。だがそうではない。そう思うのは正しくないんだ」

エーレンデュルはベッドサイドランプの薄暗い光の中で娘を見つめた。

「あの子は八歳だった。さっき言ったね？　その年齢のほかの子と同じように朗らかで元気で、おれたちは仲がよかった。それは当たり前のことじゃないよ。子どもはたいていいがみ合いをするものだ。殴り合い、競争、けんかはよくあることだ。だが、おれたちはそうではなかった。もしかするとそれは、おれたちが正反対だったからかもしれない。みんなあいつのことが好きだった。たのまれなくてもみんなすぐに彼のことが好きになった。そういう子がいるんだ。彼はそういうやつだった。おれはちがったが。あいつはなぜかみんなが気を許すものをもっていた。自分をあるがまま見せるんだ。なにも隠さずに。芝居などせずに自分のままでいる。まっすぐで正直なんだ。そういう子どもは……」

エーレンデュルは黙り、それからまた続けた。

「おまえを見ているとときどきあいつのことを思い出す。はじめからそれに気がついていたわけではない。こんなに時間が経ってしまってから、おまえがおれを探し当ててやってきてからのことだ。おまえの中のなにかがあいつを思い出させるんだ。だがおまえはそれを壊そうとしている。だからおまえがでたらめに生きているのを見ると、おれは胸が張り裂けそうになる。そしてまたおれがそれをどうすることもできないことも悲しい。おれはおまえのすぐ近くにいながら、あの吹雪の中であいつの手を離してしまったときと同じように、おまえを助けることができない。おれたちは手をつないでいたのに、おれがその手を離してしまった。手が離れてしまいそうだと感じていて、そうなったらおしまいだとわかっていたのに。おれたちは二人とも死ぬところだった。手がすっかり凍ってしまってなにも感じなかったんだ。だが、あの子の手を離したその瞬間だけはわかった」

エーレンデュルはまた黙り、床を見つめた。

「それがすべての原因だろうか。わからない。おれは十歳だったが、あれ以来ずっと罪悪感を感じている。それを払い落とすことができないでいる。いや、払い落としたくないんだ。良心の痛みは壁となって、おれが手放したくない悲しみのまわりを囲んでいる。もしかするとおれはずっと前にこの悲しみを手放して、救われた命をありがたく思い、なんらかの意味をこの人生に与えるべきだったのかもしれない。だがおれはそうしなかった。これからもきっとそうしないだろう。人はみななにか重いものを背負っている。おれの背負っている荷物は、同じように大切な人を失ったほかの人の荷物よりも重いということはないかもしれない。だが、おれにはこれ以外の生きかたができないんだ。

おれの中でなにかが消えてしまった。おれはあの子を見つけることができなかった。いまでもしょっちゅうあいつの夢を見る。あいつはまだあそこのどこかにいるとおれにはわかっている。一人で吹雪の中をさまよい、見捨てられ、寒さに震えている。しまいにどこかに倒れるんだ。だれにも見つけられないようなところに。雪が吹き積もって、姿が見えなくなってしまう。おれがどんなに探しても、どんなに彼の名前を呼んでも、だめなんだ。おれには見つけられない。彼の耳におれの声は届かない。吹雪の中で永遠におれの視界から消えてしまうんだ」

エーレンデュルはエヴァ＝リンドを見つめた。

「まるで彼だけがまっすぐに天まで昇ってしまったようだった。おれはすぐに見つけられて助かった。だがおれはあいつをなくしてしまった。そしておれはなにも話せなかった。あいつがいなくなったときにおれたちがどこにいたのかさえ言うことができなかった。ひどい吹雪で、本当になにも見えなかったんだ。おれは十歳で、凍死寸前で、捜索に来てくれた人たちに一言も話せなかった。すぐに捜索隊がやってきて、何日もあたり一帯を朝から晩まで捜してくれた。ランプを照らして彼の名前を呼んで雪の中に長い棒を突き刺した。小さなグループに分かれ、捜索犬まで出して。その声も犬の吠える声もあたりに響いたのに、なんの結果も出せなかった。なにも。あいつは決して見つからなかった。

そしてこのあいだ、おれはこの病院の廊下で偶然に一人の女性に出会った。その人は、あれはおれのせいではない、怖がらなくていいのだと言った。どういうことだ？　おれは霊能者のなんのという話は信じない。だが、いったいなぜあの女性はそんなことを言ったんだ？　なにを信じたらいいんだ？　おれはいままでずっと、あいつが消えたのはおれのせいだと思ってきた。もちろんいまでは、いや、この間ずっと、罪をかぶるにはおれは小さすぎたということを知ってはいた。それでも良心の呵責に苦しんできた。まるで転移した癌がしまいには命取りになってしまうかのように。

なぜなら、おれがなくしたのはほかのだれでもない……。

吹雪の中の男の子は……。

おれの弟だったからだ」

母親は冷たい秋風とともに家に入ってドアを閉め、台所のテーブルでシモンの向かい側の暗がりに座っているグリムルのほうをまっすぐに見た。彼女のほうからはグリムルの顔はよく見えない。グリムルとは軍隊のジープで彼が連れ去られてから一度も会ったことがなかった。だが家に彼がいるだけで、そして暗がりに彼の姿を見るだけで、恐怖がよみがえった。秋になってからずっと彼が帰ってくることは覚悟していた。だがいつ刑務所から出されるのか、それは知らなかった。搾乳場《さくにゅう》でトマスが走ってくる姿を見たとたん、彼女にはわかった。

シモンは動くこともできなかったが、背中を硬くしたまま、目だけ玄関のほうに動かし、母親と目を合わせた。母親はトマスの手を離し、トマスはそっと廊下のくぼみに立っているミッケリーナのところへ行った。母親はシモンの目に恐怖を見た。

グリムルは台所のいすに腰をかけ、筋肉一つ動かさなかった。そのまま数分が過ぎた。この間、聞こえるのは吹き荒れる秋風の音と走ってきた母親の乱れた呼吸だけだった。グリムルに対する恐怖は春以来薄れていたが、いまそれは猛烈な勢いでよみがえり、一瞬のうちに以前と同じ状態になった。まるで彼の不在の間なにごともなかったかのように。脚の力が抜け腹の痛みがよみがえり、姿勢ももはや誇りのないものになってしまった。両肩の間に首が垂れ下がり、体を小さくしている。もはやあきらめ、ただ最悪のことを覚悟している格好だった。

台所に立つ母親の様子が変わったことに子どもたちはすぐに気づいた。

「シモンと少ししゃべってたんだよなあ」と言ってグリムルは、ランプの下まで頭を動かし、顔の傷がはっきり見えるようにした。その顔を見たとたん、母親の目が大きく見開かれた。赤い火傷が生々しく明かりに照らし出された。彼女は口を開けてなにか言いかけた。悲鳴を上げるところだったのかもしれない。が、その口からはなにも聞こえなかった。そのまま信じられないというようにグリムルを見つめた。

「きれいだろう。そう思わないか?」グリムルが訊いた。

グリムルは、どこか以前とは変わっていた。シモンにはどことははっきり言えないなにか。前より自信に満ちていた。自分に満足しているようだった。ここを支配しているのは自分だと思っているのは、言葉や態度からすぐにわかる。それはいままでもそうだった。が、いまはなにかそれ以上のものがあった。なにかもっと危険なもの。ゆっくりと立ち上がるグリムルを見ながら、シモンは必死に考えた。

グリムルは子どもたちの母親のほうへ足を運んだ。

「シモンから聞いたぞ。魚を持ってきた兵隊がいたとな。名前はデイヴだと」

母親は黙っている。

「おれにこんなことをした兵隊の名前もデイヴといった」と言って、グリムルは火傷を指差した。「おれはちゃんと目が開けられない。それというのもその男にコーヒーをかけられたからだ。まずヤカンでコーヒーをぐらぐら煮立たせた。熱すぎてふきんで押さえなければもち手が持てなかったほどよ。カップにコーヒーを注ぐかと思ったら、なんとおれの顔にその煮立ったコーヒーをかけやがった」

母親はグリムルから視線を外し、床を見つめ、ぴくりともせずにその場に立っていた。

「やつら、おれが後ろ手に手錠をかけられている部屋にあいつを入れやがった。あいつがなにをしようとしていたか、やつらは知っていたにちがいないのに」

グリムルは廊下に立っているミッケリーナとトマスのほうへ勢いよく近づいた。シモンはテーブルにのりで貼り付けられたように動かなかった。グリムルは子どもたちの母親のほうを振り向くと、つかつかと近づいた。

「まるでやつらがあの男に褒美《ほうび》をあげるみたいにな。やつらがなぜそうしたか、知ってるか?」

「いいえ」子どもたちの母親が答えた。

「いいえ、か」とグリムルは彼女の声を真似て言った。「やつと寝るのに忙しくて、そんなこと知ってられるかってか?」

彼はにやりと笑った。

「あの男が湖に浮いていても、おれは驚かねえなあ。おまえのために魚釣りをしている最中に足を踏み外してさ」

グリムルは彼女のそばにぴったり体を寄せて立った。その手が突然彼女の腹のほうに伸びた。

「あいつ、なにか残していったか?」低い、脅し声で言った。「湖のそばの柔らかい土の穴の中によ。そうなのか? あの男、なにか残していったのか? 言っておくが、もしあいつがなにか残していったのなら、おれはそれを殺す。焼いてしまおうか。ちょうどあいつがおれの顔を焼いたのと同じようにな」

「そんなふうに話さないで」子どもたちの母親が言った。

グリムルは彼女を見た。

「あの野郎、なぜ盗みのことを知ったんだ？　おれたちがやっていたことをあいつに教えたのはだれだ？　おまえ、なにか知っているか？　おれたちはひょっとすると注意が足りなかったのかな。それともあいつがおれたちのことを見たのか。いや、それとももしかして、釣ったニジマスを持ってここに来て、家の中にあった宝物を見て、どこから来たものかと考えたのかもしれんな。そしてうちの売女《ばいた》に訊いたのかもしれんなあ」

グリムルは彼女の下腹をぐいとつかんだ。

「軍服を見たら脚を広げないではいられないか」

シモンが静かに父親の後ろで立ち上がった。

「コーヒーを一杯どうだい？」グリムルが子どもたちの母親に言った。「朝の熱いコーヒーを一杯、いいねえ。デイヴから許しが出るかな？　おまえ、どう思う、デイヴがコーヒー一杯飲んでいいと言うかな？」

グリムルは高笑いした。

「もしかすると、あいつも一杯ほしがるかもしれんな。あいつはここに来ることになっているのか？　あいつがここに来て助けてくれるのを待っているのか？」

「やめて」グリムルの後ろからシモンの声がした。

グリムルは母親をつかんでいた手を離して、シモンを振り返った。

「そんなことをするの、やめて」シモンが言った。

「シモン！　黙りなさい、なにも言わないで！」母親が叫んだ。

「ママに手を出さないで」シモンが震える声で言った。

グリムルは母親のほうに向き直った。ミッケリーナとトマスは廊下に立って、息を詰めてことの成り行きを見ていた。グリムルは母親にぐいと近づくと、耳元でささやいた。

「おまえはもしかすると、ある日、消えるのかもしれんな。ベンヤミンの女のように」

母親はグリムルを見た。これから始まる殴る蹴るに備えて構えた。

「その人のことを、知ってるの？」

「人間は消えるものなんだよなあ。どんな種類の人間もだ。金持ちもな。だからおまえのようなどうでもいい人間が消えても不思議はないんだよ。だれがおまえのことなど心配するってんだ？　ガスタンクでおまえを身ごもった母親ぐらいなもんだろうが。そんなことするか、おまえのおふくろが？」

「ママに手を出すな」父親のすぐそばに立ってシモンが言った。

「おお、シモンか？　おまえとはうまくいってると思ったがな。おまえとおれとトマスは」

「ママに手を出すんじゃない。ママにひどいことをするのはもうやめるんだ。やめて、ここから出ていくんだ。出ていけ。そして二度と戻ってくるな」

グリムルはシモンを振り返り、いままで見たこともないというような顔でまじまじと見た。

「たしかにおれはいままで留守にしていた。六カ月もいなかった。そしてこれが歓迎の態度ってわけか。ババアはボテバラ、息子は親父を追い出そうってか。おまえ、もうおれを締め上げる年齢《とし》になったか？　そう思ってんのか？　本気でおれを締め上げることがおまえにできると思ってんのか？」

「シモン！　だいじょうぶだから、トマスとミッケリーナを連れてグーヴネスへ行って、待っててちょうだい。聞こえた？　言われたとおりにしてちょうだい！」

　グリムルはシモンを見、母親を見てあざ笑った。

「ほほう、ババアが命令するようになったってか。てめえ、自分をだれだと思ってるんだ？　短い間に変われば変わるもんだなあ」

　グリムルは廊下に目を移した。

「あのできそこないはどうしてる？　相変わらず這いずりまわってるか？　あれも大きな口をきくようになったか？　ベーベーベーとわめきやがって。ずっと前に絞め殺しておくんだった。これが歓迎のしるしか？　おまえらのこの態度が」

　グリムルは廊下に向かって吐き捨てるように言った。ミッケリーナはそっと廊下の奥のほうに体を動かした。トマスは笑いかけてくる父親を見上げた。

「だが、トマスとおれは別だよな。トマスは親父をぜったいに裏切らない。こっちにおいで、トマス。パパのほうに来るんだ」

　トマスは父親の前まで行った。

「ママは電話した」トマスが言った。

「トマス！」母親が叫んだ。

25

「トマスはグリムルに加担するつもりはなかったんだと思うの。それどころか、母を助けるつもりだったんじゃないか。あの男を脅かしたかったんだと思う。そうすれば母を救うことができると思ったんじゃないかしら。でも、本当のところは、彼にも自分のしたことの意味がわからなかったんじゃないかと思う。あの子はまだ小さかった。ほんの子どもだった」

ミッケリーナは黙り、静かにエーレンデュルのほうに目を向けた。彼はエリンボルクといっしょにミッケリーナの家の居間に座っていた。ミッケリーナが語る母親とグリムルの話に耳を傾けていた。彼ら二人の出会い、最初にグリムルが暴力を振るったときのこと、だんだんその暴力がエスカレートしていったこと、母親が二度も彼から逃げようとしたこと、そしてグリムルが彼女を、そして子どもたちを殺すと脅したこと。ミッケリーナは丘の家での生活の話をした。アメリカ兵たちの話、デポーのこと、盗みのこと、魚釣りをしたデイヴのこと、義父が牢屋にいた夏のこと、そしてデイヴと母親が愛し合うようになったこと、自分を抱き上げて外で遊んでくれた弟たちのこと、デイヴとのピクニック、そして義父が戻ってきたあの寒い秋の朝のこと。

ミッケリーナはこれらの話を時間をかけてじっくり話した。そして、必要と思うことはすべて話すよう努力した。エーレンデュルとエリンボルクは話に聴き入り、ときどきミッケリーナが用意してくれたコーヒーを飲み、ケーキを食べた。その朝訪ねてくるエーレンデュルのために彼女があらかじめ焼いておいてくれたケーキだった。ミッケリーナはエリンボルクのことも歓迎し、犯罪捜査官の女性は多いのかと訊いた。

「いいえ、ほとんどいません」とエリンボルクは答え、ほほ笑んだ。

「残念なことね。それに恥ずかしいことだわ」と言って、エリンボルクに腰掛けるようにうながした。「あらゆるところで、女性は最前線にいなくてはならないのに」

エリンボルクはエーレンデュルのほうを見た。彼は浮かない顔だった。昼食のあと、エリンボルクはエーレンデュルを部屋に訪ねた。出勤する前に病院に寄ってくることは知っていたが、顔色が悪かった。エヴァ＝リンドの具合はどうかと訊いた。ひょっとしてもっと悪くなっているのではないかと危惧したからだ。だが、エーレンデュルは変化なしだと答えた。エリンボルクがさらにエーレンデュル自身の具合はどうなのだと訊き、なにか自分にできることがあればと言うと、エーレンデュルは首を振り、いまは待つよりほかはないと答えた。エリンボルクは不安な待ちの状態がどれほどエーレンデュルを疲れさせているだろうと思ったが、なにも言わなかった。長いつきあいの中で、エーレンデュルは自分のことを語らない、語る必要がないらしいとエリンボルクは承知していた。

ミッケリーナはブレイズホルトに住んでいた。建物の一階だった。アパートの中は大きくはなかったが心地よく、ミッケリーナがキッチンでコーヒーをいれている間、エーレンデュルは居間をぐるりと見てまわった。家族か、家族のように見える人たちの写真があった。数枚しかなかったが、どの写真もあの丘の家の写真ではないように見えた。

キッチンからミッケリーナの声がした。自分のことを語るその声が居間にまで響いた。初めて学校に行ったのは二十歳近くなってからだった。ほぼ同じころ、障害に対するリハビリも受けはじめ、リハビリの運動はすぐに効果を発揮しはじめた。エーレンデュルは、ミッケリーナが話を急ぎすぎるような気がしたが、止めはしなかった。社会人のための高等学校で大学入学資格をとり、大学に入って心理学を学んだ。そのときはすでに五十歳になっていた。いまは年金生活をしている。

シモンという名前をつけた男の子は、彼女が大学に入る数年前に養子にした。養子縁組みの手続きは想像以上にむずかしかった。その理由はわかるでしょうと言って、彼女は皮肉な笑いを浮かべた。

毎年丘の上のあの土地を春と夏に訪ねてスグリの木の世話をし、秋になると木の実を摘んでジャムを作る。去年のもまだ少し残っていると言い、彼らに味見させた。食べ物にくわしいエリンボルクはその味を絶賛した。ミッケリーナは、それでは残りを持っていってくれと言った。残りが少ししかないのが残念そうだった。

そのあと彼女は、レイキャヴィクの町がこの数十年でどんなに変わったかを話しはじめた。まずブレイズホルトまで延び、稲妻のような速さでグラーヴァルヴォーグルまで、それから最後にグラーヴァルホルトまで町が広がった。グラーヴァルホルトは彼女が生涯でもっとも苦しい時代を過ごした場所だった。

「本当のことを言って、あそこの暮らしはただただ恐ろしいことばかりだった。たった一つの例外があの夏だったの」

「あなたの障害は生まれつきですか？」エリンボルクが訊いた。この問いをできるかぎり失礼ではないかたちで訊こうと言葉を探したのだが、これ以外に訊きようがなかった。

「いいえ」とミッケリーナは答えた。「わたしは三歳のときに病気になったのよ。病院に運ばれたけど、母の話によると、当時病院には、入院している子どもに親が付き添うのを禁じる規則があったんですって。死にそうな子どもが入院したときに親がそばにいることを禁じる病院の規則は無慈悲だと、母はずいぶん掛け合ったらしいけど、許されなかった。わたしは助かったことは助かったけど、障害が残った。何年か経って、母はその障害は訓練によって治せるものだとわかったらしいけど、義父がそんなことは許さなかった。病院へ連れていって、正しい治療を受けさせるなんて、論外だった。わたし、病気になる前の記憶があるのよ。現実だったのか、夢なのかわからないけど、お日さまが照っていて、わたしは庭にいたの。たぶん母が働いていた商家の庭だったと思うの。母と追いかけっこしていて、わたしは大きな声で笑いながら力いっぱい走るの。後ろから母が追いかけてきた。それだけ。でも、わたしは走れたということ、どこまでも力いっぱい走れたということをはっきり覚えているの」

ミッケリーナはほほ笑んだ。

「わたしはよくそんな夢を見るのよ。健康で、自由に体が動かせる自分の夢を。話すときかならず頭が揺れるわたしじゃなく、そして言葉を発するときに顔を大きく歪めるわたしでもなく、自由に顔の筋肉を動かせる自分なのよ」

エーレンデュルはコーヒーカップをテーブルの上に戻した。

「昨日、弟さんのシモンの名前をあの若者につけたと言いましたね？」

「シモンは素晴らしい子だった。父親ちがいのわたしの弟。彼の中には父親に似たところはまったくなかった。少なくとも、わたしにはそう思えたわ。あの子は母親似だった。明るくて、素直で、親切だった。ほかの人が苦しむのを見ていることができなかった。あの子は父親を憎んだの。その憎しみが彼を蝕《むしば》んでしまった。あの子にかぎってこの世で憎しみを抱くものなんてあってはいけなかったのに。彼もわたしともう一人の弟と同じように、子ども時代ずっと恐怖におののいて育ったの。父親が母親に暴力を振るうのを毎日見せられて育った。母親が殴られ蹴られて壊れていくのを毎日目撃して育つのがどういうことかわかりますか。わたし自身は頭からふとんをかぶって見ないようにしたけど、ときどきシモンが父の暴行から目を逸《そ》らさずに見ていたのをわたしは知っている。それはまるで、大きくなって父親と対決したときのために、父親のやることをよく見て力を溜め込んでいるようにさえ見えたもの。父親に復讐できるほど強くなったときこそ見てろ、というように。シモンは父親と母親の間に割って入ることさえあった。母の前に立ちはだかって、父親の攻撃から守ろうと。でもそんなとき母は気が狂ったようになったわ。子どもたちにまで暴力を振るわれることだけはぜったいに嫌だったのでしょう。シモンは本当にいい子なの」

「まるで彼がまだ子どものように話すんですね」エリンボルクが言った。「もう亡くなったんですか？」

ミッケリーナは黙り、静かにほほ笑んだ。

「それとトマスもいますね。たしか三人きょうだいでしたね？」エーレンデュルが訊いた。

「ああ、トマスは」とミッケリーナが言った。「あの子はシモンとはまったくちがってた。父親にもそれがわかったのよ」

ミッケリーナはまた口をつぐんだ。

「お母さんは家に帰る前にどこに電話したんですか？」エーレンデュルが訊いた。

ミッケリーナは答えないまま寝室へ行ってしまった。エーレンデュルとエリンボルクは顔を見合わせた。ミッケリーナはすぐに戻ってきた。手にくしゃくしゃの紙を持っている。その紙を開くと、読んでから、エーレンデュルに手渡した。

「この紙を母からもらったの。デイヴがこの紙を母にテーブル越しに渡したのをいまでもはっきり覚えているわ。でもなにが書かれていたのか、わたしたちは知らなかった。母はずっと経ってから、本当に長い時間が経ってから、それをわたしに見せてくれたの」

エーレンデュルはその文字を読んだ。

「デイヴはアイスランド人か、アイスランド語がわかる兵隊にこれを書いてもらったんだと思うの。母はそれを生涯大切に持っていた。わたしはお墓まで持っていくつもり」

エーレンデュルはその紙を見た。下手な字だったが、大文字ではっきりと書かれていた。

彼があなたになにをしているか、ぼくは知っている。

「母とデイヴは、義父が牢屋から出てきたらすぐに母が知らせ、デイヴがうちにやってきて助けてくれると決めていたの。でも、それからどうしようとしていたのか、わたしは知らない」

「勤め先の農家に応援をたのむことは考えられなかったのでしょうか？」エリンボルクが言った。「その搾乳場《さくにゅう》にはたくさんの人が働いていたのでしょう？」

ミッケリーナはエリンボルクを正面から見て言った。

「母はあの男の暴力に十五年間耐えてきたの。ひどく殴られて、ときには何日も、いえ、何週間もベッドから出られないほどだった。でも精神的な暴力はもっとひどかったかもしれない。昨日エーレンデュルに話したように、母はまったく存在しないほど小さくなってしまったのです。亭主から受ける軽蔑を、自分自身に向けた。何度も自殺しようと考えたけど、わたしたちがいたからそれもできなかった。デイヴのおかげで、あの六カ月間は少しはよくなったけど、彼以外の人の助けを請うたことは一度もなかったの。あんなに長い間どんな目に遭ってきたのかを、一度もだれとも話したことがなかった。人に話すくらいなら、もう一回殴られることさえかまわないようだった。最悪、彼にぶたれればすべてがもとどおりになる、それでいいとさえ思っていたと思うの」

ミッケリーナはエーレンデュルを見つめて言った。

「デイヴは来ませんでした」

エリンボルクに目を移した。

「でも、なに一つもとどおりにはならなかった」


「そうかい。ババアは電話したか?」

グリムルはトマスに腕をまわした。

「ババアはどこに電話したんだ、トマス? おれたちの間に秘密はないよな。この女は秘密があってもいいと思っているようだが、それは大きな間違いだ。秘密は危険なものだからな」

「子どもを巻き込まないで」子どもたちの母親が言った。

「おお、おお、こんどはおれに命令してるぞ」と言って、グリムルはトマスの肩を撫でた。

「ものごとは変わるもんだなあ。つぎはどうなる?」

シモンが母親の前に立った。ミッケリーナも近寄った。トマスが泣きだした。ズボンの前に黒っぽいシミが広がった。

「それで、だれか電話に出たのか?」グリムルが訊いた。顔から笑いが消え、険しい表情になっている。全員の視線が彼の顔の火傷に注がれた。

「だれも出なかったわ」母親が言った。

「そうかい、救世主のデイヴさまはお出ましなしか?」

「デイヴは来ないわ」母親が言った。

「タレコミ屋はどこに行っちまったんだろうなあ。どう思う? 今朝船が一艘港から出ていった。兵隊たちをぎゅうぎゅう詰め込んでな。ヨーロッパの戦場で兵隊が必要なんだとよ。いつまでも大勢の兵隊をアイスランドに駐屯させて女の尻ばかり追わせているわけにもいかねえんだろうな。いや、もしかすると、やつは仕返しされたかもしれんな。おれが捕まった事件は、当のおれさえも知らなかったんだが、だいぶ大きな事件扱いで、何人もの上官の首が飛んだらしいからな。おれよりも立派なお偉方さんたちの首よ。だから、恨みも買っただろうよ」

グリムルはトマスを脇に押しやった。

「そうさ、恨んでいるやつが大勢いるんだ」

シモンは母親にぴったり体を寄せた。

「こんどのことで一つだけ、おれにはどうしても合点がいかないことがある」と言ってグリムルは子どもたちの母親にぐいっと詰め寄った。酸っぱい、不快な臭いが彼の体から立ち上った。

「どうしてもわかんねえんだ。もちろん、おれがいなくなったら、おまえのことだ、いちばん最初に来た男を脚の間に抱え込むことぐらいは見当がついたさ。なにしろ淫売だからな、てめえは。だが、あいつのほうは？」

グリムルは彼女の顔にぐいと顔を近づけた。

「あの野郎はてめえになにを見たってんだ？」

そう言うと、両手で彼女の頭を挟み込んだ。

「ゲロを吐きたくなるようなクサレ売女《ばいた》じゃねえか」

「わたしたち、今回こそ母は殺されると思った。全員がその覚悟を決めた。わたしは怖くて震えが止まらなかったし、シモンも同じだった。わたしは台所に刃物があるということばかり考えていた。でも、それきりなにも起きなかったのよ。母とあの男は睨《にら》み合い、そのあとあいつは母から後ずさりして離れたんです」

ミッケリーナは黙った。

「あのときほど怖かったことはない。そしてシモンは、あのときから二度とふつうには戻れなかった。少しずつわたしたちから離れていってしまった。かわいそうなシモン!」

ミッケリーナは目を伏せた。

「デイヴはわたしたちの前に現れたのと同じくらい急にいなくなってしまった。そして母は二度と彼に会えなかった」

「彼の苗字はウェルチといって、いまわれわれは彼の消息を追跡中です。義理の父親の名前はなんといいましたか?」

「ソルグリムル。でもいつもグリムルと呼ばれてました」

「ソルグリムル」とエーレンデュルは繰り返した。デポーで働いていたアイスランド人の名簿にあった名前だった。

コートのポケットで携帯電話が鳴りはじめた。丘の現場にいるシグルデュル＝オーリからだった。

「こっちに来るべきですよ」シグルデュル＝オーリが言った。

「こっちとは？　いまどこにいるんだ？」

「丘の上です。ようやく彼らは全体の骨を掘り起こしたんですよ。これで骨の主がだれか、やっとわかりましたよ」

「骨の主がわかったって？」

「そうです。埋められていた人間の」

「だれだというんだ？」

「ベンヤミンのフィアンセです」

「なぜだ？　なぜそう言う？」エーレンデュルは立ち上がり、自由に話せるようにミッケリーナのキッチンへ移った。

「こっちに来て、自分の目で見たらわかりますよ」シグルデュル＝オーリが言った。「ほかの人間であるはずがない。こっちに来て、見てください」

そう言うと、シグルデュル＝オーリは電話を切った。

26

十五分後、エーレンデュルとエリンボルクはグラーヴァルホルトの現場に着いた。ミッケリーナにはそそくさとあいさつした。彼女は二人が立ち上がって戸口に向かうのを目を丸くして見ていた。エーレンデュルは電話でシグルデュル＝オーリが言ったベンヤミンのフィアンセ云云のことをミッケリーナに伝えはせず、ただ骨が掘り出されたので丘へ行かなければならなくなったとだけ言い、話の続きはまたあとでゆっくり聞くと言った。何度もあとでまた、と言って謝った。

「わたしはいっしょに行かなくてもいいのかしら」二人を玄関まで送り出しながらミッケリーナが言った。「わたしは……」

「いや、いまはいいです」エーレンデュルが話をさえぎった。「あとでまた続きを聞かせてください。捜査が急展開したようなので」

シグルデュル＝オーリは丘の上で彼らを待っていた。三人はそろって現場に行った。スカルプヘディンが現場で待っていた。

「エーレンデュル」と声をかけて、考古学者は握手をした。「やっとここまで来たな。しかし、肝心なところまで来てからはそれほど時間がかからなかった」

「なにが見つかったんです？」エーレンデュルが訊いた。

「女ですよ」シグルデュル＝オーリが厳かな宣言をした。「疑問の余地がない」

「どうしてそんなことがわかるの？　あんた、突然医者になったとでもいうの？」エリンボルクがシグルデュル＝オーリに痛烈な皮肉を言った。

「あれが女だということは医者を待つまでもなくわかる。まったく明らかなことだ」シグルデュル＝オーリがエリンボルクにぴしゃりと言った。

「人骨が二体あったのだ」スカルプヘディンが言った。「一体は大人の、おそらく女性のものだろう。もう一つは子どものだ。まだ小さな、もしかすると生まれる前のものかもしれない。体全体がそっくりそのままあった」

エーレンデュルは考古学者を凝視した。

「人骨が二体？」

シグルデュル＝オーリに目をやり、二歩前に進んで穴の中をのぞいた。すぐにスカルプヘディンの言っていることの意味がわかった。体全体の骨は土がすっかり取り払われて、片手を宙に伸ばし、大きく開けた口には塵土《じんど》が詰まっている。肋骨が折れていた。空洞の眼孔《がんこう》は土でふさがり、頭の前面には髪の毛が少し残っていた。顔の肉がところどころ残っている。

この人骨の上にもう一つ人骨が乗っていた。小さい、生まれたばかりの赤ん坊だろうか、胎児のような形に丸まっている。考古学者たちは細心の注意を払って土を払ったと見える。腕と脚の骨は鉛筆ほどの細さで頭は小さなボールにしか見えない。小さい人骨は大きなほうの人骨の肋骨の下方にあり、頭は下を向いていた。

「これがほかの者である可能性があるだろうか？」シグルデュル＝オーリが言った。「これは例のフィアンセですよね？　彼女は妊娠していた。なんという名前だったか？」

「ソルヴェイグよ」エリンボルクが言った。「でも、妊娠してからそんなに時が経っていたのかしら？」と彼女はつぶやき、二つの人骨を凝視した。

「この段階だと、子どもと言うのか、それとも胎児と言うのか？」エーレンデュルが訊いた。

「それはぼくにはわかりません」シグルデュル＝オーリが答えた。

「おれもだ」エーレンデュルが言った。「専門家にまかせよう。この二つの人骨をそのままバロンスティーグルの死体保管所《モルグ》に運び込むことができるだろうか？」とスカルプヘディンに訊いた。

「そのままとは？」

「片方がもう片方の上に乗ったまま」

「いまわれわれは大きいほうの人骨を穴から取り出そうとしている。小さな筆を使って用心深くもう少し土を払ったら、うまく二体ともそのまま持ち上げられるかもしれない。できるだろうと私は思う。医者にこっちに来てもらうわけにはいかないのかね？　いまこのままの形で見てもらうことはできないのかね？」

「いや、屋内で見てもらいたい。詳細に調べてもらいたいのです。もっとも適した環境の下で」

二体の人骨は夕方までにぜんぶ穴から地面に上げることに成功した。エーレンデュルはエリンボルクとシグルデュル＝オーリとともにこの作業に立ち会った。全体を取り仕切ったのはスカルプへディンで、作業はプロの仕事としてエーレンデュルの目に映った。彼らに仕事をたのんでよかったとエーレンデュルは思っていた。スカルプへディンは掘り起こし作業のときと同じ確実さで仕事を進めた。彼は、今回の対象である人骨にある種の愛着を感じたので、最初に〝ティデヴァルヴの男〟という名を言ったエーレンデュルに敬意を表しこの名称をつけたと話した。これがなくなるのは寂しいとも言った。だが、彼らの仕事はこれで完全に終わるわけではなかった。犯罪学に興味をもったスカルプへディンは、ほかの考古学研究者たちとともにこの辺を掘り起こして、数十年前になにが起きたのかを示す手がかりを捜し出すつもりだった。ふつうのカメラとビデオカメラの両方を使って現場をあらゆる方角から映像におさめた。そして、これは大学での授業の格好の材料になるとも言った。とくに、エーレンデュルがそのうちにこの骨がどのようにしてここに埋められるに至ったかを明らかにするだろうから、と言って、彼は前歯を光らせて笑った。

人骨二体はバロンスティーグルのモルグに運び込まれ、徹底的な検証がおこなわれることになった。法医学者はスペインで家族と休暇中で、エーレンデュルからの電話に、あと一週間は戻らないと答えた。これからブタの丸焼きパーティーに出かけると言い、こっちは毎日いい天気ですっかり日に焼けたよと上機嫌だった。少し酔っぱらっているようだった。

人骨を穴から上げて警察の特別車に載せるときは、警察付きの一般医が同席した。同じ医者がモルグでも二体の人骨が特別に扱われるように取りはからった。

エーレンデュルの要求に従って、二体は分かたずに運ばれた。一つのかたまりとして運ばれるようにするために、考古学者たちは二体の間の土にはできるかぎり手をつけず、布で包み込んだ。そのためいま、天井から蛍光灯が照らす明るい解剖室にいる医者とエーレンデュルの目の前に置かれた二体の人骨は、かなり大きなかたまりになっていた。医者は白い大きな布で包まれたそれを開き、息を詰めてエーレンデュルとともに見た。

「まず第一にわれわれが知りたいのは、二体の人骨の年齢です」とエーレンデュルは医者に言った。

「年齢の判定か」と医者はつぶやいた。「ご存じかもしれないが、骨にはほとんど性別がない。腰骨以外には。それがこの骨ではほとんどわからない。小さな人骨といっしょに土に隠れてしまっている。一見して大きな人骨のほうは、全身の二〇六本の骨があるように見える。肋骨は折れている。それはわかっている。この人間はかなり大きく、女ならかなり背が高い。ここまでは調べる前にも言えることだ。急いでいるのかね？　一週間待てませんかね？　私は解剖の経験はあまりないし、年齢の判定のための知識もない。病理学者や法医学者には見えること、判定も解釈もできるかもしれない兆候を、見逃してしまうかもしれない。もしこの解剖が正確におこなわれることを望むのなら、待つほうがいい。急ぎますか？　待てないですかね？」と彼はまた繰り返した。

エーレンデュルは医者の額に玉の汗が浮くのを見て、たしかこの医者は失敗を極端に怖がるということを前に聞いたことがあるのを思い出した。

「わかりました。それほど急いではいない。少なくとも私はそう思う。ただしそれは、骨の発見がなんらかの形でわれわれが関知しない事象を引き起こし、それがなんらかの事件を起こすようなことがないかぎりですが」

「それはつまり、この骨のことを知っている人間が、なんらかのアクションを起こすかもしれないということですか？」

「ま、少し様子を見ましょう」エーレンデュルが言った。「法医学者を待つことにします。人の生き死にに関わることではなさそうですから。ただ、あなたにできることがないか、考えてみてください。落ち着いて、この人骨二体を見てもらいたい。もしかすると、証拠を壊さずに小さなほうの人骨を動かすことができるかもしれませんよ」

医者は心細そうにうなずいた。

「私になにができるか、見てみよう」


エーレンデュルはすぐにエルサに会いにいくことに決めた。ベンヤミンの姪だ。明日まで待つことはできない。それで、夕方、シグルデュル＝オーリといっしょに彼女の家に向かった。エルサは彼らを迎え、居間に通した。いすに腰を下ろすと、エーレンデュルには彼女が前にもまして疲れているように見えた。人骨が二体見つかったというニュースを彼女がどう受け止めるか、心配になった。こんなに時間が経ってから伯父のことが取り沙汰されるのは彼女にとって耐えられないことかもしれないと思った。ましてやフィアンセ殺しかもしれないなどという話は我慢できないはずだ。

エーレンデュルは考古学者たちが丘の上で掘り起こしたものの話をし、それがもしかするとベンヤミンとそのフィアンセ、ソルヴェイグと関係があるかもしれないと言った。エルサはエーレンデュルが話している間、シグルデュル＝オーリとエーレンデュルを交互に見つめ、不信感を隠さなかった。

「信じられないわ」とため息をついた。「それじゃいまあなたたちは、ベンヤミンがフィアンセを殺したと言っているんですか？」

「どうもそうではないかと……」

「そして、サマーハウスのそばに埋めたと？　あり得ないわ。あなたたちのやっていること、理解できません。なにか、ほかの説明が可能なんじゃありませんか？　そうに決まってます。ベンヤミンは人殺しじゃない。それだけは言えるわ。あなたたちはこの家を自由に出入りして、地下室を捜しまわったでしょう。こんな結果が出るなんてあり得ないわ。わたしたち家族になにか隠すべきことがあると思ったら、わたしが自由にあなたたちをこの家に入れたはずがないでしょう？　あんまりですよ。もう帰ってください」と言って、彼女は立ち上がった。「いますぐに！」

「このことで、あなたに責任はまったくありません」シグルデュル＝オーリが言った。彼もエーレンデュルも立ち上がらなかった。「隠すべきことがあるとは思わなかったのでしょうから。

それとも？」

「なにを言いたいの！」エルサが叫んだ。「わたしがなにか知っていたとでも？　わたしが隠していたと、罪があるとでもいうの？　捕まえて、刑務所に送り込もうと？　いったいどういうつもりなの？」エルサはエーレンデュルを睨《にら》んだ。

「落ち着いてください」エーレンデュルが言った。「大人の骨といっしょに赤ん坊の骨が出てきたのです。それで、ベンヤミンのフィアンセは妊娠中だったことが思い出されたわけです。見つかった大人の人骨が彼女ではないかという推測はそれほど見当外れではないはずです。そうじゃありませんか？　私たちはあてずっぽうなことを言っているつもりはありません。ただ、はっきりさせたいだけなのです。あなたは捜査に絶大な協力をしてくれました。われわれは感謝しています。あなたのようにしてくれる人は決して多くはありません。だが、それでも、人骨が二体出てきたいま、疑惑があなたの伯父さんに向けられるのは避けられません」

エルサは立ったまま、エーレンデュルをまるで猫が口にくわえて家の中に運んできた獲物でも見るような目つきで凝視している。そのあと、シグルデュル＝オーリを見、それからふたたびエーレンデュルに目を移すと、いすに戻った。

「これは誤解です。もしあなたたちがわたしのようにベンヤミンを知っていたら、こんな推測は決してしなかったでしょう。ハエも殺せないような人でしたから」

「ベンヤミンはフィアンセの妊娠を知った」シグルデュル＝オーリが話しだした。「これから結婚というときにです。ベンヤミンは彼女のことを心から愛していた。その愛を土台にして未来の夢を描いていた。これから築く家庭のこと、商売のこと、町の上流階級でのつきあいのことも。彼はショックを受けた。それで極端な行動に出てしまったのではないか。彼女の遺体は見つからなかった。入水自殺したと見なされた。行方を絶ってしまった。もしかするといま、その彼女が見つかったのかもしれないのです」

「あなたはシグルデュル＝オーリに、だれが彼女を妊娠させたのかわからないと言ったそうですが」とこんどはエーレンデュルが慎重に話しはじめた。この話をするのは性急すぎるかもしれないという気がした。スペインにいる法医学者に腹を立てた。もう少し待つべきではなかったか。はっきりわかってからここに来るべきだったかもしれない。

「そのとおりよ。彼は知らなかった」エルサが言った。

「しかしわれわれはソルヴェイグの母親があとで彼を訪れてすべてを説明したと聞いています。すべてが起きてしまったあとで。つまり、ソルヴェイグが姿を消してからずいぶん経ってからのことです」

　エルサは驚いたようだった。

「それは知らなかったわ。いつのことですか？」

「かなり時間が経ってからです。正確にいつかは知りません。ソルヴェイグはベンヤミンには子どもの父親がだれか言わなかった。なんらかの理由で話さなかった。なにが起きたかをベンヤミンには話さなかった。婚約を破棄してまでも子どもの父親の名前を言わなかった。家族を守るためでしょうか？　父親の家の名誉を守るためか」

「父親の家の名誉？　なんのことですか？」

「彼女は強姦されたのです。叔父の息子に。夏にフリョーティンの父親の実家を訪ねたときに」

エルサはいすの上で崩れるように沈み、反射的に口に手を持っていった。驚きと当惑、どういうことなのかわからないという表情だった。


町の反対側では、エリンボルクがバウラに掘り起こした結果を話していた。骨の主はベンヤミンのフィアンセのソルヴェイグだと思われると伝えた。おそらくベンヤミン自身が彼女をそこに埋めたのではないかと。さらにエリンボルクは、ここで話すことはまだ正式の発表ではなく、ソルヴェイグを最後に見かけた人間がベンヤミンだったこと、そしてグラーヴァルホルトで大人の骨の上に赤ん坊の骨があったことから警察が推測していることだとも言った。人骨全体の徹底した検証がこれからおこなわれると。

バウラは顔色も変えずにこの話を聞いた。前のときと同じように、豪華なインテリアの広大な屋敷に一人きりでいて、話を聞いてもなんの反応もしなかった。

「父は姉に中絶をさせたかったのよ。母は外国へ行かせたかった。外国で産ませ、その子を養子に出して、なにごともなかったように帰ってきてベンヤミンと結婚すればいいと。両親はこれをさんざん話し合ったあげくソルヴェイグを呼びつけて言い渡したの」バウラは立ち上がった。

「この話はずいぶん経ってから母から聞きました」

バウラは大きな樫《かし》の木製のタンスの前まで行くと、中から真っ白いハンカチを取り出し、顔に当てた。

「両親は二つの解決法を姉に提示したのよ。三番目の解決法はあったのだけど、親たちはそれについてはなにも言わなかった。でも姉はそれを選んだの。家で赤ん坊を産み、家族の中で育てるということ。姉はそれを親たちに提案しようとしたけど、親たちはまったく聞く耳をもたなかった。その子を家族の中に受けいれたくなかったのよ。その子にまったく関わりたくなかった。殺すか人にやるか、彼らにとってはそれしかなかったの」

「それでソルヴェイグは？」

「わからない。かわいそうな姉。わたしは本当に知らないの。姉は子どもを産みたかった。ほかのことは考えられなかった。彼女自身まだ子どもだったのよ。まだ本当に若かったんですからね」

エーレンデュルはエルサを見つめて言った。

「ベンヤミンは自分への裏切りととったのでしょうかね？　ソルヴェイグが子どもの親の名前を言わなかったということを」

「二人が最後に会ったときになにを話したかはだれも知らないことです。ベンヤミンはおよその話をわたしの母にしたのですが、具体的にどんな話をしたのかはわかりません。ソルヴェイグは強姦されたの？　なんということ！」

エルサの目がエーレンデュルからシグルデュル＝オーリに移った。

「そうですね。ベンヤミンがそれを裏切りととったことはじゅうぶんにあり得ますね」と低い声で言った。

「失礼、いまなんと？」エーレンデュルが訊いた。

「ベンヤミンがそれを裏切りととったことはじゅうぶんに考えられると言ったんです」エルサが言った。「でもだからといって、彼がソルヴェイグを殺してサマーハウスのそばに埋めたとはかぎらないわ」

「それとは？　彼女がかたくなに黙ったことですか？」エーレンデュルが訊いた。

「ええ、彼女が口を開かなかったこと。子どもの父親の名前を言わなかったこと。彼は強姦のことは知らなかったと思います。それは確実です」

「だれかが彼を手伝ったとか？」エーレンデュルが訊いた。「だれかほかの人間を使ってやらせたとか？」

「なんのことかわかりませんけど？」

「ベンヤミンがサマーハウスを貸した相手は、盗っ人で凶暴な男でした。それはこのことと一見関係ないように見えはしますが」

「あなたがなんの話をしているのかわからないわ。凶暴な男？」

「いや、今日のところはここまでにしましょう。話を急ぎすぎているかもしれない。とにかく法医学者の報告を待つことにしましょう。どうか許してください、われわれがもし……」

「ええ、もちろんです。とにかく知らせてくださってありがとうございます。よかったわ、話してくださって」

「どのように進展するか、これからのことはかならず知らせます」シグルデュル＝オーリが言った。

「髪の房はお預けしましたよね？」

「ええ、髪の房はたしかに預かっています」エーレンデュルが言った。

エリンボルクは立ち上がった。長い一日で、もう帰りたかった。バウラに礼を言い、こんなに夜遅く邪魔をしたことを謝った。バウラはそんなことは気にしなくていいと言い、玄関までエリンボルクを案内し送り出した。一瞬後ベルが鳴り、バウラは閉めたばかりのドアを開けた。

「彼女、背が高かったですか？」エリンボルクが訊いた。

「だれのこと？」バウラが言った。

「あなたのお姉さんです。ふつう以上に背が高かったか、ふつうだったか、小さかったか？どんな体型でした？」

「背は高くなかったわ」と言って、バウラは笑みを浮かべた。「それどころか、ソルヴェイグはふつうよりずいぶん小さかったの。とても小さくて細い人だった。母はいつも姉のことを子どもみたいと言ってたわ。だからベンヤミンと姉が手をつないでいる姿はちょっとほほ笑ましかったの。ベンヤミンはとても背の高い人で、姉のそばにいるとまるで塔のようにそびえて見えたものよ」

　夜遅く、病院で娘のそばに座っているエーレンデュルの携帯電話が鳴った。

「まだモルグにいます。二体を離すことができたので電話をしているのですが、なにも壊さなかったと思う。なにしろ私は法医学者ではありませんからね。小石や土が床の上に落ちて、いまここはずいぶん散らかって見えますが」

「それで？」

「あ、失礼。子どものほうの骨ですが、あれは胎児ですね。少なくとも七カ月、あるいは八カ月か九カ月の胎児に間違いない」

「なるほど」エーレンデュルは苛立った声で言った。

「そのことで電話したわけではないのですが……」

「ん？」

「早産だったか、あるいは死産ということも考えられます。ただ、胎児の下の骨は母親のものでないことはたしかです」

「いや、どうしてそんなことが言えるんです？」

「胎児の下にある人骨は、子どもの母親ではない。胎児といっしょに埋められた人骨と言うべきかもしれませんが」

「母親ではない？　なにが言いたいんですか？　それじゃだれなんです？」

「その子の母親ではない。それだけはあり得ないのです」

「なぜそう言えるんですか?」

「歴然としているからです。腰骨でわかる」

「腰骨?」

「そう。男の腰骨です。胎児の下の人骨は男なのです」

27

その冬は丘の上の家にとって、長くて厳しいものになった。母親はグーヴネスの搾乳場《さくにゅう》で仕事を続け、男の子たちは毎朝スクールバスで学校へ行った。グリムルはもとの石炭配達の仕事に戻った。デポー盗品の横流し事件のあと、アメリカ軍基地は彼を雇うことはなかった。グラーヴァルホルト基地は閉鎖され、基地内のバラックは取り壊されてハウロガランドへ移転した。残ったのはフェンスと数本の柱、バラックの前に敷かれた小さなコンクリート板だけだった。巨大な大砲も運び去られた。戦争はもうじき終わるらしいという噂が飛び交い、ドイツ軍はロシアから撤退を始め、西部戦線で激しい戦いが始まるらしいと人々は語り合った。

グリムルはその冬子どもたちの母親をほとんど見向きもしなかった。ときどき思い出したように侮蔑的な言葉を吐く以外は口もきかなかった。寝室も別にした。母親はシモンと同じ部屋に移ったが、グリムルはトマスを自分の寝室に引き入れた。トマス以外の全員が母親の腹が少し大きくなっているのに気がついた。しまいに夏の苦くて甘いできごとを思い出させるかのように腹は突き出てきた。それは同時にグリムルの恐ろしい脅しを思い出させるものでもあった。母親はできるだけ腹が目立たないように隠した。グリムルは脅しを何度も繰り返した。赤ん坊が生まれても家にはおかせない、生まれたらすぐに殺してやる、きっとミッケリーナと同じようなできそこないが生まれるに決まっている、すぐに殺すのがいちばんだと言い放った。ヤンキー相手の売女《ばいた》め。しかし、その冬グリムルは彼女を殴らなかった。黙って彼女のまわりを歩き、野獣のようにいまにも飛びかかろうと様子をうかがっているように見えた。

彼女は離婚話を切り出したが、彼は一笑に付した。彼女は家のことを仕事場の仲間には話さなかった。妊娠のことも隠し通していた。もしかすると、グリムルが正気を取り戻し、脅しを引っ込め、しまいに赤ん坊を殺さずに家族として迎え入れてくれるのではないかと、最後の最後まで一縷の望みを抱いていたのかもしれない。

必死になるあまり、しまいに彼女はとんでもない手段に出た。グリムルに対する復讐が目的だったわけではない。復讐するにじゅうぶんな理由はあったが、そのためというよりも自分自身を、また生まれてくる赤ん坊を守るためだった。

この辛かった冬、グリムルと母親の間に緊張が高まるのをミッケリーナは肌で感じていた。彼女はまた、シモンが変わったことにも気づいていた。このことのほうが彼女は心配でならなかった。シモンは以前から母親のそばにいたが、いまでは学校から帰ってくると、仕事から戻った母親のそばを一瞬たりとも離れなかった。風の冷たいあの秋の日にグリムルが戻ってきて以来、シモンはひどく神経質になった。父親からはできるだけ距離をおき、母親に対する心配は日を追うごとに強く大きくなっていくようだった。ミッケリーナはときどきシモンがひとりごとを言うのを耳にした。それはまるで、見えない人と話しているような、少なくともこの家の中にはいないだれかと話をしているような様子だった。シモンが大きな声で、ママを守らなくては、そして生まれてくるデイヴの子どもも守らなくては、デイヴはぼくの友だちなんだからと言うのを聞いたこともあった。ママをグリムルから守るのはぼくの使命だ。赤ん坊のことを守るのもぼくの使命なのだ。ぼく以外にだれも助ける人はいないのだから。デイヴが戻ってこないいま、と。

シモンはグリムルの脅しを真剣に受け止めていた。赤ん坊はきっと生まれるなり殺されると。グリムルに赤ん坊を奪われたら、おしまいだ。グリムルは赤ん坊を山《フィヨルド》に埋めて、手ぶらで帰ってくるだろう。

トマスは以前と同じようにあまり口をきかなかったが、ミッケリーナは彼もまたその冬変化したことに気づいていた。グリムルは子どもたちの母親を寝室のダブルベッドから追い出し、トマスのベッドで眠れと命令した。そのベッドは彼女にとっては小さすぎて、よく眠れなかった。ミッケリーナはグリムルがトマスにどんなことを吹き込んだのかわからなかったが、トマスはまもなく前とまったくちがう態度で母親に接するようになった。母親を無視するようになったのだ。トマスはシモンからも離れた。それまで二人は仲がよかったのだが。母親はトマスに話しかけたが、トマスは背を向け、怒ったり、黙り込んだり、無視したりした。

「シモンはちょっと変になってきたなあ」と、ミッケリーナはある日、グリムルがトマスに言うのを耳にした。「ババアと同じくらいイカレてきやがった。あいつに気をつけろ。おまえもあいつのようにならないようにな。おまえまで変になられちゃ困るからな」

ミッケリーナは母親がグリムルに話をしているのを聞いたことがあった。それは後にも先にもグリムルが母親に最後まで話をさせた唯一の機会《とき》だった。母親はすでに腹が大きく、目につくようになっていた。グリムルは彼女に搾乳場で働くことを禁じた。

「グーヴネスはやめるんだ。家族の世話をしなければならないとでも言え」

「でも、あなたの子だと言えばすむことです」母親が言った。

グリムルは笑い飛ばした。

「そうできるはずでしょう」母親が言い張った。

「黙れ！」

ミッケリーナはシモンも聞き耳を立てていることに気がついた。

「この子は自分の子どもだとあなたが言うだけでいいんです」母親が食い下がる。

「冗談じゃない」グリムルがせせら笑った。

「だれも知る必要がないことです。だれも知らなくていいことですから」

「じたばたしてももう遅いんだ。ヤンキーと寝る前に考えておくべきだったんじゃねえか」

「この子を人にあげてもいいんです」母親はためらいがちに言った。「こんなことはわたしが初めてというわけじゃありませんから」

「ああ、それはそうだな。レイキャヴィクの女の半分はヤンキーの前に脚を広げたからな。だが、だからといって、おまえもやっていいってことにはなんねえぞ」

「産んだらすぐに人にやってしまいます。あなたには見えないようにしますから」

「町中がてめえがヤンキーと寝る女だと知ってるんだ。てめえがボテバラだとみんな知ってるんだぞ」

「いいえ、だれも知りません。だれも。デイヴとわたしのことなど、だれも知りません」

「それじゃ、なぜおれが知っているのだと思う、あほったれのメス牛よ。自分がしゃべらなければだれも知らないってか？　噂ってものがあるのを知らねえか？」

「知ってますけど、だれもこれが彼の子どもだとは知りません。だれも知らないんです」

「黙れ！　減らず口叩くな。さもないと……」

このようにして、その冬、だれもがこれから起きることを、どうしても避けられないことが起きるのを待った。

変化はグリムルの具合が悪くなったことから始まった。


ミッケリーナはエーレンデュルを見つめた。

「その冬、母はグリムルに毒を盛《も》りはじめたんです」

「毒？」

「母は自分のしたことがよくわからなかったんだと思うの」

「毒を盛りはじめたとは、どういうことです？」

「レイキャヴィクのデュクスコットでの事件、覚えてますか？」

「兄にネコイラズを与えて殺した若い女の事件ですね。たしか百年ほど前の」

「母はグリムルを殺そうとしたのではないの。ただ、弱らせようとしたの。産んだ子どもをどこか安全なところに隠すまで。彼が気づいたときにはすべてが終わっていて、子どもはいなくなっているという状況を作るために。デュクスコットの女の人は兄にネコイラズを与えた。サワーミルクに混ぜて。しかも本人の見ている前で。もちろん彼はそれがなにか知らなかったわけだけど。だから彼はそれを人に話したわけね。すぐには死ななかったから、話すだけの時間があった。たしか数日後に死んだとか。その女の人はサワーミルクに強いお酒を混ぜた。ネコイラズの味をごまかすために。解剖で兄はリンの毒で死んだとわかった。リンはゆっくり効果を現すの。母はこの話を知っていました。どうして知っていたのかはわからないけど、レイキャヴィクでは有名な事件でしたからね。母はネコイラズをグーヴネスの搾乳場で手に入れた。少し盗み出して、グリムルの食事に混ぜたの。一回に混ぜる量はほんの少しだった。グリムルが変な味だと気がつかないように。また、なにか変だと疑われないように。母は家には毒を置かなかった。毎回少し盗み出したの。仕事を辞めるまでそれを続けた。仕事を辞めるとき、かなりの量を持ち出して、家に隠した。でも母はそれがどんな影響を与えるのか、ほんの少しの量でも効果が出るものなのかもわからなかった。でも、しばらくしてネコイラズは効果を現しはじめたの。グリムルは動作が鈍くなり、いつも疲れた状態になった。具合が悪く、吐いたりもした。仕事にも行けなくなった。ベッドから出られなくなり、体の痛みを訴えた」

「彼は一度も疑わなかったんですか？」

「取り返しがつかなくなるまではね。グリムルは医者を信じなかったの。母ももちろん医者に行くように勧めたりしなかった。当然よね」

「もう一つ、グリムルが言ったことに、デイヴは始末されるぞという話がありましたね？　あれはどういうことですか？　その話には続きがあるんですか？」

「いいえ、なにも。あれはなんの根拠もないことのようでした。母を怖がらせるための威嚇《いかく》ね。母がデイヴを愛しているとわかったから」

エーレンデュルとエリンボルクはミッケリーナの居間で話を聞いていた。彼らはグラーヴァルホルトの穴に、赤ん坊の下に埋まっていたのは男だったことをミッケリーナに伝えた。ミッケリーナは知っているというようにうなずいた。あのとき彼らがあわてて飛び出していかなかったら、話してあげたのにと言わんばかりに。

ミッケリーナは赤ん坊の骨のことを知りたがった。しかし、エーレンデュルが骨を見たいかと訊くと、首を振った。

「でも、こんどの捜査がすべて終わったときに、その骨をください。その女の子をちゃんと葬ってあげたいので」

「女の子？」エリンボルクが訊いた。

「ええ、女の子です」ミッケリーナが答えた。

シグルデュル＝オーリはエルサに連絡して、医者の発見したことを伝えた。穴の中の遺体はベンヤミンのフィアンセのソルヴェイグではあり得なかった。エリンボルクもソルヴェイグの妹のバウラに電話をして、これを伝えた。

エーレンデュルとエリンボルクがミッケリーナの家に向かおうとしたとき、エーレンデュルの携帯電話が鳴った。ハンターだった。デイヴ・ウェルチの消息は依然としてわからないということだった。アイスランドからほかの国に配属されたのか、そうだとすればいつ、どこへ送り込まれたのか、続けて調査すると言った。

その日の朝、エーレンデュルは娘を病院に見舞った。症状に変化はなく、彼は娘のそばにしばらく座って、十歳のときにエスキフィヨルデュルの山《フィヨルド》で凍え死んだにちがいない弟の話を続けた。その高地で羊を集めて帰ろうとする父親の手伝いをしていたときに、思いがけず吹雪に見舞われ立ち往生したのだった。兄弟は父親からはぐれ、自分たちも互いを見失った。父親はやっとの思いでふもとの民家にたどり着き、大掛かりな捜索隊が送り出された。

「おれが見つかったのは、まさに奇跡的なことだった。なぜか、おれにはわからない。吹雪の中、おれは雪を掘って中にうずくまった。そのくらいの知識はあった。捜索隊が棒の先を雪に差し込んで捜しているとき、おれの肩に棒の先が当たったんだ。その後、おれたち一家はその土地から離れた。山のどこかに弟がいると知りながら、そこに住み続けることはできなかった。新しい暮らしをレイキャヴィクで始めようとしたんだ」

だが、それはむだなことだった。

そのとき、医者が集中治療室にやってきた。あいさつを交わし、エヴァ＝リンドの状態について短く言葉を交わした。変化はない、と医者は言った。よくなっている兆候はないし、意識を取り戻すしるしもない。二人はなにも言わずしばらく立っていた。あいさつをして医者は戸口へ向かって歩きだしたが、途中で足を止めた。

「奇跡は期待しないことです」

エーレンデュルが動じず、冷たい微笑を浮かべたのを見て、医者は驚いたようだった。

エーレンデュルはミッケリーナと向かい合って座っていた。集中治療室にいる娘と吹雪の中ではぐれてしまった弟のことがまだ頭の中にあった。そのときミッケリーナの言葉が聞こえた。

「母は人殺しじゃないわ」

エーレンデュルはミッケリーナを見た。

「母は人殺しじゃない」とミッケリーナは繰り返した。「母は赤ん坊を助けられると思ったんです。母は赤ん坊の命が奪われるのが怖かったんです」

ミッケリーナは目を大きく見開いてエリンボルクに語りかけた。

「それに、グリムルは死ななかった。彼は毒では死ななかったのよ」

「でもさっきあなたは彼は一度も疑わなかった、取り返しがつかなくなるまでは、と言いましたよね？」

「ええ。あのときはもう取り返しがつかなかったの」

その晩、グリムルは少し気分がよさそうだった。昼間はずっとベッドにいてぐったりしていた。

母親は軽い陣痛が始まり、夕方近くになると、かなり陣痛の間隔が短くなってきた。まだ出産の時期ではないと彼女にはわかっていた。これは早産だった。その日彼女は息子たちに部屋からマットレスを台所に持ってくるように言い、ミッケリーナのマットレスと合わせて台所の床に敷き、昼ごろにはすでにそこに横たわっていた。シモンとミッケリーナに清潔なシーツを持ってくるように、そしてお湯を用意するようにとたのんだ。生まれた子どもを洗うためだ。彼女はすでに三人の子どもを自宅で産んでいたので、なにを用意すべきかわかっていた。

その時期は一年中でもっとも暗いときだったが、その日はめずらしく少し暖かく、昼間雨が降り、春が近いことを思わせた。母親は昼間スグリの木に行って落ち葉を拾い枯れ木を切って手入れをした。秋にはいつものようにたくさんの実がなり、ジャムが作れると言った。シモンは片時も母親のそばを離れず、スグリの木までもついていった。母親は彼をなだめ、すべてよくなると言った。

「よくなんかならないよ」とシモンは言った。そしてまた繰り返した。「よくなんかならない。ママは赤ん坊を産んではだめだ。だめなんだよ。あいつが言ってるじゃないか。産んだら殺すって。そう言ってるじゃないか。いつ生まれるの？」

「そんなに心配しちゃだめよ、シモン。生まれたらすぐにその子を抱いて町へ行くわ。あの人は赤ん坊を見ることはない。あの人は一日中部屋で寝ているし、なにもできないわ」

「でも、赤ちゃん、いつ生まれるの？」

「もうじきよ」と母親はシモンを落ち着かせるために言った。「できるだけ早く生まれるといいわね。生まれたら、問題はなくなるわ。怖がってはだめよ、シモン。強くなってちょうだい、わたしのために」

「ママはなぜ病院で産まないの？　なぜあいつから離れて別のところで産まないの？」

「そんなこと、許してくれないわ。あの人はすぐにやってきてわたしを連れて帰るわ。家で産めって。ほかの人に知られたくないのよ。赤ん坊を見つけたと言えばいいと思っているのだから。それを親切な人に渡せばいいって。あの人がそうしたいと言えば、わたしはそうする。だいじょうぶ。きっとうまくいくから」

「でもあいつ、赤ちゃんを殺すと言ってるじゃないか」

「そんなことしないわ」

「ぼくは怖いんだ。どうしたらいいの？　ぼくはどうしたらいいかわからない。どうしたらいいかわからない」と同じことを二回言った。母親は息子が心配のあまり頭がおかしくなっているのではないかと思った。

シモンは台所の床に寝ている母親を見下ろしていた。寝室以外に大きな部屋といえば台所しかない。彼女は声を上げずに息みはじめた。トマスはグリムルの寝室にいる。シモンはそっと寝室のドアを閉めた。

ミッケリーナは声を押し殺して息んでいる母親のそばに横たわった。寝室のドアが突然開いて、トマスが出てきた。グリムルがベッドに起き上がっているのが見えた。それまでは食べることもできなかったのだが、やっとトマスにオートミールを持ってこいと使いに出したのだ。そして、おまえも一口食べてもいいぞとトマスに言うのも聞こえた。

トマスは母親とシモンとミッケリーナのそばを通り、母親が子どもを産みかけているのを横目で見た。赤ん坊の頭が見えた。母親は全身で息んで赤ん坊を肩まで押し出した。

トマスはオートミールの入っている皿を手に取った。そのとき、母親はトマスがオートミールをスプーンで大きくすくって口に入れようとしているのを見た。

「トマス！　だめよ、食べちゃ！　そのオートミール！」と彼女はわれを忘れて叫んだ。

家中が静まり返り、子どもたちは生まれたての赤ん坊を胸に抱き、大きく目を開けてトマスを見つめている母親を見た。トマスは驚きのあまり、皿を床に落とし、皿は砕け散った。

ダブルベッドから音がした。

グリムルが台所に現れた。生まれたばかりの赤ん坊を抱いている母親を睨《にら》んでいる。顔が憎しみで歪んだ。トマスのほうに目を走らせ、床の上に飛び散ったオートミールを見た。

「そういうことか？」と低い声で言った。ずっと不可解だった謎に答えを得たことが信じられないようだった。彼は子どもたちの母親に目を戻した。

「てめえ、おれに毒を盛ってたのか？」声が大きくなった。

母親はグリムルを見上げた。ミッケリーナとシモンは床から目を上げることができなかった。トマスはオートミールが飛び散った床から動けなかった。

「ちくしょう、やっぱりそうか。おかしいと思ってたんだ。体から力が抜けて、気分が悪く、体中が痛むのは……」

グリムルは目を台所へ向けると、次の瞬間走り寄り、戸棚という戸棚を開け、引き出しを床に叩き落とした。怒りが爆発した。棚の中のものを一つ残らず床に叩きつけた。グラスや食器が割れてこなごなに飛び散った。

「これか？」と言って、グリムルはガラス容器を持ち上げた。

グリムルは母親の上にのしかかった。

「いつからやってたんだ、てめえ」

母親はびくともせずに彼を睨み返した。そばの床の上でろうそくが燃えていた。グリムルが毒を探している間、彼女は用意しておいた大ばさみを手元に引き寄せ、ろうそくの火ではさみの刃を焼いた。そのはさみでいま彼女はへその緒を切ると、震える手でへその先を結わえた。

「答えろ！」グリムルが叫んだ。

答える必要はなかった。答えは彼女の目の中にあった。顔の表情にあった。その毅然《きぜん》とした態度にあった。彼女はずっと心の奥で彼に抗《あらが》い、決して征服されることはなかったのだ。数えきれないほどの暴行を受け、どんなに辱《はずかし》められても。グリムルはいま彼女の静かな抵抗にそれを見た。血だらけの赤ん坊を腕に抱いて彼を見返すその目に。

彼女が胸に抱いている赤ん坊がなによりの証拠だった。

「ママにかまうな」シモンが静かに言った。

「こっちによこせ！」グリムルが叫んだ。「そのガキをこっちによこせ！　このいまいましい毒蛇女め！」

母親は首を振った。

「いいえ、渡しません」その声は静かだった。

「よこせ！　さもないと、二人とも殺すぞ！　おまえらぜんぶだ。ぜんぶ殺してやる！」

怒りで言葉にならない。ただ叫んでいる。

「この売女め！　おれを殺そうとしたな！　おれを殺せると思ったか！」

「やめろ！」シモンが叫んだ。

母親は片手で赤ん坊をしっかり抱きしめ、もう片方の手であたりをまさぐって大ばさみを探したが、なかった。彼女はグリムルから目を離し、必死にあたりを見まわしたが、大ばさみはどこにもなかった。


エーレンデュルはミッケリーナを見た。

「だれがはさみを取ったんですか？」

ミッケリーナは立ち上がって、居間の窓の前に立った。エーレンデュルとエリンボルクは視線を交わした。二人とも同じことを考えた。

「この話ができるのは、あなただけなのですか？」エーレンデュルが訊いた。

「ええ。ほかにはもうだれもいません」

「はさみを取ったのはだれなんです？」エリンボルクが訊いた。

28

「シモンに会いたいですか？」ミッケリーナが訊いた。その目には涙が溢《あふ》れていた。

「シモン？」エーレンデュルがオウム返しに訊いた。問いの意味がわからなかった。が、すぐに思い出した。グラーヴァルホルトの骨の発見現場に迎えにきた若者の名前はたしかシモンだった。「息子さんのことですか？」

「いいえ、息子ではなく、弟よ。弟のシモン」

「生きているんですか？」

「ええ、生きています」

「それなら、会わなければ」エーレンデュルが言った。

「お役に立てるかどうか」と言って、ミッケリーナはほほ笑んだ。「でも会いにいきましょう。客が来ると喜びますから」

「でも、さっきの話を最後まで話さないのですか？」エリンボルクが訊いた。「その男、まさにばけものとしか言えないわね。恐ろしい話。そんなふうにふるまう人間がいるなんて、信じられないわ」

エーレンデュルが目を上げてエリンボルクを見た。

「続きは車の中で。さあ、シモンに会いにいきましょう」ミッケリーナが言った。

「シモン！」母親が叫んだ。

「ママにかまうな！」シモンが震える声で叫んだかと思うと、つぎの瞬間グリムルの胸に大ばさみを突き刺した。

シモンはすぐにはさみから手を離した。一同の目にグリムルの胸に大ばさみが根元まで深く刺さっているのが見えた。グリムルはなにが起きたのか信じられないようにかっと目を開いて息子を見た。その目を胸に刺さった大ばさみに落としたが、それに触ることもできない様子だった。

「てめえ、おれを殺すのか？」と吐くように言うと、床に両膝をついた。傷口から血がドクドクと流れ出てくる。彼は床にずり落ちて、仰向けに倒れた。

母親は恐怖のあまり口もきけず、赤ん坊を胸に抱きしめた。ミッケリーナはそのそばで動けなかった。トマスはオートミールの飛び散った場所にそのまま固まっていた。シモンは母親のそばに立ったまま、ブルブルと震えていた。グリムルは動かなかった。

完全に静まり返っていた。

つぎの瞬間、胸が張り裂けるような母親の悲鳴が響いた。

ミッケリーナはしばらく黙った。

「赤ん坊はもしかすると死産だったのかもしれない。でももしかすると、母があまりにもきつく胸に抱きしめたので窒息してしまったのかもしれない。とにかくかなり早産ではあったの。春生まれるはずだったのに、あれはまだ厳寒の冬の真っただ中だったから。生まれたとき産声を上げなかったし、母は逆さにして叩いて呼吸の道を開かせるひまもなかった。そして、あまりの恐怖から、母は胸に赤ん坊を隠すようにぎゅっと押しつけて抱いていた。グリムルに赤ん坊を取り上げられるのを恐れていたから」

エーレンデュルはミッケリーナの道案内で、さほど大きくない施設に車を乗り入れた。

「彼は春ごろ死ぬはずだったんですか？　あなたの義父のことですが。お母さんはそのように予定していたんですか？」

「そうかもしれない」とミッケリーナは言った。「母は彼の食事に三カ月間毒を入れていたんです。でも致死量じゃなかった」

エーレンデュルは車寄せに乗り入れ、エンジンを止めた。

「ヒビフレニアという言葉、聞いたことありますか？」とミッケリーナは二人に訊いて、車のドアを開けた。

母親は胸に抱いた血の気のない赤ん坊を呆然として見つめた。赤ん坊を揺すっては悲鳴を上げている。

シモンは母親を見向きもせず、ただ床で動かない父親を見るばかりだった。足元には大きな血の池ができはじめていた。シモンはトネリコの葉っぱのように細かく震えていた。

ミッケリーナは母親を慰めようとしたが、母親はますます悲鳴を上げるばかりだった。トマスは無言のまま彼らのそばを通って寝室へ行き、ドアを閉めた。いっさい反応を見せなかった。

そのようにして長い時間が過ぎた。

やっとミッケリーナは母親を鎮めることができた。母親はわれに返ると叫ぶのをやめ、あたりを見まわした。グリムルが床の血の池に横たわっていた。シモンはまだ震えが止まらなかった。ミッケリーナが真剣な顔でシモンを見ている。母親は黙って赤ん坊を洗いはじめた。シモンが用意してくれた盥《たらい》の湯で。その手はやさしく赤ん坊の全身を撫でまわした。考えずともなにをすべきか知っている者の動きだった。赤ん坊をマットレスの上に置くと、立ち上がり、シモンを抱きしめた。彼は父親を刺した場所から一歩も動いていなかった。震えは止まったが、腹の底から声を上げて泣きはじめた。母親は息子をテーブルまで連れていき、死体に背を向けていすに座らせた。グリムルのそばに行き、大ばさみを胸から抜いて、台所の流しに放り投げた。

そのあと、やっと腰を下ろした。分娩《ぶんべん》で力を使い果たしたあとなのだ。

彼女はシモンにこれからしなければならないことを言い、ミッケリーナには手伝ってほしいことを伝えた。三人でグリムルの体を毛布に包み、玄関まで引きずった。それからシモンを連れて家からできるだけ離れたところまで行った。シモンはスコップで穴を掘りはじめた。昼間は止んでいた雨が夜になってまた降りはじめた。冷たく重い冬の雨だった。地面には霜はほとんどなかった。シモンはときどきツルハシも使ってどんどん掘っていった。二時間後、大きな穴ができると、二人は家に戻って死体を引きずり出し、穴まで引っ張っていった。毛布を穴の上まで引きずって死体を穴に落とすと、毛布を手元に引っ張り戻した。穴の中の死体は片手を上げたままだったが、シモンにも母親にもそれを動かす力は残っていなかった。

母親は重い足取りでゆっくり家に戻り、赤ん坊を抱きかかえると、また外に出て穴まで行って死体の上に置いた。

墓の上に十字架を作ろうとしたが、やめた。

「もういない人だ」とつぶやいた。

彼女は二つの死体の上に土をかけはじめた。シモンはそばに立って濡れた黒い土が二つの死体の上に撒かれていくのを見ていた。どんどん死体が見えなくなっていった。家ではミッケリーナが片付けをはじめ、トマスは部屋に閉じこもったままだった。

大きな土のかたまりが穴の中に投げ込まれたとき、シモンは突然グリムルが動いたような気がした。彼は飛び上がり、母親を見た。母親はなにも気づいていないようだった。もう一度穴の中を見ると、あろうことか、土に半分覆われた顔が動きだした。目が開いた。

シモンは凍りついたように動くことができない。

グリムルが土塊《つちくれ》の中からシモンを睨《にら》みつけている。

シモンは悲鳴を上げ、母親はスコップの動きを止めた。シモンを見、それから穴の中を見て、グリムルがまだ生きているとわかった。彼女は穴の端に立っていた。雨が激しくなり、グリムルの顔から土を流し落とした。一瞬彼らの視線が合った。と、彼の唇が動いた。

「やれよ!」

そしてふたたび目を閉じた。

母親はシモンを見た。そして穴の中を見た。またシモンに目を戻した。そしてスコップを持ち上げると、なにごともなかったようにふたたび穴の中に土を投げ入れはじめた。グリムルの上の土は厚くなり、まもなくグリムルの姿はまったく見えなくなった。

「ママ」シモンが大きくため息をついた。

「家に戻ってなさい、シモン。ここはもうじき終わるから、行って、ミッケリーナを手伝いなさい。そうしなさい、シモン」

シモンは冷たい雨を全身に受けながらスコップを動かしている母親を見た。そして、なにも言わずに家に戻った。

「もしかすると、トマスはぜんぶ自分のせいだと思ったのかもしれない」ミッケリーナが言った。「あの子はこの話をいっさいしなかったし、なにより、わたしたちのだれとも口をきかなくなったんです。完全に自分の殻《から》に閉じこもってしまった。母が大声であの子の名前を呼び、あの子が皿を床に落とした瞬間から、わたしたちみんなの人生が変わってしまった。父親が殺されたのもぜんぶ自分のせいだと思ったのかもしれない」

彼らは気持ちのいいデイルームに座ってシモンを待っていた。彼は散歩に出ていたが、まもなく戻ってくるということだった。

「ここのスタッフは本当にやさしいのよ。これ以上の待遇は望めないというほど」

「グリムルがいなくなったのを不審に思った人はいなかったのですか？」エリンボルクが訊いた。

「母は床から天井まで家中をすっかり掃除し、四日後に、夫が帰ってこない、セルフォスからヘットリスヘイディ経由で帰ってくると言って山歩きに出かけたのだがと警察に届け出たんです。母の妊娠のことを知っている人はいなかった。とにかく、それについて訊く人はいなかった。捜索隊が送り込まれたけど、もちろん見つけられなかった」

「彼がセルフォスまで行った理由はなんと？」

「母はそれ以上なにも言わずにすんだんです。グリムルの行動の詳細についてはなにも訊かれなかった。彼は前科者、泥棒だったわけですからね。その彼がセルフォスになにしにいったのかなど、だれも関心をもたなかった。本当に、まったくだれも。いろんなことがあった時期だった。母が届け出をした日には、数人のアメリカ兵によってアイスランド人が銃殺された事件があったの」

ミッケリーナの唇にうっすらと笑みが浮かんだ。

「数日が過ぎ、数週間が経った。彼は見つからなかった。捜索の対象から外され、行方不明者扱いになった。平凡な、よくあるアイスランドの行方不明者に」

ミッケリーナはため息をついた。

「母がいちばん心を痛めたのはシモンのことよ」

すべてが終わったとき、家は言いようのない静けさに包まれた。

母親は台所のテーブルに向かっていた。雨に濡れたままの体で、子どもたちにはまったくかまわず、じっと窓の外を見ていた。ミッケリーナはそばに座り、母親の手をやさしく撫でていた。トマスは寝室から出てこなかった。シモンはまだ呆然として立ったまま、窓の外の激しい雨を見ていた。大粒の涙が頬を流れ落ちていた。彼は母親とミッケリーナのほうを振り向くと、また窓の外に目を移した。少し離れたところにあるスグリの茂みをながめ、それから外に出ていった。

シモンは冷たい雨に打たれてブルブル震えながらスグリの茂みに近づいた。スグリの前に立つと、葉っぱの落ちた枝を撫でた。雨の降りしきる中、空を見上げた。天は暗く、遠くで雷の音がした。

「わかってる。こうなるしかなかったんだ」

そう言うと、彼はうなだれた。激しい雨が彼の背中を叩きつけた。

「ぼくたちみんな、本当に苦しかった。本当に苦しかったんだ。長い長い間、本当に怖かった。なぜあいつがあんなだったのか、わからない。なぜぼくがあいつを殺さなければならなかったのか、わからないよ」

「だれと話をしているの、シモン?」いつのまにか母親が外に出てきていた。シモンに近づくと、腕をまわして抱きしめた。

「ぼくは人殺しだ。ぼくはあいつを殺した」

「いいえ、わたしの目にはそうじゃない。おまえのことを人殺しとはぜったいに思わないわ。これはきっと、あの人が自分で引き寄せた運命だったのよ。わたしが心配なのは、あの人が死んだあとも、おまえがあの人のことで苦しむことよ」

「でも、ぼくはあいつを殺したんだよ、ママ!」

「でもそれは、ほかにどうしようもなかったからよ。そうでしょう、シモン?」

「うん、でも、ぼくはたまらなく嫌なんだ」

「わかるわ、シモン。よくわかる」

「苦しくてしかたがない」

母親はスグリの茂みを見た。

「秋になったら、この茂みに実がなるわ。そしたらすべてがよくなる。聞いた、シモン？　すべてがよくなるわ」

29

養護施設の玄関ドアが開き、一同は入り口ホールのほうを見た。七十歳ほどの男が入ってきた。背中が丸く、白い髪の毛は薄く、柔和で明るい顔をしている。上等な厚手のセーターに灰色のズボン姿だ。散歩に同行したヘルパーは訪問者がいると聞いていたらしく、その男をデイルームに導いた。

エリンボルクとエーレンデュルは立ち上がった。ミッケリーナは男に近寄り、抱擁した。彼の顔がぱっと輝いた。その笑顔は子どものようだった。

「ミッケリーナ」と男は言った。声が思いがけないほど若かった。

「こんにちは、シモン。あなたに会いたいという人たちをお連れしたの。エリンボルクよ。そしてこちらの男性はエーレンデュル」

「ぼくはシモン」と言って、彼は二人と握手した。「ミッケリーナはぼくの姉さんです」

エーレンデュルとエリンボルクはうなずいた。

「シモンはとても幸せなんです」ミッケリーナが言った。「わたしたちはそうではないし、実際一度も幸せだったことはないんですけど、シモン自身は幸せなの。大事なのはそのことです」

シモンは彼らといっしょにその場に腰を下ろした。ミッケリーナの手を取り、ほほ笑みかけている。彼女の頬を撫で、エーレンデュルとエリンボルクのほうを見てほほ笑んだ。「この人たち、だれなの？」

「わたしの友だち」ミッケリーナが答えた。

「あなたの名前は？」シモンが訊いた。

「エーレンデュルといいます」

シモンは考えた。

「外国の人ですか？」

「いや、アイスランド人ですよ」エーレンデュルが答えた。

シモンは笑った。

「ぼくはミッケリーナの弟です」

ミッケリーナが彼の手を撫でた。

「シモン、このお二人は警察官なの」

シモンは二人を交互に見た。

「この人たちはなにが起きたか知っているのよ」

「ママは死んでしまった」シモンが言った。

「ええ、ママは死んだわ」ミッケリーナがうなずいた。

「姉さんが話してくれないか？」シモンがたのんだ。「姉さんがこの人たちと話して」と言って、シモンは下を向いた。エーレンデュルらを見ようとはしなかった。

「わかったわ、シモン。それじゃあとで部屋をのぞくわね」

シモンはほほ笑んで立ち上がった。廊下に出て、ゆっくり歩いていった。

「ヒビフレニアなんです」ミッケリーナが言った。

「ヒビフレニア?」エーレンデュルが訊き返した。

「ええ。わたしたちははじめなにが起きたのかわからなかった。シモンは成長が止まってしまったんです。元気でやさしい子であることは変わらなかったけど、体が成長していくのに、感情がそれと同じようには成長しなかった。ヒビフレニアは統合失調症の一つで、十代で思春期に関連して発症することが多いとか。シモンはピーターパンなのよ。年をとらないの。もしかすると、あのことがある前から発症していたのかもしれない。でも、あの子はとても繊細な子で、あの恐ろしいことが起きたとき、すっかり混乱してしまった。あの子はいつも恐れおののいて暮らしていたし、いつもどうにかしなければと強く責任を感じていたんです。ママを守るのは自分の使命と思い込んでいた。たしかにほかにはだれもいなかった。年長で、力も強かった。でも本当はいちばん小さくて、いちばん弱かったのかもしれない」

「若いときからずっと養護施設で暮らしていたんですか?」エリンボルクが訊いた。

「いいえ、母が亡くなるまでは、母とわたしといっしょに暮らしたんです。母は、そうね、もう何年になるかしら、二十五年前に亡くなりました。シモンの病気は、ぜんぜん手がかからないんです。いつも機嫌がよくて、つきあいやすいの。でもじゅうぶんに気配りし大切にしてあげることが大事なのよ。でもそれは母が亡くなるまでやってくれた。シモンは調子のいいときは町の清掃の仕事をしていたのよ。母が亡くなるまで続けたわ。ゴミをつかむ金ばさみでレイキャヴィクの町中のゴミを拾って歩いていた。拾った紙はすべてきれいに伸ばして数えて袋に入れていたものよ」

彼らはしばらく無言だった。

「デイヴ・ウェルチは二度と現れなかったのですか?」エリンボルクが訊いた。

ミッケリーナはエリンボルクの目をまっすぐ見て言った。

「ママは彼を待ち続けたわ。死ぬその日まで。彼は二度と現れませんでした」

そう言うと、彼女は口をつぐみ、ようやく決心したように話しはじめた。

「義父が戻ってきたあの朝、母はグーヴネスの搾乳場《さくにゅう》から電話をかけたの。そしてデイヴと話したんです」

「それじゃ、どうして彼は来なかったのですか?」エーレンデュルが言った。

ミッケリーナはほほ笑んだ。

「二人は別れのあいさつを交わしたから。彼はヨーロッパ大陸への移動が決まっていた。彼の乗る船はその朝出発することになっていたの。母が電話したのは身に迫った危険を告げるためではなく、さよならと言い、すべて心配ないと告げるためだったのよ。彼は戻ってくると約束した。おそらく前線で死んだのでしょうね。母は彼の消息についてはなにも知らなかった。でも、戦争が終わっても、彼が来なかったので……」

「しかし、なぜお母さんはそんな……」

「母はグリムルが彼を殺すのを恐れたんだと思います。だから、一人で家に帰った。デイヴに助けにきてほしくなかった。これは自分の問題だと決めたんだと思います」

「しかし彼はあなたの義父が牢屋から出てくることを知っていたわけですよね。それに彼があなたのお母さんと関係をもっているという噂もあった。あなたの義父はそれを知っていた。どこかでそれを聞いていた」

「本当はだれも知っているはずがないんです。母とデイヴのことは絶対的な秘密でしたから。義父がどうやってそれを知ったのか、本当にわからない」

「しかし、妊娠のことは？」

「母の妊娠のことはだれも知らなかったのよ」

　エーレンデュルとエリンボルクはしばらくその場から動かず、ミッケリーナから聞いた話を考えていた。

「トマスは？　彼はどうなったんです？」エーレンデュルが訊いた。

「トマスは死にました。五十二歳で。二回離婚し、三人の子どもがいました。三人とも男の子。その子たちとはまったく疎遠になっています」

「なぜです？」エーレンデュルが訊いた。

「トマスは父親似だったんです」

「どこが？」

「ひどい人生になってしまった」

「え？」

「父親のようになったんです」

「それは……？」こんどはエリンボルクが驚きの声を上げた。

「暴力的になったの。妻を殴り、息子たちを殴って。酒に溺れて」

「トマスと父親との関係はもしかすると……？」

「それはわたしたちにもわかりません。そうじゃないと思うの。そうじゃなかったと思いたい。考えたくもありません」

「彼が穴の中から言ったこと、〝やれよ！〟はどういう意味だったと思いますか？　なにをやれと言ったのか？　助けてほしかったのでしょうか？」

「その話は母と何度したことか。母は一つの解釈をしていました。それで彼女は納得したし、わたしも納得したんです」

「それは？」

「彼は自分を知っていたということ」

「話がわからなくなった」エーレンデュルが言った。

「彼には自分の正体がわかっていた。わたしは彼が心の奥ではなぜ自分がこんな人間になったか知っていたと思うんです。たとえ彼自身それを認めなかったとしても。彼が過酷な子ども時代を過ごしたことはわたしたちも知っていました。心の奥に小さな男の子だったころの彼がいつもいたような気がしてならないんです。その子は魂の中にいて、いつも彼を呼んでいた。荒れ狂いあらんかぎりの暴力で母を殴っているときでさえ、その小さな男の子の声が聞こえたと思うんです。やめて、やめてと」

「あなたのお母さんはとても勇気のある人でしたね」エリンボルクが言った。

しばらくしてエーレンデュルが訊いた。

「彼と話してもいいですか？」

「シモンと、ということ？」ミッケリーナが言った。

「いいでしょうか？　彼の部屋へ行っても？　自分一人で」

「シモンは一度もこのことについて話したことがないの。この長い間に一度たりとも。母はなにもなかったようにふるまうのがいちばんだと言っていました。母が亡くなってから、わたしはシモンにこの話をするようにいろいろ働きかけたけど、まったく無理だとわかったわ。あのことを境にして、あれ以降のことしか覚えてないようなの。ほかのことはすべて消えてしまったらしい。強く迫ると、一言二言答えることもあったけど。でもそれ以外は完全に心を閉ざしているの。彼はまったく別の、彼自身の作った平和な世界にいるんです」

「彼の部屋に行ってもいいですか？」エーレンデュルが言った。

「ええ、まったくかまいませんよ」ミッケリーナが言った。

エーレンデュルは立ち上がり、入り口ホールへ行き、そこから廊下を渡った。廊下沿いの部屋はほとんどがドアを開け放っていた。エーレンデュルの目に自室でベッドに腰を下ろしているシモンの姿が映った。窓の外を見ている。エーレンデュルが開いているドアをノックすると、シモンは見上げた。

「隣に座ってもいいかな？」とエーレンデュルは入り口で声をかけ、返事を待った。

シモンはエーレンデュルを見上げてうなずくと、また窓の外に目を移してながめ続けた。

小さな机のそばにいすがあった。だが、エーレンデュルはシモンの座っているベッドに行き、隣に腰を下ろした。机の上の写真数枚が目にとまった。

ミッケリーナの顔はすぐにわかった。一つの写真に写っている初老の女性が母親にちがいない。エーレンデュルは手を伸ばして写真を引き寄せた。台所のいすに腰掛けている。薄いナイロンの上っ張りの下に、プリント模様のあるホームドレスと当時呼ばれた簡単なワンピースを着ている。シモンはそのそばに座って、にっこりと大きく笑っている。写真はミッケリーナのキッチンで撮られたもののようだ。

「これはきみのお母さん？」エーレンデュルはシモンに訊いた。

「そう。ぼくのママ。死んでしまった」

「そうだね」

シモンは窓の外をながめ続け、エーレンデュルは写真をもとの位置に戻した。二人はそのましばらく黙って座っていた。

「なにを見てるの？」エーレンデュルが訊いた。

「ママはすべてがよくなるって言った」シモンは外を見たまま言った。

「そう」エーレンデュルが言った。

「ぼくを捕まえないの？」

「うん、きみを捕まえるつもりはない。ただ、会いたかっただけだよ」

「もしかすると、ぼくたち、友だちになれるかも」

「きっとそうだね」エーレンデュルが言った。

二人はまたしばらくそうして座っていた。二人とも窓の外をながめている。

「あなたのお父さんはやさしかった？」突然シモンが訊いた。

「うん。私の父はやさしかった」

二人は黙って座り続けた。

「お父さんの話、少ししてくれない？」

「うん、いつかしてあげるよ。彼は……」エーレンデュルは言葉を続けることができなかった。

「彼はなに？」

「彼は息子を一人亡くしたんだ」

彼らはまた窓の外に目を戻した。

「知りたいことが一つだけ残っているんだ」エーレンデュルが言った。

「なに？」シモンが訊いた。

「彼女の名前は？」

「彼女って？」

「きみのお母さん」

「なぜ知りたいの？」

「ミッケリーナはお母さんの話をしてくれたけど、一度も名前を言わなかったから」

「マルグレットというんだ」

「マルグレット」

そのときミッケリーナがドアのところに現れた。シモンは彼女を見ると立ち上がり、近寄った。

「実を持ってきてくれた？　スグリの実を持ってきてくれたの、ミッケリーナ？」

「スグリの実は秋になったら持ってくるわ。秋になったらね。いっぱい持ってきてあげるわ」

30

その瞬間、集中治療室に横たわっていたエヴァ＝リンドの片方の目に、小さな涙の玉が現れた。玉は見る見るうちに盛り上がって目頭から溢《あふ》れ、頬を伝って上唇を濡らした。

数分後、エヴァ＝リンドは目を開けた。

訳者あとがき

この「訳者あとがき」は本文のあとにお読みください。

アイスランドの警察官エーレンデュル・シリーズの邦訳第二作『緑衣の女』をお届けする。昨年の夏に邦訳刊行した『湿地』に続く作品である。作者はアーナルデュル・インドリダソン。アイスランド人、一九六一年生まれ。現在世界でもっとも注目されているミステリ作家の一人である。

レイキャヴィク郊外の新興住宅地の家で、子どもの誕生パーティーが開かれている。宴たけなわ、床を這いまわっている赤ん坊がしゃぶっているものは人の骨だと、たまたまその場にいた医学生が見抜くところから物語は始まる。それはパーティーの主人公の八歳の男の子が、近くの建設中の家の基礎で見つけたもの。男の子はそれをつるつるしたきれいな白い石だと思い、宝物発見とばかりに喜んで家に持ち帰ったのだった。まもなくそれは六十年から七十年の古さの人間の肋骨の一部だとわかるが、これがなぜ墓地でもないところに埋まっていたのかと、通報を受けて現場に駆けつけた警察官エーレンデュルは不審に思う。

同僚のエリンボルクとシグルデュル＝オーリは、昔の骨などいまさら捜査してどうすると、興味を示さない。しかし、同じ現場で土の中から突き出ている手の骨が見つかり、エーレンデュルたちは本格的に捜査に乗り出す。

その現場でエーレンデュルは「助けて。お願い」とかすかに聞き取れる電話を受ける。すぐにそれはエヴァ＝リンドだとわかる。エーレンデュルの娘でドラッグ常用者だ。しかも妊娠中のはず。エーレンデュルはすぐさま娘を探しにレイキャヴィクの町なかに戻る。

物語は三つの方向から語られる。一つは土の中に埋められていた骨の主の正体を追う警察の捜査。つぎはエヴァ＝リンドの危機をきっかけに語られるエーレンデュルの過去。そして三つ目はある家族のドメスティック・バイオレンスである。話が進むうちに、骨の追跡捜査と警察官のプライベートライフは現代の話だが、その間に挟まれる凄《すさ》まじい家庭内暴力は、第二次世界大戦時のできごとということがわかってくる。

早くも第一章から、閉ざされた家の中で夫が妻に向かって振るう激しい暴力シーンが始まる。この本を初めて読んだとき、そのあまりのすさまじさに愕然《がくぜん》としたことを思い出す。これを読んで模倣する愚かな人間が出てくるのではないかと不安になったことも。そしてこれを世に出していいのだろうかという問いが私の心に生じたことも。

二〇一〇年の夏、わたしは作者のアーナルデュル・インドリダソンに会うためにアイスランドまで飛んだ。目的は著者に会って、なぜこれほど克明に女性に対する暴力を描くのか、その真意を質《ただ》すためだった。前作のあとがきにも書いたが、当時わたしはアーナルデュルの本を二冊抱えていた。『湿地』とこの『緑衣の女』である。両方とも女性に対する暴力描写があまりにリアルで、訳すことにためらいを感じていた。アーナルデュルに会って話を聞いた上で、訳すかどうか決めようと思っていた。

アーナルデュルは質問を聞くと、うなずき、静かな、しかし情熱を込めた口調で語った。

「私は暴力を憎む。人間のなす行為の中でもっとも忌まわしいものだと思う。中でもドメスティック・バイオレンスは卑劣で、絶対にあってはならない重い犯罪です。夫や恋人、父親や兄弟による暴力の犠牲になった女性に、犯罪を告発するためとはいえ、警察や弁護士がその詳細を話させようとするのは残酷なことです。忌まわしい暴力を受けた女性に追い討ちをかけることになってしまうから。作家は犠牲者の女性たちに代わって、知り得た真実を書き切らなければならない。妥協せず、言葉を濁《にご》したり置き換えたりせず、書き切るのです。どれほど残酷なことかを描いて、けっしてしてはならないと訴えるのです。二十年前にはアイスランドでも女性に対する暴力は隠され、ないことにされていました。しかし、実際に存在する問題を隠してはならないのです。真実を明るみに出すこと。それは作家の使命です。いまではアイスランドではシェルターや自治体の援助、マスメディアの報道など、ドメスティック・バイオレンスに社会全体が取り組むようになっています」

作家は真実を言葉を尽くして書く。それが作家の使命だというアーナルデュルの言葉にわたしは納得した。

もう一つ、アーナルデュルがこのとき力を込めて語ったことがある。それは子どもの大切さだった。親は子どもがなによりも大事な存在であることを自覚し、子どもと真っ正面から向かい合うこと。子どもを愛すること、それこそが親の責務、それだけが親の責務と言ってもいいと。

さて、作品の中のエーレンデュルの親子関係はどうか。エヴァ＝リンドはドラッグ常用者だ。妊娠後なんとかドラッグをやめようと努力していたのだが、うまくいかない。二十二、三歳になってもまだ反抗期だ。ことあるごとに自分たちを捨てたと言って父親に怒りをぶつける。そんな娘を見て、妻と別れたあと子どもたちの成長過程に参加してこなかったエーレンデュルは自分を責める。エヴァ＝リンドの弟シンドリ＝スナイルも二十歳の若さでアルコール依存症らしい。姉とちがって、エーレンデュルに近づきさえしない。別れた妻との関係は険悪で、ふつうに会話を交わすこともできない。

最悪の家族関係から始まったシリーズだが、父親エーレンデュルは失われた信頼をどう回復するのか。子どもたちの傷つき壊れた心は治癒できるのか。作者のアーナルデュルがいちばん大事とする親子関係が、これ以上ないほど壊れたところからこの小説は始まっている。

エーレンデュルはつい六十年前までは漁業が主な生業《なりわい》の、北欧でもっとも貧しい国だったアイスランドが、科学技術やIT産業の発展であっという間に経済が豊かになり、ほかのヨーロッパ諸国と並んでハイスタンダードな国になってしまったことに違和感を抱いている。英語まじりのアイスランド語、ファストフード、鼻にピアスや入れ墨の大流行の若者ファッション、新しいものを良しとし古いものを捨てるアイスランド人のいまの暮らしに疎外感を感じている。職場でもアメリカの大学で犯罪学を学んだ、なにかといえば伝統や古いものを馬鹿にするシグルデュル＝オーリに苛立ちを感じ、子どものときに田舎からレイキャヴィクに家族で移り住んだ自分を流れ者のように感じている。エーレンデュルの価値観やものの感じ方は、作者のアーナルデュルと重なるものがある。

エーレンデュルは赤毛に近い金髪の大男で、外見にかまわず、いつもひじ当てのついた上着の下にカーディガンか毛糸のベストを着込んでいる。食べ物もいまではなかなか見つからないアイスランドの家庭料理のレストランで、塩漬け羊肉のシチューなどを好んで食べる。趣味はアイスランドのフィヨルドで行方不明になった者たちのドキュメンタリーを読むこと。部屋にはテレビもなさそうだ。携帯電話はあるがパソコンは持っていない。ハイテクからはほど遠い暮らしである。暗くて寒い秋と冬を好み、明るい春や夏は苦手だという。アイスランドの春は朝の二時すぎから明るく、夜も十一時すぎまで外で新聞が読めるほど明るい。本書の中でまだ夜八時だから明るいという文章がある。夜通し明るい白夜の夏をみんなが待ちわび、一分でも太陽に当たっていようと外に繰り出す。反対に冬は暗く寒く長い。その冬が居心地がいいというのだから、エーレンデュルは相当変わり者のアイスランド人と言っていい。

エーレンデュルという名前は異邦人という意味。最後のほうでシモンが「外国人？」と訊くのは、名前の意味から。英語ならさしずめエイリアンというところだ。主人公が自分の国で、自分の所属している警察で、自分の家族に対しても孤独であることが象徴されている名前である。

今回の話の中には、一瞬だが、霊能者が出てくる。彼女はエーレンデュルのそばに吹雪に凍える小さな男の子が見えると言う。そんなものはいない、ほっといてくれと叫ぶエーレンデュルに、読者は逆に、なにかあるのではないかと疑いをもつだろう。そして事実、なにかあるどころか、その小さな男の子はずっとエーレンデュルといっしょにいるのだ。

レイキャヴィクでアーナルデュルに会ったとき、霊能者とか超自然現象とかを信じるのかと訊くと、彼はアイスランド人は神秘的なこと、超自然なことを否定しませんと言ってミステリアスにほほ笑んだ。

アーナルデュルの担当編集者と会ってゆっくり話を聞く機会があった。彼女によればアイスランドでは霊能者はそれほどめずらしい存在ではないという。自分の祖母もそうだったと言い、親戚の中に一人くらいそういう人がいるものよ、とケロリとして言った。また、アイスランド人は夢の話が大好きと教えてくれたのも彼女である。本書の中でもエーレンデュルが夢を見る話がよく出てくる。アイスランドでは、会社に来るとまず昨夜見た夢を同僚と話すのがふつうだと彼女は言う。夢を真剣に受け止めるという。毎日夢の続きを見るという人の話もしてくれた。夢の意味を探ることに夢中になる国民性なのだという。日本人は？　と聞かれて、わたしは答えられなかった。

この物語の重要人物グリムル。グリムル（Grímur）というこの名前は、アイスランド語でも英語でもスウェーデン語でもグリム（残酷）という言葉を連想させる。絶妙な命名である。本名はソルグリムルだが、だれもが彼をグリムルと呼ぶ。アーナルデュルは悪を描きたかったという。そしてそれは成功していると言っていい。なぜグリムルのような人間ができるのか、始まりはどこにあるのか。暴力を振るうグリムルにいろいろな思いを重ねて語るミッケリーナの言葉が重い。

グリムルの暴力の対象となる子どもたちの母親の名前がない。つねに母親とだけ記されることに疑問や苛立ちを感じる読者も多いことだろう。訳していてももどかしかった。だがこれは名前もない存在に貶められている女性を強調する作者の意図だろう。グリムルが彼女に投げつける屈辱的な呼び名はまったく耐えがたい。最後の数章に、頭をもたげ毅然《きぜん》とした彼女が現れるのが救いである。

さて人名と地名に関しては、前作のあとがきにも記したとおり、アイスランド語の発音により近い表記が見つかれば変更させていただく。今回は主要人物の女性捜査官エリンボルク。前回はエーリンボルクと表記したが、今回からエリンボルクに変更する。同じくエーレンデュルの上司ヒロルフルをフロルヴルに直した。

アイスランドではファーストネームが正称で、だれもがファーストネームで呼び合う。基本的に姓はなく、代わりに父あるいは母の名の属格（所有格）に息子ならソン（-son）、娘ならドウティル（-dóttir）をつけた父称か母称が用いられている。家族の一人ひとりが異なる父称／母称であることもあり得る。アーナルデュル・インドリダソンは「私はインドリディの息子アーナルデュル」という名乗りなのである。作品の中のエーレンデュルはもちろん、エリンボルク、シグルデュル＝オーリ、バウラなど、ぜんぶファーストネームだ。他の北欧の国にはない習慣である。総人口三十万人と少ないことと、すべての国民に個人番号があるので混乱はない。電話帳までファーストネームで登録されている。

一九九七年に初めてレイキャヴィク警察の犯罪捜査官エーレンデュルを主人公とするこのシリーズが発表されると、本国アイスランドで爆発的人気を得る。北欧五カ国——スウェーデン、デンマーク、ノルウェー、フィンランド、アイスランド——はミステリが盛んだ。その中でアイスランドは後発で、インドリダソンの出現までほとんどミステリは書かれてこなかった。その理由をアーナルデュルはこう説明している。小さな島国（日本の三分の一）で、人口も三十万人ほどしかなく、ミステリ小説の盛んなイギリスが隣国であることから、アイスランド人はほとんど英語のミステリしか読まなかった。また、ミステリは娯楽であり文学ではないと軽んじられてきたため、あえて挑戦する作家がいなかった。加えて、現実のアイスランドでは、殺人事件は年に二、三件ほどあるだけで、大量殺人とか派手なカーレースの追跡やアクションはあり得ないことなど、アイスランドを舞台としたミステリ小説は現実的でないと思われていた。「私は殺人事件が起きる背景に焦点を当てたい。なぜその人が殺されたのか。日常的な風景、平和な暮らしの営みとそこに生きる人間を描き、その中で殺人事件が起きることの意味を考えたいのです。殺すに至るまでの過程を理解したいのです。殺すにはそれ相当の理由があり、殺された人間のほうが犯人よりも悪人であることもあり得る。自分の作品では犯人逮捕で終わったのはいまのところ一作しかありません」

影響を受けた作家について訊くと、刑事ヴァランダーを主人公にしたシリーズを書いたスウェーデンの作家ヘニング・マンケルと比べられることがあるが、自分としてはマルティン・ベック・シリーズのマイ・シューヴァルとペール・ヴァールーに影響を受けていると思うとアーナルデュルは語った。とくに事件の追及だけでなく登場人物の警察官たちの日常の個人生活や社会環境をリアリスティックに描く手法はシューヴァル／ヴァールーから学んだと言う。グンヴァルド・ラーソンと本シリーズのシグルデュル＝オーリが似ているとよく指摘されると言って笑った。

マルティン・ベック・シリーズは十作で完結しているが、このシリーズは？　と訊くと、すでに十一作書いているからもっと続くと思うとアーナルデュルは言った。二〇一三年五月現在このシリーズは十二作発表されている。

三作目の『湿地』と四作目の『緑衣の女』がドイツ語、英語、スウェーデン語に翻訳された二〇〇二年ころから、アーナルデュル・インドリダソンは世界のミステリ・ファンの注目の的となった。発表する作品のすべてが世界的なベストセラーとなっている。現在世界で四十以上の言語に翻訳され、作品の総発行部数が九百万部以上になっている。

作品には数多くの賞が与えられている。中でも北欧ミステリ大賞であるガラスの鍵賞を『湿地』（二〇〇二年）と『緑衣の女』（二〇〇三年）で二年続けて一人の作家が受賞したことはほかに例がなく、その勢いで本作品『緑衣の女』は二〇〇五年に世界的に権威のある英国推理作家協会賞（CWA）のゴールドダガー賞を受賞している。

昨年六月に『湿地』が邦訳刊行されると、この人口三十万人余りの氷の国アイスランドの警察官は思いがけず日本のミステリ・ファンに歓迎され、『湿地』は二〇一二年年末各社のミステリ賞にノミネートされた。中でも早川書房のミステリ大賞とその年に翻訳されて日本にデビューした作家に贈られる新人賞のダブル受賞をしたことは喜ばしく、さっそくメールでアーナルデュルに知らせ、受賞の喜びを分かち合った。

『湿地』に続き今回の邦訳もスウェーデン語からの翻訳である。原題は *Grafarþögn*（グラーヴァル湖）、わたしが訳したスウェーデン語版のタイトルは *Kvinna i grönt*（緑衣の女）、参考までに英語版タイトルは *Silence of the Grave*（墓の沈黙）である。北欧ミステリのまぎれもない実力者、アーナルデュル・インドリダソンの日本上陸第二作、『緑衣の女』。訳せないほど恐ろしかったこの作品は、じつはかぎりなく悲しく優しい物語だった。

二〇一三年五月

文庫版に寄せて

二〇一三年に日本でこの『緑衣の女』が発行されると、第一作の『湿地』でこの非常に卓越した力をもつアイスランド人作家アーナルデュル・インドリダソンに注目してくれていた日本のミステリ・ファンは両腕を広げて迎えてくれた。

作家は第二作で真価が判断されるという。それは翻訳作品でも同じである。インドリダソンの邦訳第二弾であるこの『緑衣の女』は読者の期待を裏切らない秀逸な作品と評価された。翌年一月に発表された各社の翻訳ミステリランキングでは、軒並み上位にあげられた。

そして二〇一六年の四月に、この作品の次に発表した第三作『声』が翻訳ミステリーシンジケートの第七回翻訳ミステリー大賞と読者賞をダブル受賞した。『湿地』と『緑衣の女』が衝撃的なものだったのに比べ、静かで地味な作品であるだけに、評価されてとても嬉しく、さっそくレイキャヴィクのアーナルデュルに知らせて受賞の喜びを分かち合った。

この『緑衣の女』でアーナルデュルの筆致に引き込まれた方、『声』もどうぞ続けてご鑑賞ください。

二〇一六年六月

柳沢由実子

本書は二〇一三年、小社より刊行されたものの文庫化である。

訳者紹介　1943年岩手県生まれ。上智大学文学部英文学科卒業，ストックホルム大学スウェーデン語科修了。主な訳書に，マンケル『殺人者の顔』インドリダソン『湿地』『声』，シューヴァル／ヴァールー『ロセアンナ』などがある。

検印
廃止

緑衣の女

2016年7月15日　初版

著　者　アーナルデュル・
　　　　インドリダソン
訳　者　柳《やなぎ》沢《さわ》由《ゆ》実《み》子《こ》
発行所　(株)　東京創元社
　代表者　長谷川晋一

162-0814/東京都新宿区新小川町1-5
電　話　03·3268·8231-営業部
　　　　03·3268·8204-編集部
URL　http://www.tsogen.co.jp
振　替　00160-9-1565
萩原印刷・本間製本

ISBN978-4-488-26604-2　C0197